folio
junior

Mathieu Hidalf

1. Le premier défi de Mathieu Hidalf
2. Mathieu Hidalf et la Foudre fantôme
3. Mathieu Hidalf et le sortilège de Ronces
4. Mathieu Hidalf et la bataille de l'aube
5. La dernière épreuve de Mathieu Hidalf

Christophe Mauri

Mathieu Hidalf et le sortilège de Ronces

GALLIMARD JEUNESSE

© Éditions Gallimard Jeunesse, 2012, pour le texte
© Éditions Gallimard Jeunesse, 2014, pour la présente édition

Prologue

École de l'Élite, château royal, 20 h 49

Seuls quelques pré-Élitiens consciencieux et une dizaine d'Apprentis, dont la dernière épreuve atteignait son terme, travaillaient cette nuit-là dans l'école de l'Élite. Pourtant, dans les couloirs obscurcis par l'hiver, des éclats de rire retentissaient. Des éclats de rire qui auraient provoqué la fureur de Mme la comtesse Armance Dacourt, directrice adjointe de l'école, si elle avait pu en être témoin. Car l'une des personnes qui avaient l'audace de rire était une jeune fille.

Tristan Boidoré, dix-sept ans, épée à la ceinture et arbre doré cousu sur le torse, venait de convier Juliette d'Or Hidalf à franchir la Grille épineuse de l'école. La constitution des Élitiens était formelle sur ce point : la présence de toute jeune fille dans l'établissement constituait une infraction majeure au règlement. Nombre de jeunes amoureux avaient fait les frais de cette interdiction au cours des siècles. Si Juliette d'Or était surprise par la direction, non seulement elle serait livrée en pâture à son père, mais en plus Tristan Boidoré risquerait un bannissement de l'ordre des Élitiens.

Dans les ténèbres et le silence, seuls deux anneaux d'argent, aux doigts du jeune couple, étincelaient de mille feux. Tristan et Juliette se tenaient par la main. Ils s'amusaient à glisser le long d'une couche de glace, qui s'était constituée en plein milieu d'une allée lugubre, à la faveur de l'hiver. Ils ne prirent pas garde une seule seconde aux trois étincelles lumineuses qui filaient au-dessus de leur tête, entre les lustres éteints.

— Tu es sûr que nous ne risquons rien ? demanda Juliette, qui scrutait les alentours avec un mauvais pressentiment.

— Nous sommes seuls…, répondit Tristan. Toute la direction s'est rendue à l'opéra royal, pour assister à la conférence de presse de ton frère. Et si un Apprenti nous surprend, il n'osera jamais nous dénoncer…

Rassurée, Juliette s'élança sur la couche de glace. Tristan respira profondément, prit son élan et bondit à son tour. Perdant ses appuis, il poussa un cri mêlé d'un éclat de rire et bascula dans la pénombre. Il serait tombé à la renverse si une poigne de fer ne l'avait rattrapé au vol et soulevé de dix centimètres au-dessus du sol.

Pendant une seconde, Tristan cessa de respirer. Lorsqu'il ouvrit lentement les yeux, il reconnut le visage implacable du capitaine des Élitiens, Louis Serra. Il ne l'avait jamais vu d'aussi près en six ans de scolarité. On racontait que les statues de l'école elles-mêmes inclinaient leur regard vide au passage du capitaine. Muette, Juliette d'Or se tassa contre un mur, comme si elle avait voulu passer au travers.

– Filez hors de cette école, rugit Louis Serra à son intention. Et n'y revenez jamais. Quant à vous, monsieur Boidoré, ne commettez plus de telles imprudences. Votre conduite est indigne d'un pré-Élitien.

Tristan et Juliette baissèrent respectueusement la tête, puis s'enfuirent à toutes jambes, trop heureux de s'en sortir à si bon compte.

Les trois étincelles qui tournoyaient entre les voûtes éteintes, et qui étaient ni plus ni moins que les nymphettes personnelles du capitaine des Élitiens, filèrent devant lui. On disait de ces petites fées qu'elles s'attachaient à un être humain avec une fidélité et une jalousie terribles. Celles-ci n'auraient pas trahi Louis Serra pour tout l'or du monde. Toutefois, un individu dans le royaume aurait peut-être pu les détourner un instant du célèbre capitaine : Mathieu Hidalf en personne, pour qui elles avaient une affection particulière, depuis qu'il avait défendu leur cause (et s'était enrichi secrètement sur leur dos) quelques années plus tôt.

Le calme était revenu dans l'école de l'Élite. Un calme inquiétant, semblable à celui qui précède les tempêtes. Les derniers élèves qui couraient dans les galeries rejoignirent en hâte l'opéra royal, situé hors de l'école. Louis Serra s'éloigna des trois nymphettes. Sans un mot, il s'engagea dans une enfilade de salons obscurs.

Les trois fées poussèrent un seul soupir ; elles connaissaient parfaitement Louis Serra. Au tout premier jour, elles étaient tombées sous le charme du garçon de douze ans, solitaire et ténébreux, qu'il avait été. Ce garçon était devenu le plus grand des Élitiens ; il avait perdu sa famille, s'était peu à peu éloigné de ses proches et de ses jeunes amours. Mais il n'avait jamais pu oublier ces trois fées minuscules qui l'avaient accueilli. Elles l'observèrent s'éloigner en direction de l'opéra avec un pincement au cœur. Elles sentaient bien que l'école n'avait jamais été si froide ni si dangereuse que ces derniers jours. Elles sentaient aussi que l'illustre Louis Serra avait changé. Une fêlure qu'elles seules pouvaient distinguer brillait dans son regard. Le capitaine ne dormait plus. Chaque nuit, il arpentait l'école en silence. Chaque nuit, il avait une pensée pour Mathieu Hidalf, réfugié dans son manoir pour la période des vacances. Chaque nuit, il craignait que les frères Estaffes, les ennemis jurés de l'Élite, ne se manifestent.

Un mois plus tôt, pour la première fois, l'un des six Estaffes avait trouvé la mort. Aucun de ses frères n'avait donné le moindre signe de vie depuis sa disparition. Le royaume y voyait un heureux présage. Louis Serra, pour sa part, craignait le pire. Il n'en disait rien. Mais il était certain d'une chose : les cinq frères Estaffes allaient frapper bientôt, frapper très fort. Et toutes les précautions du capitaine avaient pour but de découvrir où et quand, avant qu'il soit trop tard.

Chapitre 1
La fin du génie de Mathieu Hidalf

Il fut un temps où les adultes, lorsqu'ils rencontraient Mathieu Hidalf dans une allée du château royal, lui pinçaient la joue en s'exclamant : « Comme vous avez grandi ! » Le dernier imbécile qui eut commis une telle imprudence la regretta si amèrement qu'il n'osa plus croiser la route du moindre enfant. On raconte qu'il confia les siens à une ogresse, afin qu'elle en fît de la chair à pâté.

Au fil des années, Mathieu Hidalf était parvenu à se faire craindre des plus hautes instances du royaume. À seulement onze ans, la liste de ses ennemis personnels, qui regroupait autrefois des dizaines de noms, n'en comptait plus que deux ou trois. Car depuis longtemps, la plupart de ses opposants avaient renoncé à lutter contre lui.

Du moins Mathieu Hidalf en était-il convaincu…

*

Opéra, château royal, 21h01

— Mathieu Hidalf, commença le reporter Olivier Tilleul, un colosse de deux mètres de haut plus large qu'un chêne, il y a bientôt deux mois, vous êtes devenu le tout premier élève de l'école de l'Élite à y accéder en *trichant*. Une fois dans l'école, votre épreuve a consisté à traquer la Foudre fantôme : une biche légendaire, plus rapide que l'éclair et plus insaisissable que le vent. Les redoutables frères Estaffes en personne ne sont jamais parvenus, qu'ils me pardonnent cette expression, à repérer la moindre de ses empreintes... Le capitaine Louis Serra lui-même, malgré son génie, a consacré des mois entiers à la traquer, en vain... En quatre siècles, plus de sept cent cinquante élèves ont eu pour mission de la capturer. Un seul y est parvenu... Vous avez réussi l'impossible, Mathieu Hidalf, en vous saisissant de la Foudre fantôme en seulement quatre semaines.

Olivier Tilleul était le reporter attitré de Mathieu Hidalf à *L'Astre du jour*, le plus grand quotidien du royaume. Mathieu lui adressa un signe de tête confiant. Il était assis dans la loge royale d'un gigantesque opéra, le cœur battant légèrement plus vite que de coutume. L'œil vif, l'esprit aux aguets, il tenait d'une main ferme ses notes innombrables. Tous les fauteuils avaient été réservés. Personne ne voulait manquer la conférence de presse de l'enfant le plus célèbre du royaume. Le parterre débordait de journalistes. Et autour de Mathieu, chaque loge accueillait les plus illustres familles de la noblesse astrienne. Mathieu jeta un regard à celle des Hidalf, dans laquelle Juliette d'Or, sa sœur aînée, venait seulement d'arriver, le teint légèrement empourpré. La jeune fille prit place entre ses deux sœurs, l'hypocrite Juliette d'Argent et la brillante Juliette d'Airain. Les trois demoiselles ne semblaient guère préoccupées par l'événement qui tenait le royaume en éveil ; depuis que leur frère avait capturé la Foudre fantôme, la presse entière n'avait d'yeux que pour lui.

*

Une semaine plus tôt, le père de Mathieu, qui avait coutume d'être l'homme le plus sévère, le plus orgueilleux et le plus prévisible du monde, avait fait irruption dans la chambre de son fils. Vêtu de son habit rouge et or des grands jours, Rigor Hidalf avait annoncé, avec l'aplomb d'une statue de marbre :

— Je viens d'avoir une idée de génie.

Mathieu avait dévisagé son père avec curiosité : avoir des idées, mêmes mauvaises, n'était pas dans les habitudes de celui-ci.

— Tu sais que, tous les ans, je tiens une grande

conférence de presse, n'est-ce pas ? avait repris M. Hidalf d'un ton ferme.

Mathieu avait haussé légèrement le sourcil droit, de plus en plus surpris. Tous les ans, en effet, son père organisait une conférence de presse, afin de tenir le royaume informé de ses dernières décisions. Hélas ! les décisions de ce grand homme n'intéressant que lui, M. Hidalf était contraint de payer des figurants pour qu'ils lui posent quelques questions.

– Cette année, avait-il expliqué en écartant les bras, j'ai décidé que tu m'accompagnerais pour affronter la presse, Mathieu ! Sais-tu ce qu'il s'est produit lorsque j'ai évoqué cette possibilité à la rédaction de *L'Astre du jour* ? Hector du Château Boisé, le premier actionnaire du journal, a promis d'en faire sa une. Il a réservé l'opéra royal ! L'opéra *royal* ! Tout le royaume sera présent ! Tout le royaume veut savoir comment tu as attrapé cette stupide créature à quatre pattes…

– La Foudre fantôme, avait précisé Mathieu, d'un air contrarié.

– Nous ne pouvons manquer une telle occasion d'humilier le reste de la noblesse. C'est la gloire assurée ! Mathieu, mon garçon, qu'en dis-tu ?

Mathieu Hidalf avait accepté, à une seule condition : son père ne participerait pas à l'événement.

Voilà comment, en l'espace d'une minute, la conférence de presse de M. Rigor Hidalf était devenue celle de son fils.

*

Mathieu, seul face à la foule muette, reposa calmement ses notes. Il avait préparé cet événement des heures durant avec son reporter attitré. Pourtant, quelque chose l'embarrassait. Quelque chose qui n'avait rien à voir avec le trac. Mais plutôt avec un mauvais pressentiment. Il releva les yeux vers Olivier Tilleul, pour lui indiquer de poursuivre l'interview.

– Mais vous étiez célèbre bien avant d'entrer à l'école des Élitiens, affirma celui-ci d'une voix rauque. Il y a un an et deux mois, Mathieu Hidalf, vous êtes devenu une légende… en réussissant ce que la plupart de vos admirateurs et de vos ennemis considèrent encore comme votre chef-d'œuvre.

Quelques commentaires animèrent le parterre. Chacun avait déjà compris ce à quoi le journaliste faisait allusion.

– Vous avez marié Sa Majesté le roi, contre son gré, à une vieille sorcière… Une sorcière connue sous le nom de « grand-mère édentée »… Pour y parvenir, vous avez endormi tout un royaume, manipulé deux consuls, utilisé votre propre père. Et vous avez même eu l'audace d'humilier *un Élitien*.

En entendant ces mots, Mathieu Hidalf sentit les battements de son cœur s'accélérer. Lors des répétitions, jamais il n'avait été question de cet Élitien. Un silence attentif régnait sur les loges plongées dans la pénombre. Le reporter de Mathieu cessa de sourire et demanda fermement :

– Je ne vous poserai qu'une seule question ce soir, Mathieu Hidalf. Je suppose que vous vous l'êtes souvent posée. N'avez-vous jamais craint des représailles ?

Le temps se figea autour de Mathieu. Il savait reconnaître une menace. En une seconde, tous les voyants de son intelligence s'activèrent et tentèrent de mesurer l'ampleur des risques. Un sourire de défi se dessina sur son visage, tandis que des commentaires s'élevaient dans les loges. Peu à peu, les membres de la noblesse prenaient conscience que quelque chose se tramait. Le reporter de *L'Astre du jour* répéta d'une voix qui retentit dans tout l'opéra :

– Mathieu Hidalf, n'avez-vous jamais craint des représailles ?

À quelques loges de la sienne, Mathieu aperçut trois élèves de l'école de l'Élite avec lesquels il avait accompli sa première épreuve. Deux garçons blonds, Pierre Chapelier et Octave Jurençon, treize ans passés, avaient braqué une longue-vue dans sa direction. À côté d'eux, Roméo Pompous, le troisième ami de Mathieu, avait pointé ses jumelles sur la loge des Hidalf, dans laquelle il épiait sans doute Juliette d'Or, à en juger par son teint écarlate. Mathieu vit alors Octave Jurençon lui adresser un signe de la main. Un signe qui semblait l'inciter à prendre la fuite. Mais il fallait davantage qu'une question dérangeante pour faire fuir Mathieu Hidalf.

– Olivier Tilleul, répondit-il avec un calme surprenant, je ne suis qu'*un enfant de onze ans*. Croyez-vous vraiment qu'un roi, deux consuls, un sous-consul et un Élitien en personne aient du temps à perdre en consacrant leur énergie à se venger d'un *enfant* ?

Un frisson parcourut Mathieu. Tout en parlant, il analysait les derniers jours qu'il avait passés au manoir Hidalf, à la recherche d'un indice qui lui permettrait de découvrir ce qui l'attendait, et d'y faire face.

– À votre place, déclara Olivier Tilleul d'une voix méconnaissable, j'aurais craint des *représailles*, mon garçon. Des *représailles* à la mesure de votre bêtise. Des *représailles* colossales.

Les chuchotements enflaient dans la foule. Olivier Tilleul n'ajouta pas un mot. L'attention de l'opéra tout entier venait de changer de bord. Dans une loge lointaine, habituellement réservée aux spectateurs de la bourgeoisie, une silhouette venait de se lever. Chacun identifia le roi avec stupeur. Le regard étincelant de Sa Majesté le Grand Busier était plongé dans les yeux noirs de Mathieu. Âgé de soixante et un ans, le souverain avait eu le malheur de voir Mathieu Hidalf naître le jour de son cinquantième anniversaire. Depuis, tous les deux s'étaient livré un combat sans merci, à l'occasion de chacun de leur anniversaire commun. Jusqu'à présent, l'imagination de Mathieu l'avait emporté sans mal.

Du pas lent et assuré d'un ogre qui hume de la chair fraîche, le roi rejoignit la loge des Hidalf. Rigor, le père de Mathieu, ressemblait ce soir-là à l'homme le plus heureux du monde. Il avait revêtu sa perruque rouge des grandes occasions et retenait son épouse inquiète par la main. Lorsque le roi prit la parole, un sourire éclairait son visage. Un sourire que Mathieu connaissait bien pour le croiser souvent dans son miroir : le sourire du triomphe.

– Cher Mathieu Hidalf, commença le souverain, vous m'avez émerveillé pendant des années par votre imagination et par votre génie… jusqu'au jour où vous avez annoncé mon mariage à l'ensemble du royaume. C'était il y a un an, et bientôt deux mois.

Le roi marqua un arrêt décisif et annonça fortement :

– J'ai attendu cet instant pendant quatorze mois, mon garçon. L'heure est venue d'inverser les rôles. Certes, il n'est pas coutumier de marier des enfants aussi jeunes que vous. Mais, exceptionnellement, j'ai consenti à modifier la Constitution du royaume. À mon tour, je suis fier d'annoncer votre mariage. Un mariage qui sera célébré dans sept jours, au château. Un mariage que nul n'oubliera jamais. Un mariage qui vous fera entrer définitivement dans la légende... J'espère que vous vivrez heureux longtemps, Mathieu Hidalf... et que vous aurez nombre d'enfants dignes de vous.

*

Mathieu cligna des yeux, stupéfait. Il avait l'impression que les figures devenaient floues devant lui. Il comprit tout. Cette conférence de presse n'était qu'une machination organisée par son père. Ce qui devait arriver un jour était arrivé ce soir-là. Le pire moment de sa vie avait sonné. Il avait été battu à plate couture par M. Hidalf, sur son propre terrain, manipulé, ridiculisé, humilié devant l'ensemble de la cour.

Mathieu réalisa alors que le supplice ne faisait que commencer. Il connaissait sa sentence, mais non pas son bourreau. Qui son père avait-il choisi de lui donner pour épouse ? Les pires hypothèses se bousculèrent dans son esprit. Une sorcière ? Une ogresse ? Une jeune fille innocente qui n'entendrait rien à son génie ? Tout l'opéra était suspendu aux lèvres de M. Rigor Hidalf, qui venait de se lever. À la fois pâle et rougissant, il paraissait à deux doigts de perdre connaissance. Mais lorsque le roi posa la main sur son épaule, sa pâleur disparut, les étincelles de son regard s'éteignirent, et Mathieu reconnut *enfin* son père.

– À tous ceux qui se sont réjouis pendant des années des scandales provoqués par mon fils, commença M. Hidalf, je déclare que ce mariage unira deux des familles les plus prestigieuses de la noblesse darnoise... J'ai l'immense honneur et la joie financière de vous annoncer que l'heureuse élue est... *Marie-Marie du Château Boisé.*

Un coup de tonnerre ébranla l'opéra. Les trois sœurs de Mathieu Hidalf se prirent les mains, tandis que leur mère, qui ne s'était doutée de rien, s'évanouissait dans son fauteuil. Chacun se leva en même temps que son voisin. Dans leur loge, Pierre Chapelier et Octave Jurençon avaient laissé pendre leurs longues-vues au bout de leurs bras, stupéfaits, tandis que Roméo Pompous riait nerveusement. Seul Mathieu était resté figé, pâle, muet, démuni. Il n'avait jamais tant ressemblé à l'enfant de onze ans qu'il était malgré lui.

– *Marie-Marie ?* dit-il comme s'il y avait une erreur. Mais... mais je *déteste* Marie-Marie...

Orpheline, Marie-Marie du Château Boisé était l'héritière de la plus grosse fortune astrienne, et gouvernait avec son oncle, le duc Hector, la garde royale. Les rumeurs prétendaient que si le roi avait eu un enfant, il n'aurait pu trouver de meilleure épouse pour celui-ci que Marie-Marie en personne. Autour de Mathieu, les journalistes s'échauffaient, la noblesse n'en croyait ni ses yeux ni ses oreilles, les partisans de Mathieu poussaient des cris hystériques, ses détracteurs applaudissaient à tout rompre. Dans la loge des Hidalf, son père s'entretenait avec un homme portant une longue épée et affublé d'un uniforme rouge, dont l'emblème était constitué de deux ailes argentées. Il s'agissait du capitaine de la redoutable garde royale. Plusieurs soldats fendirent alors la foule, provoquant un grand silence. M. Hidalf, penché au-dessus de la balustrade de sa loge, ordonna avec sévérité :

– Soldats du roi, sur ordre du duc Hector du Château Boisé et en accord avec Sa Majesté le Grand Busier, vous assurerez dorénavant la sécurité de mon fils, Mathieu Hidalf, jusqu'au jour de son mariage. Pour sa *sécurité*, se délecta M. Hidalf d'une voix lente et sèche, j'exige qu'il ne communique avec *personne*. Aucune nymphette ne doit le fréquenter. Il sera éclairé à la bougie pendant sept jours. Aucune de ses connaissances ne devra lui adresser la parole ni lui écrire. Et surtout, aucun d'entre vous ne doit avoir le moindre contact avec lui : il réussirait à vous corrompre en moins de temps qu'il n'en faut pour le dire.

Mathieu comprit que, dans un instant, il serait trop tard pour empêcher ce mariage programmé dans sept jours. Mais il n'avait pas dit son dernier mot. D'une main tremblante, sans réaliser tout à fait l'humiliation dont il venait d'être victime, il fit un geste vers le plafond de l'opéra. Ce geste était destiné aux centaines de nymphettes qui éclairaient la salle. Les petites fées auraient affronté les armées du roi pour sauver Mathieu Hidalf, qui les avait soutenues par le passé. Elles n'attendaient qu'un ordre de sa part pour couvrir sa fuite. Une par une, elles cessèrent de battre des ailes. Un grand cri retentit dans l'opéra ; il y faisait brusquement aussi noir qu'au fond d'un bois.

Profitant de la confusion, Mathieu se jeta hors de la loge. Il déboucha sur un immense escalier, désert et éclairé par une multitude de lustres. Telle une princesse de conte de fées, il dévalait les marches, lorsqu'il tomba nez à nez avec une jeune fille, en retard, qui courait en sens inverse pour rejoindre la cérémonie. Ils se croisèrent en plein cœur de l'escalier. Mathieu Hidalf sentit sa respiration s'arrêter. Marie-Marie du Château Boisé se dressait devant lui. Il ne l'avait pas vue d'aussi près depuis des années. Sa pâleur était extrême et séduisante, sa blondeur sublime, ses yeux noirs inquiétants. Elle portait au bout d'une main fine et blanche un objet en forme de cloche, recouvert d'un mystérieux voile noir. Mathieu remonta d'une marche et Marie-Marie lui prit la main.

– Je suis confuse d'être arrivée si tard, dit-elle. J'avais une affaire plus importante à gérer, Mathieu Hidalf.

Mathieu resta muet. Marie-Marie était-elle, comme lui, victime du complot... ou y avait-elle pris part ? Les yeux noirs de la jeune fille pétillèrent. Elle ajouta avec douceur, répondant à sa question comme si elle avait lu dans ses pensées :

– Je vous ai laissé sept jours. Je m'attends aux tentatives les plus ingénieuses pour que vous empêchiez notre mariage. Bonne chance.

Mathieu n'en revenait pas. Personne n'avait jamais osé le traiter de la sorte. Encore moins une jeune fille dont il avait déjà reçu un soufflet par le passé, parce qu'il avait osé lui chanter une chanson de garçon d'écurie.

– Vous croyez savoir ce dont je suis capable ? dit-il d'une voix terrible. Je vais vous écraser, Marie-Marie. Tout mon génie, toute mon imagination seront au service de ma vengeance.

En guise de réponse, la jeune fille retira l'étoffe noire qui couvrait l'objet qu'elle avait apporté : une rose en suspension, enfermée sous une cloche de verre. Argentée, la fleur tournoyait lentement sur elle-même, projetant des éclats lumineux dans les yeux noirs de Marie-Marie. La jeune fille perdit son air doux et confiant.

– J'ai un marché à vous proposer, Mathieu Hidalf, annonça-t-elle. Cette fleur est connue sous le nom de *rose des Serments*. Elle compte huit pétales. Sept jours passeront avant qu'elle les perde tous. Si, à la fin du septième jour, lorsque le dernier pétale tombera, vous ne m'aimez pas... je vous promets d'annuler *moi-même* notre mariage.

Le temps semblait s'être arrêté dans le grand escalier de l'opéra. Mathieu n'avait jamais subi un tel outrage.

– Vous osez insinuer que je pourrais vous aimer ?
– En revanche, reprit-elle avec indifférence, si lorsque le dernier pétale fanera vous êtes tombé amoureux de moi, Mathieu Hidalf, nous serons liés pour toujours. Acceptez-vous les termes de ce contrat ?
– Je les accepte, répondit Mathieu. Vous avez ma parole.
– Votre parole ne suffit pas, décréta Marie-Marie. Touchez une épine de la rose. Nous serons liés vous et moi par ce serment.

Mathieu Hidalf et Marie-Marie du Château Boisé s'observèrent fixement. Ce combat était le tout premier, celui qui déciderait, selon eux, de la victoire finale. Sans se détourner un seul instant l'un de l'autre, ils retirèrent la cloche qui couvrait la rose enchantée, puis en approchèrent le doigt. À peine effleurèrent-ils la tige épineuse que huit pétales s'ouvrirent un par un. Huit pétales pour sept jours. Mathieu sourit, d'un sourire insolent et sûr de lui, puis il descendit d'une marche. Marie-Marie sourit à son tour et monta d'un pas dans l'escalier.

— Vous pouvez reprendre votre fuite, dit-elle.
— Moi vivant, jamais je ne vous épouserai.
— Si, répliqua Marie-Marie. Dans sept jours, très précisément.

*

Lorsqu'il atteignit la cour enneigée de l'opéra royal, Mathieu Hidalf sentit son courage faiblir. Illuminées par un vol de nymphettes, des colonnes de vendeurs de *L'Astre du jour* beuglaient dans la nuit noire : « Mathieu Hidalf osera-t-il reparaître en public ? Le génie de la bêtise marié par le roi et par son père ! »

Pendant une seconde, Mathieu resta pétrifié. Les vendeurs n'étaient pas seuls à attendre sa sortie. La silhouette conquérante de son père défait la nuit glaciale.

Tout se déroulait comme Mathieu l'avait redouté. Il allait être reconduit au manoir, où il serait enfermé et étroitement surveillé, nuit et jour, jusqu'à la cérémonie de mariage. Il ne lui restait qu'une seule chance. Une chance qui nécessiterait tout son talent pour être saisie : négocier, avoir une idée de génie, et tromper son père.

Chapitre 2
La disparition de Mathieu Hidalf

M. Rigor Hidalf et son fils n'étaient jamais plus unis que dans l'adversité. Les journalistes qui les entouraient se turent et s'écartèrent. La neige tombait lentement du ciel d'encre, recouvrant peu à peu la perruque rouge de M. Hidalf et les cheveux noirs de Mathieu. Tous les deux ouvrirent la bouche en même temps et prononcèrent le même mot, comme s'il brûlait leurs lèvres :

– *Négocions.*

Mathieu et son père parurent soulagés d'avoir eu la même idée. Mme Hidalf leur avait certes fait jurer qu'ils ne concluraient plus aucun accord de cette sorte avant la majorité de Mathieu ; qu'ils ne signeraient ensemble aucun contrat ; et qu'ils se comporteraient dignement, dans l'amour et le respect l'un de l'autre. Mais l'heure était venue de rompre ces trois promesses, que M. Hidalf et Mathieu n'avaient prononcées que sous la contrainte. Du reste, ils n'avaient signé ce jour-là aucun papier officiel, ce qui rendait la manœuvre nulle à leurs yeux.

— Je sais, annonça M. Hidalf de but en blanc, que tu feras tout, au cours de ces sept jours, pour éviter ton mariage avec Marie-Marie. Tu sais bien que, pour ma part, je m'efforcerai de te priver de tes moindres droits, de t'emprisonner et de t'empêcher de communiquer avec qui que ce soit. Mais il y a pourtant certaines conditions que nous devons respecter. Une fois que nous nous serons mis d'accord à leur sujet… que celui d'entre nous qui a le plus d'*imagination* triomphe de l'autre.

Mathieu ne prit pas la peine de donner son assentiment. Il était d'accord en tout point.

— Je n'exige qu'une seule chose de toi, affirma M. Hidalf d'une voix suffisamment forte pour être entendue de tous les journalistes. Pas d'*assassinats* ; pas d'*enlèvements* ; pas de mystérieux *maléfices* de mort ni de sommeil… Je t'interdis de toucher *au moindre cheveu* de Marie-Marie.

Les flocons de neige tombaient comme des gouttes d'or entre les nymphettes. Mathieu garda d'abord le silence, comme s'il avait hésité. Puis un sourire se dessina sur ses lèvres lorsqu'il répliqua :

— J'accepte cette condition, père. Mais la contrepartie vous coûtera cher, très cher. J'exige de…

Une porte claqua si fort au-dessus de Mathieu que les vitraux qui la composaient volèrent en éclats. Une personne venait de surgir au sommet du perron de l'opéra. Mme Emma Hidalf, remise de son évanouissement, releva sa robe rouge et descendit les premières marches. Sans un bruit, ses souliers étincelants s'enfonçaient dans la neige, tandis que Mathieu et son père échangeaient un regard inquiet.

– Mathieu Hidalf, ordonna sa mère, tremblante de fureur, je te prie de te taire.

Derrière elle, la silhouette des trois sœurs de Mathieu se dessina dans l'obscurité. L'aînée, la sublime Juliette d'Or, toisait son père d'un œil méprisant. La deuxième, Juliette d'Argent, quoiqu'elle fût célèbre pour son hypocrisie, ne parvenait pas à dissimuler sa colère. Le teint de la petite dernière, Juliette d'Airain, était rougi par l'outrage que venait de subir son frère. Ce fut pourtant Mathieu qui protesta le premier :

– Mère, dit-il courageusement, je sais que vous nous avez interdit, à mon père et à moi-même, d'élaborer le moindre contrat, mais, s'il vous plaît…

– Mathieu, il me semble t'avoir prié de te taire.

Mme Hidalf était si blême qu'on aurait pu la confondre avec une des nombreuses statues qui ornaient la façade de l'opéra.

– Je ne compte pas m'opposer à vos négociations, révéla-t-elle du ton d'un bourreau qui coupe une tête. Mais c'est moi, moi et moi seule, qui négocierai en ton nom.

Mathieu mit une seconde à comprendre et, lorsqu'il comprit, il ne put retenir un cri d'effroi.

– Mère ! s'étrangla-t-il comme si elle l'avait livré en pâture à un ogre. Vous… Vous… Vous ne connaissez rien aux lois ! Rien à l'art subtil du mensonge et de la trahison ! Rien à…

– Pour la troisième et dernière fois, Mathieu, je t'ordonne de te taire, répliqua-t-elle en se tournant vers son mari.

M. Hidalf, ne sachant trop quoi dire ni quoi faire, prit le parti de se taire et d'attendre, ce qu'il faisait brillamment dans toutes les circonstances embarrassantes.

– À nous deux, Rigor, annonça Mme Hidalf avec douceur. Mathieu ne touchera pas au moindre cheveu de Marie-Marie, j'en conviens. Il n'utilisera aucun maléfice de mort ni de sommeil à son encontre, je m'y engage… Mais en échange… je veux que tu m'accordes une demi-heure de discussion avec notre fils, sans la moindre surveillance. Je compte discuter d'amour avec lui, afin qu'il se conduise au mieux avec Marie-Marie, lorsqu'il l'aura épousée. Dans une demi-heure, je te promets d'être de retour ici même.

Mathieu laissa pendre sa mâchoire, abasourdi.

– Une demi-heure de discussion ? répéta-t-il. *Moi*, Mathieu Hidalf, je m'engagerais à ne pas faire assassiner Marie-Marie contre une discussion ? Faites appeler mon avocat, maître Magimel ! Je connais mes droits, et…

– Mathieu, l'interrompit M. Hidalf, tu n'as aucun droit et je t'ordonne d'obéir à ta mère. J'accepte sa contrepartie. Et je t'attendrai, dans une demi-heure, ici même. Fais-en bon usage, voilà tout ce que je peux te souhaiter.

Sur ces mots, le plus heureux de tous les Hidalf tira de son gilet rouge une montre en or, preuve qu'il n'accorderait pas une minute de plus à son épouse.

*

Curieusement, il faisait plus noir à l'intérieur du château royal que dans la cour de l'opéra. Devançant ses quatre enfants, Mme Hidalf marchait à grands pas, traversant des enfilades de salons déserts et silencieux, comme si elle cherchait à mettre le plus de distance possible entre elle et la garde royale.

– Moi, marié contre mon gré à seulement onze ans ! s'indigna Mathieu. Quand je pense que j'ai sauvé la vie du roi il y a un mois ! Si j'avais su, je l'aurais laissé mourir ! Quel scandale ! Tout nous oppose, Marie-Marie et moi ! Tout ! *Elle* est une fille ! *Je* suis un garçon ! *Elle* est blonde ! *Je* suis brun ! *Elle* est stupide ! *Je* suis un génie ! Le seul point commun que nous ayons… c'est la fortune !

Poussant un profond soupir, Mathieu ralentit son allure.

– Bien sûr, admit-il, un point commun, c'est déjà bien, surtout s'il s'agit de la fortune… Mais ça ne suffit pas pour faire un mariage !

– En ce qui me concerne, intervint la petite Juliette d'Airain, j'ai la plus haute estime pour Marie-Marie du Château Boisé.

– Épouse-la, dans ce cas, répliqua la grande Juliette d'Or d'un ton cinglant.

À quelques pas des quatre enfants, Mme Hidalf s'arrêta. Mathieu vit ses épaules se soulever puis s'affaisser, comme si elle respirait profondément. À cette heure, enveloppée dans l'ombre du château, elle ressemblait davantage au capitaine Louis Serra qu'à une mère de famille attendrie.

– Qu'est-ce qu'il lui arrive ? s'étonna Juliette d'Argent à voix basse.

– Elle vient de se rendre compte qu'elle aurait dû me laisser négocier, évidemment ! gronda Mathieu.

– Je veux que tu saches, déclara sa mère, qu'une bataille a commencé ce soir. Une bataille terrible qui ne verra qu'un seul camp triompher. Une bataille entre ton père et moi. Les choses sont allées trop loin. Tant que j'aurai le moindre pouvoir sur la cour, ton mariage n'aura pas lieu. Et je peux, je le crois, te protéger de ton père pendant quelques jours.

Mathieu et les Juliette approchèrent. Il n'y avait d'autre bruit dans toute la galerie que le clic-clac incessant d'une pendule, à laquelle Mathieu adressa un regard sévère, comme pour l'inciter à ralentir.

— Je vais te cacher pendant sept jours, révéla nerveusement Mme Hidalf. Nul ne saura où, hormis tes sœurs et moi.

— Mais…, balbutia Mathieu, presque scandalisé, et la promesse que vous avez faite ?

— J'ai promis de revenir dans une demi-heure auprès de ton père, fit remarquer Mme Hidalf. Je tiendrai parole. Je reviendrai. Mais je reviendrai seule.

Mathieu dévisagea sa mère avec admiration. Elle avait bien dit, au cours des négociations : « Dans une demi-heure, je te promets d'être de retour ici même. » Comment M. Hidalf avait-il pu être piégé si aisément ? Comment Mathieu lui-même n'avait-il pas deviné le projet de sa mère ? Il la fixa droit dans les yeux, avec une curiosité soudaine. Où voulait-elle le cacher ? Et comment réussirait-elle à le faire disparaître en moins d'une demi-heure, dans un château placé sous la surveillance de la garde royale ? Chaque porte dissimulait peut-être un soldat ou un espion du roi.

– Je n'ai qu'une seule question à te poser, affirma Mme Hidalf en surveillant la cour de l'opéra par une fenêtre. Une question déterminante dont dépendra l'issue de ce sinistre complot. Veux-tu *vraiment* empêcher ce mariage ?

Mathieu releva la tête, horrifié.

– Qu'osez-vous insinuer, mère ?

– Ce que maman veut savoir, intervint Juliette d'Or d'un ton cassant, c'est si tu es *amoureux*, oui ou non, de Marie-Marie.

Mathieu manqua mourir d'effroi.

– *Moi* ? Amoureux ? De Marie-Marie ? Et pour quoi faire ?

– Bien, fit Mme Hidalf. Dans ce cas, le plus simple est sans doute d'expliquer à Marie-Marie les raisons pour lesquelles votre mariage est impossible. C'est une jeune fille raisonnable. D'après toi, pourquoi veut-elle t'épouser ?

Mathieu haussa légèrement le sourcil droit.

– Je dois dire que c'est un mystère ! La grande loi de l'amour est formelle : comme toutes les filles, Marie-Marie aime les garçons grands et attentionnés, avec des yeux bleus, et qui savent de la poésie classique. Je ne suis ni grand ni attentionné, je n'ai pas les yeux bleus et je ne connais aucune poésie classique, car je déteste ça.

– Qui t'a dit de telles sottises ? s'étonna Mme Hidalf.

– Juliette d'Or ! dénonça Mathieu, le doigt pointé sur sa sœur aînée.

– Ce n'est pas vrai. Je n'ai jamais dit qu'ils devaient aimer la poésie, objecta la grande Juliette.

– C'était moi, reconnut la petite Juliette d'Airain en rougissant.

Mme Hidalf soupira d'un air accablé.

– Mes enfants, j'ai peur que vous ne deviez apprendre beaucoup sur l'amour.

Un grand silence se fit. Juliette d'Argent, Juliette d'Airain et Mathieu se tournèrent tous les trois vers leur sœur aînée, qu'ils considéraient comme la personne la mieux renseignée au sujet de l'amour et de ses diverses facettes. Juliette d'Or porta une main à son cœur, comme si elle avait été gravement offensée par sa mère. Le clic-clac de la pendule devint presque assourdissant. Dans quelques minutes, M. Hidalf et la garde royale se manifesteraient.

– Je fais confiance à ma sœur ! trancha vivement Mathieu. C'est elle qui a réuni les légendaires anneaux de Foudre, que je sache !

Mathieu faisait allusion aux anneaux d'argent, taillés dans les bois de la Foudre fantôme, que portaient Juliette et son amoureux secret, Tristan Boidoré. Nul n'avait été jugé digne par la légendaire

Foudre fantôme de porter ces anneaux depuis quatre siècles.

— Et tu crois, riposta Mme Hidalf, que lorsque j'ai épousé votre père, je l'ai fait pour ses yeux bleus, sa carrure d'Élitien et son âme de poète ?

— Bien sûr que non, ricana Mathieu. Mais vous, mère, vous n'aviez pas le choix ! C'est bien commode.

En entendant cette accusation, Mme Hidalf rougit jusqu'aux oreilles.

— Bien sûr que j'ai eu le choix ! s'exclama-t-elle, consternée.

Mathieu faillit tomber à la renverse, tandis que les Juliette retenaient leur souffle.

— *J'ai* décidé d'épouser votre père, assena Mme Hidalf. Qu'est-ce que vous vous imaginiez ?

— Ce que je m'i-ma-gi-nais ? répéta Mathieu. Que vous aviez été forcée, bien sûr ! Alors comme ça, vous avez épousé notre père par amour ? Et vous osez nous annoncer une telle nouvelle de cette manière ? Sans même que nous y soyons préparés ? Mon modèle s'effondre ! Tout ce que j'ai imaginé est faux ! Une fois de plus, j'ai été trompé par les adultes ! Je suis stupéfait !

Sous le regard ahuri de ses quatre enfants, Mme Hidalf effectua quelques pas, le temps de retrouver sa pâleur coutumière.

— Bien, reprit-elle. L'affaire est close et nous reparlerons d'amour tous les cinq une autre fois.

Scrutant le beau visage de sa mère, Mathieu s'efforça d'oublier le clic-clac de la pendule. Il ne restait qu'une poignée de minutes avant que la demi-heure accordée par M. Hidalf ne s'écoule. Une poignée de minutes pour disparaître.

— Mathieu, déclara sa mère, il n'existe qu'un seul endroit où tu puisses agir librement… Un endroit que je déteste. Un endroit qui est dangereux. Un endroit où personne n'ira te chercher. Que dis-tu de te réfugier dans l'école de l'Élite ?

Mathieu sentit sa poitrine se comprimer. L'arbre cousu sur sa luide, le célèbre uniforme des Élitiens qu'il portait tous les jours, s'enflamma brusquement. Il aurait tout donné pour trouver refuge dans l'école. Jamais son père, jamais un soldat du roi n'oserait s'y aventurer sans la permission du capitaine Louis Serra. Et s'il était bien une chose dont Mathieu était certain, c'est que le capitaine ne leur donnerait jamais son accord.

— Mais la rentrée de Mathieu n'a lieu que dans une semaine…, fit remarquer la petite Juliette d'Airain d'un ton savant.

Mme Hidalf s'était redressée et marchait en direction des galeries lugubres du château du roi.

— J'ai pris rendez-vous avec la directrice de l'école, la comtesse Armance Dacourt, dès que votre père a quitté l'opéra, révéla-t-elle. La comtesse est sévère, mais elle est juste. Elle acceptera Mathieu, j'en suis convaincue.

Mme Hidalf libéra de la cape qui couvrait ses épaules une nymphette virevoltante. Mathieu reconnut aussitôt la fée personnelle de sa mère, une créature froussarde qui veillait sur elle depuis sa naissance.

– Ma chère Adélaïde, conduis-nous à l'école de l'Élite, je te prie, ordonna Mme Hidalf.

La minuscule Adélaïde frémit au seul nom de la redoutable école et fila comme une gerbe de lumière sous les voûtes d'une galerie déserte.

À chaque pas qui le rapprochait de la grille légendaire de l'Élite, Mathieu sentait l'arbre cousu sur son cœur étinceler davantage. Cela faisait trois semaines qu'il comptait les jours le séparant de sa rentrée. Plusieurs fois, il avait même espéré recevoir une convocation mystérieuse du capitaine Louis Serra. Et le hasard le conduisait finalement dans l'école avec une semaine d'avance…

Lorsqu'il franchit la Grille épineuse qui délimitait le repaire des Élitiens, Mathieu eut la conviction que sa place était bien là : dans cette école silencieuse et ténébreuse.

Chapitre 3
L'ordre du capitaine Louis Serra

Assis entre sa mère et ses trois sœurs dans un vestibule lugubre, Mathieu s'efforçait de rester impassible. La moitié des élèves de l'école considérait la comtesse Dacourt comme la plus belle femme qu'on eût jamais vue ; l'autre moitié la considérait comme la plus cruelle. Secrètement, Mathieu partageait l'avis de chacune des deux moitiés.

La porte du bureau de la directrice était entrouverte, si bien qu'on pouvait apercevoir la silhouette de la comtesse, époustouflante de grâce et de froideur. Armance Dacourt marchait de long en large, d'un pas mesuré, aussi régulier que le clic-clac d'une horloge. Mathieu avait toujours accordé une grande importance aux détails les plus infimes. Les pas de la comtesse Dacourt vous montraient avant même son regard que vous n'étiez qu'une proie imprudente, qui avait eu le malheur de pénétrer dans son antre.

Enfin, la comtesse déposa le rapport qu'elle consultait sur son bureau, se tourna vers le vestibule, puis demanda avec un sourire poli qui la rendait plus redoutable que jamais :

— Que puis-je pour la délégation de la famille Hidalf ?

Mathieu allait répondre qu'il n'était pour rien dans cette malheureuse initiative, mais sa mère fut plus prompte que lui.

— Madame Dacourt, dit-elle fermement, je suis ici pour solliciter votre bienveillance.

Mathieu et Juliette d'Or, qui livraient un combat secret à la comtesse depuis des années, échangèrent un coup d'œil offusqué au mot de *bienveillance*, car, à leurs yeux, la *bienveillance* ne faisait pas partie des vertus d'Armance Dacourt. Cette dernière considéra un par un les quatre enfants Hidalf, marquant un arrêt sur la petite Juliette d'Airain, qui lui adressait un sourire admiratif.

— Je serai parfaitement sincère avec vous, reprit Mme Hidalf d'une voix moins assurée. Vous savez dans quelle terrible situation mon fils se trouve. Il dispose de sept jours pour trouver une solution. Et l'école est le seul endroit où il puisse échapper à la vigilance de la garde royale, qui surveillera bientôt le moindre de ses gestes. Ma question est simple : Accepteriez-vous d'accueillir Mathieu, une semaine avant la rentrée officielle, dans l'école de l'Élite ?

La directrice sourit de plus belle, s'assit, mais ne répondit pas.

– Je vous avais bien dit, mère, que la comtesse Dacourt n'avait aucune affection secrète à mon égard, soupira Mathieu en faisant mine de se lever.

Mais Mme Hidalf le fit rasseoir d'un mouvement brusque et soutint le regard de plus en plus étincelant de la comtesse. Celle-ci se tourna vers Mathieu et déclara avec douceur :

– J'accepte.

Un moment de silence suivit, pendant lequel les trois Juliette et Mme Hidalf elle-même parurent tout à fait surprises. Armance Dacourt ajouta sur le même ton :

– J'aimerais simplement m'entretenir un moment, seule à seul, avec Mathieu Hidalf.

Même s'il ne l'aurait avoué pour rien au monde, Mathieu redoutait Armance Dacourt plus que les cinq frères Estaffes réunis. Face à elle, il était sûr de l'emporter sur le terrain de l'imagination. Hélas ! il était certain d'être battu sur l'ensemble des autres terrains imaginables. Dès que la porte du bureau se referma derrière Mme Hidalf et les trois sœurs, la comtesse fixa Mathieu dans le fond des yeux. Pendant plusieurs secondes, ni elle ni lui ne prononcèrent le moindre mot. Mathieu, dont l'impatience était toujours plus pressante que la peur, finit par demander :

– Pourquoi acceptez-vous de m'aider, madame ?

La comtesse répondit d'une voix presque affectueuse :

– Mathieu Hidalf, vous m'êtes personnellement odieux. Je considère votre seule présence dans cette école comme une injure à la dignité des Élitiens. Vous êtes un fainéant, ignorant et insolent de surcroît. Si vous êtes ici, ce n'est donc nullement en raison d'une affection particulière que j'aurais pour vous.

Mathieu haussa le sourcil droit, légèrement déçu.

– Vous êtes ici, poursuivit la comtesse avec autorité, parce que le règlement de l'école est formel. Il stipule qu'un Prétendant *en danger* peut y trouver refuge à tout moment. J'estime que la garde royale vous menace. Vous êtes donc le bienvenu dans l'école.

La comtesse sourit une fois de plus, et précisa avec indifférence :

– Bien entendu, à la première infraction au règlement, à la première provocation, au premier pas de travers, je vous livrerai sans remords à votre père.

Mathieu pensait que la discussion était close, mais il avait tort. La comtesse changea d'expression.

Sa voix se fit plus basse. Elle demanda lugubrement :

– *Il* vous a convoqué, n'est-ce pas ?

Un long frisson parcourut Mathieu. Il répondit avec étonnement :

– Qui ?

La comtesse souriait encore, mais, désormais, il n'était que trop évident qu'elle se forçait.

– Vous savez *qui*, dit-elle. Je suis certaine qu'il vous a prié de vous rendre à l'école avec une semaine d'avance. Pourquoi, je ne le sais pas encore. Mais je vais le découvrir, Mathieu. Et alors, je serai impitoyable.

Mathieu resta bouche bée ; la comtesse Dacourt ne s'était encore jamais trompée lorsqu'elle l'avait accusé de quoi que ce fût. Cette fois-ci, il lui semblait bien qu'elle avait perdu la tête et, par la même occasion, son redoutable sourire.

– Mathieu Hidalf, je sais parfaitement que le capitaine Louis Serra a souhaité votre venue dans l'école. Je vous ai déjà averti. Je vais le faire une fois de plus, et ce sera la *dernière*. Louis Serra n'a aucun droit sur les Prétendants élitiens. Il n'a que faire de vous. Une seule chose lui importe, une seule : la survie de l'Élite et le combat qui l'oppose aux frères Estaffes.

Il n'y avait plus une once de charme dans les yeux de la comtesse, mais une sincérité effrayante.

— Et pour mener ce combat, Louis Serra est prêt à tout, chuchota-t-elle. Y compris à sacrifier ceux qui l'aiment…

La comtesse marqua un bref arrêt, comme si elle avait regretté ses paroles, avant de préciser :

— … y compris à sacrifier un Prétendant élitien. Jusqu'à nouvel ordre, je serai donc un obstacle permanent entre Louis Serra et vous. Et si je peux prouver qu'il vous a confié une mission, j'exigerai sa démission et votre renvoi de l'école. Est-ce bien compris ?

La tête inclinée, Mathieu s'efforçait de ne pas trahir sa surprise et, surtout, son excitation. Il ne s'était pas attendu à une telle entrée en matière. Lorsqu'il releva les yeux, la comtesse avait retrouvé le sourire qui la rendait si troublante. Aucune trace de colère ou d'inquiétude ne voilait plus son regard. Elle annonça :

— Votre lit n'a pas changé d'emplacement depuis votre départ de l'école. Demain soir a lieu le banquet des Trois Helios, qui célèbre la création de l'Élite. Vous n'y êtes pas convié. Nous nous reverrons dans une semaine, lors de votre rentrée officielle, pour la distribution de vos épreuves. Je vous souhaite bonne chance pour contrarier l'odieux complot mené par votre père contre vous. Au revoir.

Derrière Armance Dacourt, trois nymphettes voletaient sous le plafond, les yeux braqués sur

Mathieu. Au-dehors, la neige recouvrait peu à peu les toits de l'école de l'Élite. Le cœur de Mathieu battait à tout rompre. Il avait été accepté avec une semaine d'avance parmi les Élitiens… et, d'après Armance Dacourt, Louis Serra entrerait bientôt en contact avec lui. Restait à savoir quelle mission le capitaine pourrait bien lui confier…

*

Dès que sa mère et ses trois sœurs eurent quitté l'école, Mathieu s'engouffra dans le premier escalier venu. Il venait d'échapper définitivement à la garde royale et à son père ; le roi lui-même n'avait pas le pouvoir d'entrer dans le lieu le plus mystérieux et le mieux protégé du royaume.

Au loin, un chandelier éclairait un tableau lugubre. L'hiver avait métamorphosé l'école de l'Élite. Tant de vitres étaient brisées que, dans la plupart des galeries traversées par Mathieu, il neigeait comme au-dehors. À mesure qu'il s'enfonçait dans le froid, l'école lui semblait étrangement vide et silencieuse. Même les nymphettes paraissaient moins nombreuses que d'habitude. Bien qu'il y eût déjà passé un mois, Mathieu risquait de se perdre à tout moment. Et pour cause, l'école était si vaste qu'on prétendait que les Élitiens eux-mêmes ne s'aventuraient pas dans ses recoins les plus secrets.

Certaines allées ressemblaient aux souterrains

du manoir Hidalf, immenses, lugubres, ruisselantes. D'autres étaient aussi luxueuses que l'opéra royal, remplies de lustres scintillants, de tableaux des temps passés et de miroirs aux cadres d'or. Mathieu s'était introduit dans une des ailes luxueuses de l'école, admirant chaque salon comme s'il y pénétrait pour la première fois. Sur les rebords, sur les toits, sur les balcons, des statues d'Élitiens se dressaient au-dessus du vide, menaçantes.

Dans les profondeurs de l'école, Mathieu fut enfin assuré qu'il n'y était pas seul. Les bruits d'un combat à l'épée résonnaient au loin. Intrigué, il s'approcha à pas de loup et surprit deux Apprentis, d'une quinzaine d'années l'un et l'autre, qui s'entraînaient à l'épée au milieu d'une fontaine gelée. Une couche de glace, si fine qu'elle n'aurait pas supporté le poids d'un chat, recouvrait le bassin. Mais l'arbre doré cousu sur le cœur des deux garçons leur permettait, miraculeusement, de ne pas transpercer la glace. Toutefois, lorsqu'ils aperçurent Mathieu, ils furent si étonnés qu'ils en oublièrent de maintenir leur attention. La couche de glace se fendit aussitôt et les deux Apprentis finirent à plat ventre dans l'eau gelée.

– C'était Mathieu Hidalf ? s'écria l'un d'eux, éberlué.

– Impossible ! répondit le second. J'ai entendu dire qu'il était prisonnier de la garde royale !

Mathieu s'éloigna sans demander son reste. Croisant son reflet dans une vitre, il contempla l'arbre doré cousu sur son cœur. Cet arbre dont les pouvoirs étaient méconnus et incroyables. Cet arbre qui était la force des Élitiens. Chaque fois qu'un élève réussissait une mission ou accomplissait une épreuve, il recevait une nouvelle branche. L'école comptait deux grands types d'élèves : les Prétendants et les Apprentis. Les premiers possédaient moins de six branches sur leur arbre et étaient actuellement en vacances. C'était à leur catégorie qu'appartenait Mathieu, dont l'arbre ne comptait que deux branches. Lorsqu'il recevrait sa sixième branche, il deviendrait Apprenti. Malgré leur jeune âge, les Apprentis étaient pour la plupart de formidables combattants. Les plus brillants d'entre eux devenaient un jour des pré-Élitiens. Ces derniers devaient obéissance et loyauté à l'Élite, mais ils n'étaient plus considérés comme des élèves. Un jour, peut-être, les pré-Élitiens auraient l'honneur d'intégrer les rangs des Élitiens eux-mêmes, car la constitution était formelle sur ce point : les Élitiens étaient trente, jamais un de plus, ni un de moins ; les trente hommes les plus redoutés du royaume, et les seuls à échapper au pouvoir du roi.

Au détour d'un escalier étroit, Mathieu fit une halte devant un gigantesque vitrail qu'il n'avait encore jamais aperçu. Il représentait un couple, se tenant par la main, au pied d'un arbre doré bien plus jeune que celui qui était planté dans le vestibule de l'école. Sur le vitrail, derrière l'arbre, une tour se dressait au milieu d'une forêt. Mathieu en examina les moindres aspects avec attention. Il ne sortit de sa rêverie que lorsqu'une voix grave retentit derrière lui.

— Les rumeurs sont donc vraies. Vous êtes de retour dans l'école… Et devant le vitrail de *la tour Disparue* et du premier Élitien, bien entendu…

Mathieu aurait reconnu cette voix entre mille. Il se retourna et se trouva nez à nez avec Tristan Boidoré, un jeune homme aux cheveux noirs et bouclés qui tombaient gravement sur un visage anguleux. À sa main gauche, un anneau d'argent étincelait de mille feux. C'était le second anneau de Foudre, qui unissait Tristan et Juliette d'Or.

— L'anneau a-t-il un aussi grand pouvoir qu'on le prétend ? demanda Mathieu, les sourcils froncés.

Il avait appris que le jeune pré-Élitien était l'amoureux de sa sœur seulement trois semaines plus tôt, après que Juliette lui avait fait croire qu'ils se détestaient. Mathieu n'avait guère apprécié d'être passé pour un imbécile pendant presque un mois.

— L'anneau a en effet un grand pouvoir, admit Tristan Boidoré d'une voix songeuse. Un pouvoir dangereux, à vrai dire… On prétend que quiconque le porte tombe éperdument amoureux de la personne qui porte le second anneau. Nous avons essayé, votre sœur et moi, de nous en séparer… de les porter de moins en moins… sans y parvenir.

Mathieu fixait le bijou avec une convoitise soudaine.

– Savez-vous quelle a été ma première idée, lorsque j'ai découvert que *vous* étiez l'amoureux de ma sœur ? demanda-t-il, presque menaçant.

Tristan, qui craignait le pire, ne répondit pas.

– J'ai tout de suite songé à écrire une lettre à la comtesse Armance Dacourt – votre propre tante, n'est-ce pas ? – afin de tout lui révéler… Puis j'ai pensé que j'attendrais une meilleure occasion pour faire usage de cette information… La question est la suivante : Quand ce moment arrivera-t-il ?

Tristan Boidoré avait la particularité d'être aussi expressif qu'une statue. Il posa la main sur l'épaule de Mathieu, la resserra et répondit d'un air indifférent :

– Savez-vous quelle a été ma première idée lorsque Juliette m'a dit que vous nous aviez démasqués ? J'ai tout de suite songé à me rendre au manoir Hidalf et à vous étouffer dans votre sommeil. Puis j'ai pensé que j'attendrais une meilleure occasion pour me débarrasser de vous, Mathieu Hidalf. La question est la suivante : Ce moment est-il arrivé, d'après vous ?

Mathieu perdit son sourire. Il avait déjà vu Tristan Boidoré faire usage de son épée, et il ne souhaitait pas être le prochain à en faire les frais.

— Je ne crois pas que le moment soit arrivé, balbutia-t-il.

— C'est également mon avis. Mais ce n'est pas tant pour vous parler de Juliette que je suis venu à votre rencontre… que pour vous ordonner d'être prudent, Mathieu.

Une ombre voila le visage de Tristan Boidoré.

— L'école a changé, depuis votre départ, chuchota-t-il. L'Arbre doré frémit quelquefois, au cœur de la nuit… Certains signes semblent annoncer… une chose inquiétante…

— Est-ce que le capitaine Louis Serra sait que je suis de retour ? répondit seulement Mathieu.

— Bien sûr qu'il le sait. Il sait tout ce qui se trame dans l'école.

— Et est-ce qu'il va bien ?

Tristan marqua un temps d'arrêt, comme si la réponse à cette question n'était pas à son goût.

— Depuis que j'ai été nommé pré-Élitien, je n'ai vu qu'une seule fois Louis Serra, révéla-t-il. Il m'a ordonné de participer à la surveillance du manoir Hidalf pendant vos vacances…

Mathieu haussa légèrement le sourcil droit. Il

avait passé trois semaines au manoir de ses parents sans avoir jamais remarqué la moindre présence.

— Vous m'avez surveillé ?

— Vous avez été témoin de la mort de l'un des six Estaffes, expliqua Tristan Boidoré. Louis Serra craint une réaction de ses cinq frères… Le manoir Hidalf a donc été placé sous protection élitienne…

Mathieu reporta son attention sur le vitrail, soudain éclairé par un vol de nymphettes qui luttaient contre le vent glacial, hors de l'école.

— Les frères Estaffes n'oseraient jamais pénétrer ici, n'est-ce pas ?

— Vous avez eu une journée éprouvante, Mathieu…, murmura seulement Tristan. Vous devriez vous coucher. Si jamais vous avez besoin de moi, si jamais vous avez la moindre question, le moindre ennui avec d'autres élèves, faites-le-moi savoir.

— Pourquoi aurais-je des ennuis avec des élèves ?

— Oh ! soupira Tristan, parce que plusieurs Apprentis ne manqueront pas de fêter vos fiançailles avec Marie-Marie…

Sur ces mots, le jeune homme s'éloigna. Sa silhouette noire fut bientôt engloutie par les ténèbres. Mathieu erra encore quelques minutes dans les couloirs, espérant secrètement recevoir un signe de la part du capitaine Louis Serra. Puis, lorsque le froid eut raison de sa patience, il poussa la double porte de la bibliothèque des Prétendants, qui s'ouvrit dans un grincement sonore. Une petite nymphette, assoupie dans une lanterne que les lecteurs pouvaient emprunter à leur guise pour s'éclairer la nuit, s'éleva dans la gigantesque salle. Elle jeta d'abord une lueur fantomatique sur les peintures fascinantes qui couvraient les plafonds, des peintures de batailles sanglantes, puis sur les cristaux des lustres éteints et, enfin, sur une armée de lits silencieux. C'était dans la bibliothèque que les plus jeunes élèves de l'école, les Prétendants, avaient établi leur dortoir. Un vent glacial, qui s'engouffrait à travers un carreau brisé, faisait onduler les rideaux de la plupart des lits.

Un sourire de joie et de triomphe s'épanouit sur le visage de Mathieu Hidalf. Il avança en courant entre les sommiers, sur lesquels étaient gravés le nom et le prénom de leurs propriétaires. Enfin, il atteignit un lit vert, colossal, qu'il considéra en silence comme s'il s'agissait d'une pièce d'orfèvrerie. Son propre nom étincelait en lettres d'argent sur le rebord d'ébène. Mathieu tira les rideaux d'un geste brusque et fit un bond en arrière ; une centaine de nymphettes, endormies, en jaillirent comme un nuage de lumière. Les créatures filaient sur les lustres éteints de la bibliothèque, l'illuminant de part en part. Mille bouches minuscules et ravies chuchotaient : « Mathieu Hidalf est de retour ! Mathieu Hidalf est de retour ! »

Pour la première fois depuis son départ de l'école, trois semaines plus tôt, seul dans une bibliothèque glaciale, Mathieu Hidalf éprouvait un curieux sentiment ; un sentiment qui s'apparentait à du bonheur. Et ce n'était certes pas Marie-Marie du Château Boisé qui l'empêcherait de savourer son retour parmi les Élitiens : la conférence de presse lui semblait presque n'avoir jamais eu lieu.

Il s'apprêtait à s'asseoir lorsqu'un éclat d'argent attira son attention. Son cœur fit un bond. La rose sur laquelle il s'était piqué le doigt avec Marie-Marie tournoyait, posée sur son lit. La cloche de verre qui la couvrait avait disparu. Pendant une seconde, Mathieu cessa de respirer. Il se retourna vivement et ouvrit les rideaux des lits voisins, comme pour s'assurer que la jeune fille n'y était pas dissimulée. Comment avait-elle su qu'il se rendrait dans l'école ? Et comment était-elle parvenue à y faire porter cette rose ? Il remarqua aussitôt une nymphette, perchée sur la fleur.

– Adélaïde ? s'étrangla-t-il, en reconnaissant la fée de sa mère.

– Ne me regardez pas avec cet air sévère, Mathieu Hidalf, répondit la fée. Je préférerais n'avoir jamais pénétré ici… Mais madame votre mère a insisté pour que je veille sur vous. Et je compte bien lui obéir.

– Qui a apporté cette rose ? questionna Mathieu.

La fée leva timidement un doigt vers un recoin particulièrement obscur de la bibliothèque. Une ombre se dessina sous les yeux de Mathieu.

– Dans une heure, ordonna une voix glaciale, tu te rendras à la Grille épineuse de l'école et tu en signeras le registre.

Le cœur de Mathieu fit un bond. Cette voix grave était celle du capitaine Louis Serra. La comtesse avait eu raison. Mathieu allait poser une question, mais à peine eut-il entrouvert les lèvres que la voix froide du capitaine des Élitiens retentit à nouveau :

– Ne prononce pas un mot. Je ne suis jamais venu te voir. Tu ne m'as pas vu. Tu ne m'as pas entendu. Ne fais confiance à personne, et ne quitte l'école sous aucun prétexte.

Mathieu ouvrit à nouveau la bouche, mais aucun son n'en sortit. Le capitaine avait disparu. Et nul ne semblait avoir remarqué sa présence. Mathieu s'assit sur son lit, le cœur battant. À côté de lui, Adélaïde ne prononçait pas un mot.

Jamais une heure ne parut si longue à Mathieu Hidalf. Lorsqu'elle fut écoulée, il traversa les rangées de lits vides et quitta la bibliothèque.

*

La Grille épineuse n'était pas une grille ordinaire. On prétendait qu'elle était le seul et unique moyen d'accéder à l'école. Constituée de barreaux noirs recouverts d'épines longues comme des poignards, elle ne comportait aucune serrure et ne s'ouvrait que sur la signature de l'un des membres de l'Élite. Deux pupitres étaient situés de chaque côté de la grille, supportant chacun un lourd registre couvert de noms et de prénoms.

Parvenu dans le vestibule, Mathieu s'était rarement senti si minuscule sous les branches du gigantesque Arbre doré, planté dans l'enceinte de l'école. Chaque Élitien, chaque élève, chaque professeur possédait sa propre branche sur cet arbre. Mathieu approcha timidement du registre intérieur, plongé dans l'ombre, qui permettait d'ouvrir la grille. Il ignorait pourquoi le capitaine lui avait ordonné de le signer mais il ne doutait pas que quelque chose d'inattendu se produirait. Il s'empara de la plume baignant dans une encre noire comme la prunelle d'un loup et inscrivit son nom sur une page jaunie. Docilement, la gigantesque Grille épineuse tourna sur ses gonds. Mathieu la contempla en silence. Sans un bruit, une ligne apparut alors sur le registre, précisément sous son nom, comme écrite par une main invisible et maladroite. Mathieu lut le message en retenant son souffle :

Je suis furieux que tu sois de retour dans l'école, Mathieu. Tu ne réalises pas le danger que tu cours. Tu ne dois pas chercher à me voir. Nous ne devons pas échanger le moindre mot ni le moindre regard.

À compter de ce jour, tu es un Prétendant ordinaire à mes yeux. Comprends-moi, s'il te plaît. Nous sommes surveillés. Par la comtesse, certes... mais un autre nous surveille également, bien plus dangereux qu'Armance Dacourt.

Il est là, quelque part parmi nous. Plusieurs signes me confirment sa présence, sans que je puisse jamais le démasquer. S'il devine que nous sommes proches, Mathieu, il te tuera. Garde précieusement le secret de son existence. Tu ne peux faire confiance à personne.

Lorsque les phrases s'effacèrent, il semblait à Mathieu qu'une silhouette, tapie dans l'ombre, l'observait. Un tremblement le parcourut.

– Capitaine ? appela-t-il.

Ce mot résonna en écho dans le vestibule désert. Mathieu scruta l'obscurité avec méfiance.

Sur le chemin de la bibliothèque, il tomba nez à nez avec une statue silencieuse et solitaire de Louis Serra. Désormais, l'Élitien ne serait plus seul... Car Mathieu Hidalf ne comptait pas consacrer sept jours à réduire Marie-Marie en poussière.

Pour tout autre que lui, le message inscrit sur le registre aurait été un mystère. « Il est là, quelque part parmi nous. » Mais Mathieu ne savait que trop bien de qui il était question. Il y avait pensé pendant trois semaines, tous les jours, chaque fois qu'il ouvrait son album de l'école de l'Élite, dans lequel il collectionnait les vignettes des trente Élitiens.

De retour dans la bibliothèque, Mathieu traversa machinalement les rangées de lits, puis s'allongea. Il ouvrit une fois de plus son album de l'école, sur lequel étincelait une gravure de l'arbre doré. Comme tous les soirs, il dévisagea un par un les trente Élitiens.

L'un d'eux avait trahi le royaume. L'un d'eux servait d'yeux, d'oreilles et peut-être même d'épée aux redoutables frères Estaffes, les ennemis jurés de l'Élite. Seuls Mathieu et le capitaine partageaient le secret de son existence. Depuis trois semaines, Louis Serra traquait un ennemi invisible, patientait, attendait une erreur, un indice ou un drame. Trahir, pour un Hidalf, n'avait rien de scandaleux : c'était presque le signe d'une bonne éducation. Mais trahir, pour un Élitien, était inconcevable. Jamais Mathieu n'avait entendu parler d'une telle chose. Les Élitiens étaient plus unis que les doigts d'une main. Plus unis que les branches lumineuses reliées au tronc de l'Arbre doré.

Mathieu posa la tête sur son oreiller. Le froid était tel qu'il grelottait malgré l'épaisseur de sa couverture. Au pied de son lit, la rose d'argent tournoyait en silence.

À minuit, un pétale de la rose se détacha. Il n'en restait désormais que sept. Le compte à rebours venait de commencer.

Un peu plus loin, alors que Mathieu dormait enfin, la minuscule Adélaïde remarqua un éclat d'argent derrière la noirceur d'une fenêtre. Le cœur de la petite fée commença à battre plus fort. Le point d'argent apparaissait et disparaissait à la lisière des bois, plus rapide que l'éclair. Il s'arrêta soudain. Ce fut comme si un mirage devenait une réalité ; la biche la plus sublime qu'on pût imaginer prit forme. Adélaïde reconnut la légendaire Foudre fantôme, cette créature que Mathieu avait désespérément traquée pendant trois semaines, cette biche qui avait échappé aux redoutables frères Estaffes.

Pendant une minute, la biche demeura parfaitement immobile, comme si elle avait pressenti ce que personne, hormis elle, ne pouvait encore deviner. Comme si ses incroyables pouvoirs lui avaient permis de lire une menace dans le ciel noir qui coiffait la forêt. Puis un mouvement dans la profondeur des bois, qui n'était peut-être qu'un souffle de vent, alerta la biche. À la vitesse de l'éclair, son corps d'argent sembla se dissoudre dans la nuit.

Il n'y avait, dans la neige fraîchement tombée, pas la moindre empreinte qui puisse attester le passage de la Foudre fantôme.

Chapitre 4
Mathieu Hidalf
et la belle endormie

Mathieu Hidalf n'avait jamais aimé les rêves, et plus ils étaient beaux, plus il les détestait. Cette haine farouche datait de ses quatre ans ; il avait rêvé, une nuit, qu'il était devenu enfin un adulte. À son réveil, découvrant que rien n'avait changé, Mathieu avait fait un scandale : mais le scandale s'était révélé inutile. La journée qui avait suivi avait été la plus décevante de sa vie, juste après celle où, âgé de huit ans, il avait rêvé qu'il était nommé capitaine des Élitiens.

Ce matin-là, sous le regard protecteur d'Adélaïde, Mathieu dormait nerveusement. Il rêvait qu'il montait au sommet d'une tour, gravissant une à une les marches d'un escalier étroit et tortueux. À chaque pas, un nuage de poussière se soulevait derrière lui, comme si personne n'avait gravi cet escalier depuis la nuit des temps. Parvenu au sommet, Mathieu pénétrait dans une chambre d'un autre siècle ; un lit d'ébène se dressait en plein cœur de la pièce. Sur le lit, une jeune fille reposait paisiblement, en partie recouverte de poussière ; c'est qu'elle avait dû dormir là un demi-siècle. Ses cheveux se répandaient pourtant en une cascade dorée sur son oreiller blanc. C'était Marie-Marie du Château Boisé. Entraîné par une force irrésistible, Mathieu Hidalf approchait timidement, puis, sans la moindre hésitation, il déposait un baiser sur les lèvres poussiéreuses de la jeune fille.

Un nuage de nymphettes s'envola dans la bibliothèque lorsque Mathieu s'éveilla en sursaut, poussant un hurlement.

– Vous avez fait un cauchemar ? demanda Adélaïde, la nymphette personnelle de sa mère, en voletant autour de lui.

Reprenant ses esprits, Mathieu cligna plusieurs fois des yeux.

– Quelle horreur ! souffla-t-il. J'ai rêvé que les frères Estaffes assassinaient la moitié de l'école… C'était affreux et très violent !

– Pauvre enfant, s'inquiéta Adélaïde. Espérons qu'il ne s'agissait pas d'un rêve prémonitoire…

– À ce sujet, il n'y a aucun risque, répondit sombrement Mathieu.

*

La comtesse Armance Dacourt sursauta lorsque trois coups furent frappés contre sa porte, à une heure si matinale. Au grand étonnement de la directrice, Mathieu Hidalf apparut ; il n'était pas rare que Mathieu soit convoqué dans son bureau, mais beaucoup plus rare qu'il s'y présente de lui-même.

– Des aveux ? questionna-t-elle.

– Oui, madame, reconnut Mathieu, si pâle que la comtesse craignit un instant qu'il ne fasse un malaise. Pour la première fois de ma vie, je dois bien admettre que j'ai besoin d'aide. Il est temps que je consulte enfin… la cellule *psychologique* de l'école de l'Élite.

La comtesse écarquilla les yeux.

– Je partage naturellement votre avis, admit-elle. Mais je n'en suis pas moins surprise. *Vous* voulez rencontrer un psychologue de l'école de votre plein gré ?

Mathieu haussa légèrement le sourcil droit.

– Pas *un* psychologue de l'école, madame, protesta-t-il, *le* psychologue de l'école ! J'exige le meilleur d'entre eux ! Celui auquel Louis Serra s'adresse lorsqu'il a le cafard ! Celui auquel le roi en personne doit demander un rendez-vous plus d'une semaine à l'avance ! Je veux le voir, et je veux le voir *tout de suite* ! Je savais bien que mon génie dissimulait de graves troubles psychologiques.

Un enfant comme moi ne pouvait pas être sain d'esprit ! J'en ai désormais la preuve irréfutable, acheva-t-il, abattu. Et je suis disposé à prendre les mesures qui s'imposent.

La comtesse, de plus en plus soucieuse, réfléchit un instant.

– Si vous souhaitez vous confier à moi, proposa-t-elle enfin, sachez que je peux être une oreille attentive. Et que tout ce que nous nous dirons ne sortira jamais de ce bureau.

– Sans vouloir vous offenser, j'aimerais mieux voir le psychologue de Louis Serra, répliqua Mathieu.

*

Mathieu avait déjà une certaine expérience des cabinets de psychologue, Mme Hidalf l'ayant forcé à consulter tous les médecins du royaume entre ses deux ans et ses six ans. À six ans, Mathieu avait enfin appris à parler et plus aucun psychologue n'avait accepté de le recevoir.

Cela faisait près d'une minute que la comtesse Dacourt avait quitté son bureau. Mathieu était resté sagement assis, tâchant d'ignorer l'armada de nymphettes élitiennes, perchées sur un lustre éteint, qui épiait le moindre de ses gestes. Les nymphettes qui portaient une luide et dont un arbre doré miniature ornait le cœur étaient les seules, dans tout le royaume, sur lesquelles Mathieu n'avait aucune emprise. Toutefois, de son fauteuil, il scrutait un énorme livre, sur lequel le nom de Louis Serra venait de s'inscrire. Il s'agissait d'une copie des deux registres de l'école, qui permettaient d'ouvrir la Grille épineuse. Il comprit aussitôt comment Louis Serra lui avait transmis ses instructions, la veille au soir. Le capitaine avait chargé l'une des nymphettes de retranscrire son message puis de l'effacer. Mathieu se redressa légèrement sur son fauteuil lorsque la porte du bureau s'ouvrit derrière lui.

— Je vous ai trouvé un psychologue, annonça la comtesse Dacourt. Du moins se présente-t-il comme tel.

Lorsque Mathieu se retourna, il n'en crut pas ses yeux. À côté de la sublime Armance, un vieillard voûté émit un couinement sonore. Ses sourcils blancs dominaient un regard pétillant. Mathieu ne l'avait jamais vu vêtu autrement que d'une robe de chambre bleue à boutons d'or : il s'agissait de maître Barjaut Magimel, le notaire personnel des Hidalf. Le mot de notaire était d'ailleurs assez réducteur au sujet de ce génie, qui avait occupé, au cours de sa longue carrière, tous les postes les plus importants du royaume.

La comtesse leur adressa à tous deux un regard méfiant, comme si elle avait redouté un mauvais coup. Puis elle ouvrit dignement une petite porte, dissimulée dans un recoin de son bureau. Une minuscule bibliothèque, agrémentée de deux fauteuils verts, était éclairée par un rayon de soleil. Une théière fumante et une tasse vide semblaient attendre que maître Magimel se servît, ce qu'il fit le plus naturellement du monde.

*

– Avez-vous des nouvelles de ma famille depuis hier soir ? demanda Mathieu au notaire, dès qu'ils furent seuls.

– Juliette va bien, déclara le vieux Magimel avec bonne humeur. Elle a beaucoup grandi.

Maître Magimel était un génie, mais son génie avait des limites, et Mathieu le soupçonnait de n'avoir jamais compris qu'il existait trois Juliette. Ainsi, pour peu qu'il eût croisé la petite Juliette d'Airain dans la matinée puis Juliette d'Argent dans l'après-midi, il n'était pas rare d'entendre maître Magimel s'exclamer d'un air ahuri : « Qu'est-ce que vous avez grandi, aujourd'hui ! »

– Et mon père ? poursuivit Mathieu avec impatience. Est-il furieux ?

Maître Magimel faisait partie de ces personnes qui, tout en ayant sauvé cent fois la mise de M. Rigor Hidalf, se réjouissaient sans cesse de ses mésaventures.

– Il est absolument furieux ! dit-il gaiement. Votre père ne se doute absolument pas que vous avez trouvé refuge dans l'école… Il vous fait rechercher dans chaque placard à balais du château. Le plus curieux est que son pire ennemi, M. Méphistos Pompous, cherche lui aussi son fils, Roméo, qui a disparu quelques heures après votre conférence !

Sur ces mots, maître Magimel lissa sa barbe blanche d'une main ferme et annonça gravement :

– Voyons les choses en face, Mathieu Hidalf. Vous êtes plongé au cœur de terribles difficultés. Votre père et le roi ont changé la Constitution du royaume pour vous fiancer à Marie-Marie. Et nous disposons de sept jours pour contrecarrer leur projet. Vous n'avez aucune chance de vous en sortir, du moins si j'en crois les apparences.

– Je n'ai pas de temps à perdre avec les apparences, figurez-vous, riposta Mathieu d'un ton cassant.

Maître Magimel posa sa tasse de thé d'une main tremblante.

– Vous n'avez… pas besoin… de moi ?

– Au contraire, répondit Mathieu plus faiblement. J'ai besoin de vous, maître. J'ai besoin de vous pour un problème beaucoup plus important que ce mariage… C'est bien simple, je crois que j'ai perdu la raison.

– Ah, ah ! fit Magimel, ravi, en renversant le contenu de sa tasse de thé.

Mathieu marqua un nouveau silence.

– Maître, dit-il sévèrement, sans vouloir vous offenser, je me demande si vous êtes bien la personne qui convienne à mon problème. Vous vous y connaissez très bien en constitutions, en articles de droit et en fraudes fiscales, mais… aujourd'hui… je dois vous parler d'une chose que vous ne connaissez sans doute pas…

Mathieu rougit davantage et dit avec une maladresse accrue par la fureur :

– Je dois vous parler d'*amour*…

À ce mot, maître Magimel ne couina pas comme Mathieu l'aurait cru. Il se redressa froidement, soudain plus droit que le manche d'un balai, et commença de marcher en rond autour de son fauteuil, tout en buvant à grandes lampées dans sa tasse pourtant vide.

– Moi ! dit-il avec fracas. Moi, ne pas connaître l'amour ? Moi, maître Barjaut Magimel ?

Le vieillard se rassit, l'air vivement contrarié.

– Allons, Mathieu Hidalf, cessez vos sottises ! Je vous écoute.

Comme s'il avait brusquement perdu le contrôle de lui-même, Mathieu se leva à son tour de son fauteuil, écartant les bras comme s'il voulait s'envoler.

– J'ai fait un rêve, maître Magimel! s'écria-t-il. Vous savez que je déteste les rêves… Eh bien, celui-ci est le plus terrifiant que j'aie jamais fait. Il commence en bas d'une tour… Je monte! Un pas! Je monte! Un pas! Je monte!

– Un pas? prédit maître Magimel, les sourcils froncés.

– Non, à ce moment-là, je suis arrivé, répliqua durement Mathieu. Et en haut de cette tour, qu'est-ce que je découvre?

– Un balcon?

– Pas du tout! Je trouve un lit! J'approche! Un pas, deux pas, trois pas! Je tire les rideaux du lit… et là, qu'est-ce que je découvre?

Le souffle court, le vieux juriste semblait attendre la réponse comme si sa vie en dépendait.

– Vous ne me croirez jamais! reprit Mathieu d'une voix tremblante. Dans le lit, il y a Marie-Marie du Château Boisé en personne. Elle est blonde. Elle est belle. Elle est poussiéreuse et endormie! Endormie d'une façon magique qui fait que je sens bien qu'il faut que j'accomplisse quelque chose de magique pour la réveiller!

– Ah, ah! fit Magimel en envoyant sa tasse se fracasser contre un mur. Nous y sommes! Et quelle est cette chose magique qu'il faut que vous accomplissiez pour la réveiller, Mathieu Hidalf?

– C'est ici que l'affaire se corse, annonça Mathieu

en rougissant. Savez-vous ce que je ferais, ailleurs que dans un rêve, dans une telle situation ? Je mettrais aux pieds de Marie-Marie des bottes de sept lieues, pour qu'à son premier pas elle s'écrase contre un mur... tout comme votre tasse.

Il se calma, l'air soudain concentré et dubitatif.

— Mais là... savez-vous ce qu'il se passe ? Je donne un baiser à Marie-Marie.

Mathieu avait la tête basse. Le front brûlant. Les joues rouges. Dans son fauteuil, maître Magimel ne cilla pas.

— Je lui donne un baiser ! rugit Mathieu. Maître, ma question est simple : Que peut bien signifier un rêve de cette sorte ? Suis-je tombé malade ? Vais-je devenir amoureux comme Juliette d'Or et Tristan Boidoré ? Vais-je devenir aussi stupide et prévisible qu'eux ? Est-ce que mes oreilles vont se décoller ? Dites-moi tout, que je sache au moins ce qui m'attend...

Maître Magimel pianotait nerveusement sur l'accoudoir de son fauteuil, à la recherche de sa tasse de thé.

— Vous réveillez-vous, après ce premier baiser ? demanda-t-il distraitement.

Mathieu Hidalf poussa un soupir de désespoir.

— Maître ! s'écria-t-il, vous n'avez rien compris ! Ce n'est pas moi qui dors, c'est Marie-Marie ! C'est elle qui se réveille, bien sûr !

Mathieu se tut brusquement ; on venait de frapper trois coups à la porte de la minuscule bibliothèque, qui s'ouvrit sur la comtesse Dacourt. Avait-elle tout entendu ? Une main potelée écarta alors la jeune directrice ; une dame au sourire bienveillant, embelli de deux fossettes, fit entrer derrière elle deux valets encombrés de tonnes de tissu rouge.

– De quoi s'agit-il ? interrogea Mathieu.

Sans répondre, la dame aux fossettes le fit tourner sur lui-même, comme une toupie.

– Du rouge, du rouge ! grogna-t-elle. A-t-on déjà vu un marié porter du rouge ? Rigor Hidalf est un homme charmant, mais reconnaissons qu'il n'a aucun goût : ce sera du rouge et des *H* dorés pour toute la famille !

La comtesse Dacourt expliqua avec un air faussement désolé :

– Votre père a découvert où vous étiez caché, Mathieu Hidalf, en faisant suivre maître Barjaut Magimel jusque dans l'école.

Maître Magimel fronça les sourcils.

– Il a envoyé cette couturière ici, déclara la comtesse. Elle est en charge des habits de noces de la famille Hidalf… Je suis confuse, Mathieu.

– Vous aurez l'air d'une tomate farcie, annonça la dame aux fossettes, mais la commande est formelle : ce sera du rouge !

— Du rouge, du rouge, grommela maître Magimel de son fauteuil. Vous n'avez que ce mot à la bouche, madame !

— Vous êtes également concerné, vieil homme, répliqua la couturière en détaillant avec mépris la robe de chambre bleue de maître Magimel. En tant que grand notaire des Hidalf, vous porterez un costume de cérémonie rouge.

— Moi ? s'écria Magimel, offusqué, en posant une main sur son cœur de vieillard. Madame, vous apprendrez que, d'après la loi, nul ne peut…

La couturière, qui n'entendait rien au droit ni à aucun des domaines qui rendaient maître Magimel si impressionnant aux yeux des autres, le leva de son fauteuil comme elle l'aurait fait d'un vieux balai, et commença à le mesurer. Le juriste avait beau ne pas aimer le rouge, il avait le teint aussi cramoisi que le tissu porté par les valets.

*

Lorsque la couturière prit congé de maître Magimel et de Mathieu Hidalf, l'un et l'autre décidèrent, d'un commun accord, de ne jamais évoquer cet événement en public.

— Vous reverrai-je ? demanda Mathieu avec espoir. Il se peut que j'aie besoin de vous prochainement, maître.

— Votre famille loge au château jusqu'à vos

noces avec Marie-Marie, expliqua le vieil homme. Quant à moi, je ne suis venu qu'à la prière du capitaine Louis Serra. Les anciens directeurs de l'école sont toujours conviés au banquet des Trois Helios.

Maître Magimel avait occupé la place du baron Hudson, le directeur général de l'école, pendant de nombreuses décennies, avant d'entrer au service des Hidalf. Mathieu observa le juriste disparaître au coin d'une galerie. Il se réjouissait de ne pas être convié au banquet des Trois Helios, qui avait tout l'air d'être le genre d'événements où les discours interminables succèdent aux discours à dormir debout. Une étincelle de lumière se posa alors sur son épaule : la petite Adélaïde avait patiemment attendu qu'il eût fini son entretien.

– Faisons le compte, dit gaiement Mathieu. J'ai sept jours pour ne pas tomber amoureux de Marie-Marie, ce qui sera un jeu d'enfant. Un banquet se prépare, auquel je ne suis pas convié. Je n'ai aucune épreuve en cours. Et je suis le seul Prétendant dans toute l'école de l'Élite. D'après toi, à quoi devrais-je me consacrer ?

– Sans doute à vous instruire, monsieur Hidalf, affirma la nymphette d'un ton sévère.

Mathieu haussa légèrement le sourcil droit.

– Je n'aime pas m'instruire. Je crois plutôt que je vais consacrer cette journée à ne rien faire.

*

Assis à une table de la bibliothèque, Mathieu Hidalf avait tenu parole : il ne s'instruisait pas. Pourtant, il avait commencé par retirer d'une étagère l'ouvrage le plus volumineux qu'il avait pu trouver : la célèbre et imbuvable constitution des Élitiens, qui expliquait en mille articles ce qu'un seul article aurait pu résumer, selon Mathieu : *Les Élitiens ont tous les droits.* Hélas ! sitôt qu'il s'était emparé de la constitution, il l'avait déposée sur son fauteuil et s'était assis dessus, afin de prendre de la hauteur. Devant lui, une lettre qui lui semblait un chef-d'œuvre, et dont Adélaïde avait corrigé les fautes d'orthographe, n'attendait que d'être fourrée dans une enveloppe pour être portée à son destinataire. La lettre annonçait :

Cher père,

En raison de la conférence de presse d'hier soir (que je dois vous avouer n'avoir pas beaucoup appréciée, surtout vers la fin), j'ai l'honneur de vous informer que mon affection à votre égard a nettement diminué. En d'autres termes, je vais vous humilier une fois de plus, mais d'une manière nouvelle que vous n'oublierez jamais.

Toutefois, en souvenir des heureux moments que

nous avons passés ensemble le jour où vous m'avez aidé à tricher pour entrer à l'école de l'Élite, j'ai résolu de vous laisser une dernière chance.

Apprenez que les centaines de preuves que j'ai réussi à réunir contre vous suffiraient à vous condamner chacune à trois siècles de prison, pour fraudes fiscales et abus de pouvoir de toutes sortes.

Je vous l'annonce en bonne uniforme : si vous maintenez mon mariage avec cette jeune fille dont je ne me souviens même pas du prénom, tant elle m'indiffère, je révélerai chacune de vos fraudes à la justice du royaume.

Cependant, si vous renoncez à ce mariage, je saurai me montrer reconnaissant et n'en livrerai que la moitié.

Votre héritier, Mathieu Hidalf.

– Vous disposez vraiment des preuves que vous mentionnez ? s'intéressa Adélaïde, perchée sur son épaule.

– Bien sûr, répondit négligemment Mathieu. Un jour où Juliette d'Airain s'ennuyait, elle a appris à lire à toutes les nymphettes du manoir ! J'ai prié celles du cabinet de mon père de surveiller son courrier et de faire des doubles de chacune des lettres qu'il envoie et qu'il reçoit depuis trois ans…

Au moment où il achevait sa phrase, les portes de la bibliothèque s'ouvrirent dans un grincement lugubre. Mathieu entendit une course précipitée, puis des bruits de pas qu'il aurait reconnus entre mille.

— La comtesse Dacourt ! chuchota-t-il.

Adélaïde fila aussitôt sous un lit, comme si elle avait craint la directrice plus qu'une buse royale, tandis que Mathieu retirait la constitution des Élitiens de son fauteuil et l'ouvrait d'une main agile. Une seconde plus tard, la comtesse apparut et posa sur Mathieu un regard attentif. Celui-ci releva immédiatement la tête, et dit avec fierté :

— Je lis la constitution des Élitiens.

— Lorsque vous dites que vous lisez la constitution des Élitiens, cette constitution que chaque élève de l'école doit connaître par cœur, vous voulez dire, je suppose, que vous la lisez pour la centième fois, afin d'en perfectionner votre connaissance, n'est-ce pas ? rectifia-t-elle avec la plus grande politesse.

Mathieu haussa légèrement le sourcil droit.

— Les autres élèves connaissent la constitution des Élitiens par cœur ? s'exclama-t-il, abasourdi. Je croyais que c'était une légende comme celle qui prétend que les statues de l'école se réveillent la nuit pour jouer aux cartes !

Armance Dacourt répondit avec le sourire qui la rendait plus inquiétante que jamais :

— Peut-on savoir pourquoi vous vous enfuyez

en courant lorsque je vous croise dans un couloir, Mathieu Hidalf ?

L'étonnement de Mathieu était tel qu'il laissa tomber la constitution sur le sol, soulevant un nuage de poussière. Hélas pour lui, Mathieu avait si peu l'habitude d'être innocent qu'il était beaucoup plus crédible lorsqu'il était coupable.

– Pourquoi me serais-je enfui ?

– C'était précisément ma question, fit remarquer la comtesse.

– Vous devez faire erreur… Je n'ai pas quitté cette table de tout l'après-midi ! Vous pouvez interroger les nymphettes : j'ai décidé de ne rien faire pendant sept jours.

– Je vous ai probablement confondu avec un autre Prétendant, suggéra la comtesse d'un ton sarcastique. J'y pense : vous êtes le seul Prétendant de l'école.

Mathieu s'enfonça légèrement dans son fauteuil trop grand pour lui.

– S'il vous arrive à nouveau de fuir devant moi, Mathieu Hidalf, annonça la comtesse, je vous renvoie dans le château du roi jusqu'à votre mariage.

Et, sur cette sentence, Armance Dacourt quitta la bibliothèque à grands pas. Mathieu, pour sa part, replaça soigneusement la constitution des Élitiens sous ses fesses et s'assit dessus, vivement contrarié. Ce fut lorsque les portes de la bibliothèque se fermèrent au loin qu'une voix inquiète s'éleva d'un lit voisin :

— Elle est partie ?

La voix provenait d'un lit doré si étincelant qu'il ne pouvait appartenir qu'à l'enfant le plus prétentieux du royaume. C'était celui de Roméo, le fils unique de Méphistos Pompous, ennemi juré de M. Hidalf. En effet, le père de Roméo et le père de Mathieu étaient respectivement sous-consul de la cité de Soleil et sous-consul de celle de Darnar. À ce titre, les deux familles se haïssaient depuis la nuit des temps. Un visage apparut alors entre les deux rideaux dorés. Un visage d'ange aux yeux moqueurs, aux cheveux noirs et bouclés. Mathieu ne s'était pas trompé. Et il comprit seulement pourquoi la comtesse Dacourt l'avait accusé à tort de fuir à sa vue.

— J'ai bien cru que, cette fois-ci, je serais pris ! s'exclama gaiement Roméo Pompous. Mais ce n'est pas encore aujourd'hui que la comtesse Dacourt triomphera de moi !

Chapitre 5
L'idée de génie
de Roméo Pompous

Roméo Pompous était, comme Mathieu, un simple Prétendant élitien qui n'avait absolument rien à faire dans l'école, une semaine avant le jour de la rentrée.

– Que fais-tu ici ? demanda Mathieu, stupéfait.

Roméo bomba le torse comme s'il avait voulu se faire aussi gros qu'un bœuf, puis il expliqua d'un air méprisant :

– Pourquoi Mathieu Hidalf en personne aurait-il le droit de faire son retour dans l'école une semaine avant tout le monde et pas moi ? J'exige la répartition des privilèges !

– Toi aussi, tu veux être marié contre ton gré ? répliqua Mathieu d'un ton menaçant, en se saisissant de la constitution des Élitiens qui, après lui avoir servi de coussin, pouvait certes faire office de massue.

L'air comprimé dans la poitrine de Roméo s'en échappa soudain au cours d'un long soupir. Il tomba mollement sur son lit doré comme un ballon qui se dégonfle.

— Je suis venu te demander ton aide...

Pendant une seconde, Mathieu Hidalf fut troublé. C'était la première fois que quelqu'un venait lui demander de l'aide, à lui. Après un instant d'hésitation, il s'assit à son tour.

— En quoi puis-je t'aider ?

— C'est au sujet de Juliette, avoua Roméo, dont les joues étaient écarlates.

— Laquelle ? Tu sais bien qu'il y en a trois...

— À mes yeux, il n'en existe qu'une... Juliette d'Or, bien entendu !

— Dommage, soupira Mathieu. J'aurais pu faire quelque chose auprès de Juliette d'Airain, qui est folle de toi, mais pour Juliette d'Or, c'est une autre affaire...

Le pauvre Roméo Pompous avait eu le malheur d'échanger un premier baiser avec la magnifique Juliette d'Or, un mois plus tôt, pour attirer la Foudre fantôme dans un piège. Depuis ce baiser, une partie de sa raison semblait l'avoir abandonné. Et comme il avait été privé de l'autre partie dès sa naissance, Roméo était devenu méconnaissable... et amoureux.

— J'aimerais te demander ton avis, Mathieu...

Sincèrement, est-ce que tu crois que j'ai une chance d'épouser un jour Juliette ?

Mathieu grimaça.

– *Sincèrement*, répondit-il, je pense que si tu n'étais pas Roméo, que si Juliette n'était pas Juliette, que si mon père ne détestait pas le tien, que si ton père ne détestait pas le mien, que si Juliette n'était pas amoureuse d'un pré-Élitien capable de te broyer d'une seule main, et que, pour finir, tu n'aies pas onze ans et elle bientôt dix-huit, tu aurais toutes tes chances.

– Tu crois vraiment ? s'émerveilla Roméo.

Mathieu hocha la tête, puis ajouta d'une voix nettement moins amicale :

– Je suis heureux d'avoir pu t'aider… À présent, tu peux retourner chez toi, et sans te faire repérer par la comtesse ni te faire passer pour moi, je te prie. Je ne tiens pas à me faire renvoyer à ta place.

– Quitter l'école ? répéta Roméo en haussant le sourcil à la manière de Mathieu. Tu n'y penses pas ! Je vais rester ici ! Et quant à la comtesse, j'en fais mon affaire… À vrai dire, j'ai une idée de génie pour lui échapper.

En disant ces mots, Roméo brandit son album de l'école de l'Élite. Comme Mathieu, il ne s'en séparait jamais. Et comme Mathieu, il le connaissait par cœur. Il l'ouvrit sans même consulter le numéro des pages, et posa le doigt sur une petite vignette brillante. Elle représentait le vitrail devant lequel Mathieu avait rencontré Tristan Boidoré, la veille au soir, ce vitrail sur lequel une tour mystérieuse se dressait. Pendant une seconde, Mathieu et Roméo s'observèrent en silence.

— Tu veux te cacher dans la tour Disparue ? murmura enfin Mathieu.

— C'est le seul endroit où la comtesse Dacourt ne pourra jamais me trouver.

L'attention de Mathieu était désormais fixée sur la vignette brillante. Personne ne connaissait l'emplacement de cette tour secrète. Mathieu et Roméo ne savaient d'ailleurs pas eux-mêmes où elle était cachée ; mais ils connaissaient pourtant l'unique moyen de se rendre à l'intérieur.

— Je passerai mes journées dans la tour, se réjouit Roméo qui semblait avoir longuement mûri son plan, et je ne la quitterai qu'à la nuit tombée... La comtesse aura beau retourner l'école, elle ne retrouvera jamais ma trace. Tu me diras comment progresse ta vengeance contre Marie-Marie et ce qu'il se passe dans l'école... Et je te dirai ce que j'ai découvert de mon côté dans la tour Disparue...

À vrai dire, Mathieu n'était pas mécontent. Avoir un allié insoupçonné dans l'école pouvait constituer un net avantage. Il aurait seulement préféré inverser les rôles. Hélas ! il était impossible qu'il accompagne Roméo ; c'était le gros désavantage de la célèbre tour Disparue. Une fois qu'on y avait pénétré, on ne possédait plus aucun moyen d'en sortir sans l'aide d'un complice, situé à l'intérieur de l'école.

Le regard de Roméo Pompous pétilla.

— Je pense que je ferais mieux de me cacher tout de suite, murmura-t-il. Avant que la comtesse ne découvre mon nom inscrit sur le registre de l'école…

— Ce soir, à la tombée du jour, un banquet réunira tous les Élitiens et toute la direction, expliqua Mathieu. À vingt heures précises, je te ferai quitter la tour et nous aurons le champ libre.

Perchée sur un lustre, la petite Adélaïde affectait une expression sévère, guère enchantée par le projet des deux Prétendants. Elle les suivit pourtant à travers l'école silencieuse.

*

Mathieu, Roméo et Adélaïde ne tardèrent pas à pénétrer dans une tour déserte. L'édifice était assez semblable à une bibliothèque ; mais les étagères qui garnissaient ses murs étaient remplies de casiers minuscules et vides, désignés chacun par une inscription à moitié effacée.

— Voici le dortoir des Élitiens ! annonça fièrement Mathieu.

— Avons-nous le droit d'être ici ? se renseigna

Adélaïde, qui à vrai dire avait une idée très précise de la réponse.

– De toute façon, fit remarquer Roméo, je n'ai même pas le droit d'être dans l'école…

– Et en comparaison de ce que nous allons faire maintenant, cette infraction serait le cadet de nos soucis! renchérit Mathieu.

Les élèves n'avaient pas de dortoir assigné, mais ils possédaient tous un lit magique, qui pouvait se déplacer dans toute l'école grâce à la plume qui leur était associée. Chaque casier du dortoir des Élitiens correspondait à un lieu déterminé, et pour y envoyer son lit, un élève n'avait qu'à glisser sa plume dans le casier de son choix. Il existait trois dortoirs de ce type: celui des Élitiens et des pré-Élitiens, le plus vaste; celui des Apprentis, d'une taille intermédiaire; et, bien entendu, le plus petit, le plus minuscule, le plus ridicule, celui des Prétendants, qui n'était pas plus spacieux qu'un placard à balais.

Mathieu et Roméo furetèrent parmi les centaines de casiers, comme s'ils recherchaient quelque chose de précis. Enfin, Mathieu s'arrêta devant l'un d'eux, sous lequel brillait cette inscription: *Pigeonnier des buses*. Il en retira une plume dorée. Roméo sembla apprécier cette découverte. Bien sûr, les deux Prétendants possédaient chacun leur propre plume, qui leur avait été livrée avec leur lit. Mais ils devaient en emprunter une autre ce jour-là, car seul le lit d'un Élitien pouvait se déplacer à partir de leur dortoir.

— Nous ne savons pas où est la tour Disparue, expliqua Mathieu à Adélaïde. Mais nous savons comment nous y rendre. Il existe un casier secret, au nom effacé. Un casier unique qui permet d'envoyer un lit à l'*intérieur* de la tour Disparue ! Tu te rends compte ? Même les frères Estaffes n'ont jamais réussi à la découvrir !

Adélaïde ne se rendait compte de rien du tout, hormis du fait qu'elle était dans un lieu interdit, en train de contribuer à la violation du règlement de l'école, dans laquelle, d'ailleurs, elle n'avait aucune raison de se trouver. Elle se percha à bonne distance et devina aussitôt le projet des deux Prétendants, lorsque Roméo fit apparaître un lit doré, de la même couleur que la plume qu'il venait de dérober, au milieu du dortoir. Roméo s'allongea à l'intérieur, se glissa sous la couverture et s'accrocha aux rideaux. Mathieu n'avait plus qu'à déposer la plume dans le casier secret de la tour Disparue pour y envoyer son compagnon avec le lit mystérieux.

— Si la tour Disparue est condamnée et qu'on ne puisse pas en sortir, intervint Adélaïde, alors comment M. Pompous pourra-t-il la quitter ?

— Tu as tout compris au problème ! reconnut Mathieu. Roméo n'aura aucun moyen de quitter la tour sans mon aide. Pour le faire revenir, il me suffira de rappeler son lit à l'intérieur de l'école, à l'heure convenue. C'est-à-dire vingt heures...

— Et si vous l'oubliez, vous qui oubliez toujours tout ?

— Dans ce cas, fit Mathieu en haussant les épaules, Roméo mourra de froid, de faim, de folie ou des trois à la fois.

Roméo se redressa, soudain blafard.

— À vingt heures précises, tu feras revenir ce lit dans l'école ! ordonna-t-il avec autorité. Je ne tiens pas à ce qu'on retrouve mon squelette dans un siècle, parce que Mathieu Hidalf aura pensé à autre chose... Promets-moi de me sortir de cette tour !

— Je promets, je promets..., soupira Mathieu.

Soulagé, Roméo s'allongea à nouveau dans le lit doré, recouvrant son visage de la couverture.

— Mais je te préviens, ajouta Mathieu, chaque fois que je promets quelque chose, un événement *indépendant de ma volonté* m'empêche de tenir parole... La dernière fois, Juliette d'Or m'avait fait promettre de donner un mot d'amour à Tristan Boidoré...

— Et quel événement *indépendant de ta volonté* t'a empêché de tenir parole ? s'inquiéta Roméo, en rejetant à nouveau sa couverture.

— J'ai perdu le mot...

— Ces choses-là arrivent…

— De toute façon, précisa Mathieu en haussant les épaules, même si je ne l'avais pas perdu, ça n'aurait rien changé… J'avais aussi oublié de le transmettre à Tristan.

Et, sans rien ajouter, il déposa la plume magique dans un petit casier, dépourvu de la moindre inscription. Le cri que poussa Roméo Pompous résonna un instant, puis s'éteignit. Le lit avait disparu, emportant le jeune garçon dans la légendaire tour Disparue.

— À quelle heure dois-je le faire revenir, déjà ? demanda Mathieu en se tournant vers Adélaïde.

— Monsieur Hidalf, vous êtes effrayant !

— Je plaisantais, ricana Mathieu. J'ai promis de ne pas oublier Roméo… et je ne l'oublierai pas ! À présent, nous avons tout notre après-midi à passer seuls dans l'école ! Je sens que je ne vais pas m'ennuyer une seule seconde.

*

En réalité, il ne passa pas une seconde sans que Mathieu s'ennuie. Au pied de son lit, la rose des Serments tournoyait. Ce fut son seul divertissement pendant une longue partie de l'après-midi. Après quoi, il erra dans les couloirs et, chaque fois qu'il croisait une porte fermée, il sortait de sa luide une minuscule clef dorée, regardait par-dessus son épaule et verrouillait la porte avec un sourire inquiétant. Et s'il rencontrait une porte ouverte, de même Mathieu la verrouillait soigneusement. Chaque fois, la clef minuscule produisait un mystérieux éclat rouge et semblait s'adapter à toutes les serrures. Cette clef était ce que Mathieu possédait de plus précieux. D'ailleurs, il ne la possédait pas à proprement parler, puisqu'elle appartenait au roi. Un jour, elle constituerait peut-être une incroyable monnaie d'échange.

Lorsqu'il eut verrouillé une centaine de portes, Mathieu se lassa et s'assit auprès d'une cheminée flamboyante, au fond de la bibliothèque. Montre en main, il attendait que vingt heures sonnent car, même s'il ne l'aurait avoué pour rien au monde, il était impatient de retrouver Roméo Pompous. Son regard était posé sur une fenêtre ; la nuit recouvrait peu à peu les tours blanches de l'école d'un drap de ténèbres. Deux nymphettes étaient allongées sur ses épaules, une autre se prélassait sur sa tête, lui bouclant les cheveux, une quatrième s'était même endormie dans le col de sa luide.

Impatient, Mathieu commença à faire les cent pas. Il s'apprêtait à quitter la bibliothèque lorsqu'une porte s'ouvrit dans un grincement lugubre. Les nymphettes qui sommeillaient autour de lui se dispersèrent en un éclair : Armance Dacourt apparut, majestueuse. Elle portait une robe noire sur laquelle étincelait, à l'emplacement du cœur, un arbre doré plus petit qu'une pièce de monnaie. Était-il possible qu'elle ait découvert Roméo Pompous ?

— Je viens de songer, dit-elle alors, que vous serez le seul membre de l'école à ne pas assister au banquet des Trois Helios. Mathieu Hidalf livré à lui-même sans aucun adulte pour étancher sa soif d'infractions, c'est une chose que je ne souhaite pas connaître. C'est pourquoi j'ai finalement décidé que vous participeriez au banquet. Inutile de me remercier. Suivez-moi.

— Est-ce qu'au moins il y aura des Helios ? grogna Mathieu.

Les Helios étaient des êtres mystérieux, dont la plupart des adultes, M. Hidalf le premier, niaient absolument l'existence. On disait à leur sujet qu'ils étaient identiques en tout point à un homme, mais que, sous des apparences humbles et discrètes, ils dissimulaient de stupéfiants pouvoirs. Mathieu n'avait jamais croisé l'un d'entre eux, pas plus que la comtesse Armance Dacourt.

— J'ai peur qu'il n'y ait pas d'Helios ce soir, répondit la comtesse. Mais rassurez-vous, vous entendrez de passionnants discours des personnalités les plus importantes de l'école. Dans moins de cinq heures, vous devriez être de retour ici…

— Pouvez-vous me signer un mot indiquant que

je me suis rendu à ce banquet pour des raisons *indépendantes de ma volonté* ? demanda Mathieu, songeant à Roméo qui devait attendre dans la tour Disparue.

Mais la comtesse avait déjà tourné les talons, l'entraînant malgré lui dans un couloir désert.

À vingt heures précises, Roméo Pompous, enfermé dans la tour Disparue et transi de froid, observait sa montre comme si sa vie en dépendait, ce qui était précisément le cas.

– Mathieu Hidalf va me sortir de là ! s'exclama-t-il gaiement en se blottissant sous sa couverture.

Mais, lorsqu'il fut vingt heures trente, le malheureux Roméo comprit que, événement indépendant de sa volonté ou non, Mathieu Hidalf ne tiendrait pas sa parole.

Chapitre 6
Le secret des frères Estaffes

Le banquet des Trois Helios se tenait dans une des galeries les plus célèbres de l'école : la galerie des Chandelles. Elle devait son nom à une funeste histoire, dans laquelle un roi des temps passés, Charles Fou X, était tristement impliqué. Un jour, le souverain, un fidèle ami du premier Élitien, avait été convié à dîner dans l'école pour y célébrer un traité de paix, signé avec une famille d'ogres.

Au cours du festin, le roi Charles Fou X jura qu'il pouvait boire et manger aussi bien qu'un ogre. On prétend que c'est après avoir englouti trois agneaux et deux tonneaux de vin qu'il se trouva malade. Le premier Élitien fut contraint d'aller chercher un médecin en plein cœur du banquet, laissant le roi seul en compagnie des ogres. À son retour, la galerie était plongée dans les ténèbres. Les ogres avaient dévoré les cent cinquante-trois nymphettes qui éclairaient la galerie ce soir-là, pensant qu'elles comptaient au menu.

Depuis, en souvenir de ce carnage, les nymphettes avaient juré de ne plus jamais franchir le seuil de cette sinistre galerie, qui était l'unique partie de l'école éclairée uniquement par des chandelles.

Lorsque la comtesse en poussa les portes, Mathieu retint son souffle. La table la plus longue qu'il eût jamais vue s'étendait sous de sublimes voûtes de pierre. Il avait pensé que l'école était vide ; pourtant, des centaines d'arbres dorés étincelaient dans les profondeurs de la galerie. Aux premières places, des Apprentis observèrent Mathieu avec étonnement. Quelques-uns levèrent aussitôt leurs mains au-dessus de leur tête pour dessiner un cœur. Mais leur attention fut détournée par un nouvel arrivant. Un silence soudain tomba sur la galerie. Le capitaine Louis Serra venait de faire son entrée. Son visage était pâle et effrayant. Son épée scintillait derrière lui. Un Élitien portant son épée dans l'enceinte même de l'école n'était pas une chose si ordinaire. Louis Serra prit place à l'extrémité de la longue table. Tous les élèves, tous les membres de l'école, tous les Élitiens se levèrent.

– Avant de commencer le combat, annonça Louis Serra, je tiens à évoquer la raison de notre présence dans cette galerie.

Mathieu haussa légèrement le sourcil droit ; de quel combat était-il question ? Il remarqua que personne d'autre que lui ne semblait surpris. Un Apprenti qui devait avoir seulement quatorze ans murmura :

— C'est la première fois que j'assiste au combat du capitaine...

— Encore un discours interminable à supporter, et il débutera enfin ! lança un élève large comme un roc.

Autour de la galerie, par les hautes fenêtres, on devinait des vols de nymphettes défiant la nuit noire. Mathieu, pour sa part, n'avait plus d'attention que pour l'épée de Louis Serra. Quelque chose lui disait que la comtesse s'était moquée de lui. Cette cérémonie ne serait pas une longue suite de discours. Trois chandeliers éclairaient le visage inquiétant du capitaine, faisant ruisseler sur son épée une pluie lumineuse. Sur le pommeau argenté de l'arme de l'Élitien, les plus proches de lui pouvaient distinguer un *L* et un *S* entrelacés. Tous les Élitiens possédaient leur propre épée, qui leur était remise le jour où ils devenaient Apprentis. Celle de Louis Serra était connue pour être une des plus belles du royaume.

— Le banquet des Trois Helios célèbre la naissance des Élitiens, annonça le capitaine avec une lenteur et un calme envoûtants. Historiquement, ce banquet convie les trois ordres supérieurs de l'école. L'ordre des Élitiens, bien entendu. L'ordre des pré-Élitiens. Et l'ordre des Apprentis. Je salue les Apprentis tout juste nommés qui nous rejoignent pour la première fois.

Mathieu surprit quelques jeunes élèves qui s'efforçaient d'avoir une stature digne et de ne pas laisser paraître leur émotion.

– Parmi ces nouveaux Apprentis, quelqu'un sait-il qui sont les trois Helios que nous célébrons aujourd'hui ?

Bien qu'il ne fût pas Apprenti, Mathieu Hidalf regretta d'avoir lu si peu de livres dans sa vie. Il observa discrètement ses voisins. Quelques-uns, dans les yeux desquels il reconnut les étincelles qui brillaient si souvent dans ceux de Juliette d'Airain, semblaient connaître la réponse mais n'osaient pas prendre la parole face à l'assemblée des Élitiens. Finalement, Louis Serra reprit avec douceur, tout en posant la main droite sur le pommeau de son épée :

– Le jour de la création de l'Élite, il y a quatre siècles, trois fées helios, qui séjournaient dans le royaume, furent conviées à la cérémonie. Chacune accorda un don à l'école, comme une fée qui se penche sur le berceau d'un nouveau-né. Un don qui en ferait un ordre différent de tous les autres. Un ordre invincible et éternel.

Cette histoire commençait comme toutes celles que Mathieu détestait. Pourtant, il ne pouvait détacher son regard de Louis Serra. Tous les Apprentis nouvellement nommés buvaient, comme lui, les paroles du capitaine. Les autres semblaient attendre avec impatience que cette histoire prenne fin. Mathieu les vit désigner plusieurs fois la main de Louis Serra, posée sur son épée.

– La première fée, annonça le capitaine, accorda aux Élitiens le don de la fraternité. Elle créa la merveille magique la plus redoutable, la plus formidable et la plus vulnérable qui soit : l'Arbre doré. C'est ce jour-là que l'arbre fut planté. La deuxième fée offrit aux Élitiens l'amour et le désir, en faisant pénétrer dans l'école une créature mythique, que l'on prétendait fuyante comme l'éclair... Il s'agit bien entendu de la Foudre fantôme, une biche qui a, aujourd'hui, quatre cent deux ans. Une biche que nul n'est parvenu à approcher au cours de ces quatre derniers siècles. Hormis le premier Élitien, et quatre Prétendants...

Tous les Apprentis, tous les pré-Élitiens et tous les Élitiens en personne prêtèrent attention au discours de Louis Serra. Leur regard se tourna rapidement vers Mathieu Hidalf, avec une sorte de fascination qui s'exprimait pour la première fois dans l'école. Plusieurs doigts se levèrent en direction de la branche rouge qui ornait l'arbre de Mathieu. La branche des Exploits. C'est avec

Roméo, Pierre Chapelier et Octave Jurençon que Mathieu était parvenu à approcher la Foudre fantôme et avait obtenu la plus haute récompense de l'école. Il remarqua à peine les têtes tournées vers lui. Il se répétait en boucle les paroles du capitaine. Chaque élève connaissait les deux symboles helios qu'étaient l'Arbre doré et la Foudre fantôme. Mais Mathieu n'avait jamais entendu parler du troisième ; s'agissait-il de la Grille épineuse ? De la Grille inviolable, qui préservait le repaire des trente élitiens ? La voix de Louis Serra se fit plus grave, imperceptiblement, lorsqu'il précisa :

– La troisième fée n'eut pas le temps d'offrir un don à l'école.

La plupart des élèves n'accordaient à ce récit que la valeur d'un conte de fées. Mathieu, lui, avait presque cessé de respirer. Si la troisième fée n'avait pu offrir son don, c'est parce qu'un drame avait dû survenir.

– Une quatrième Helios s'invita à la cérémonie, révéla le capitaine. Elle se nommait Circé. Elle appartenait au clan des Helios les plus puissants. Les Helios du cercle vert, qui peuplent les histoires que l'on raconte aux enfants du royaume. Nul ne sait pourquoi Circé, qui n'avait jamais foulé le sol du royaume, s'y rendit ce jour-là. Si elle avait paru une heure plus tôt, avant la création de l'Arbre doré, l'ordre des Élitiens aurait péri le jour même de sa naissance. Car Circé jura d'anéantir tous les Élitiens. Elle jeta sur l'école une malédiction terrifiante... Vous savez que notre union fait notre force. Circé annonça que les Élitiens tomberaient victimes d'un terrible maléfice, qu'ils deviendraient leurs propres ennemis, qu'ils s'entretueraient jusqu'au dernier. Cette malédiction aurait dû détruire l'Arbre doré et la Foudre fantôme, qui sont liés l'un à l'autre, et qui ne peuvent survivre sans *nous*.

Mathieu se tourna plusieurs fois à droite et à gauche, comme s'il s'attendait à croiser le regard rassurant de Pierre Chapelier, son ami, comme s'il espérait pouvoir se confier à ses sœurs, comme si son père risquait d'apparaître, lui qui ne voulait jamais croire à rien, et encore moins aux Helios. Pendant quelques secondes, le cœur de Mathieu commença à battre plus fort. Il venait de comprendre que, par ce discours, Louis Serra s'adressait au traître. La malédiction de Circé s'était-elle accomplie ? Les Élitiens se détruiraient-ils les uns les autres ?

— Circé ne quitta jamais l'école de l'Élite, poursuivit le capitaine. Elle y périt au cours d'un affrontement terrible. La légende prétend qu'elle fut engloutie dans la galerie des Gouffres, un lieu interdit et dangereux, dans lequel les Élitiens eux-mêmes risqueraient leur vie.

De nouveau, Mathieu sentit les battements de son cœur redoubler. Pendant une seconde, il lui sembla entendre le fracas assourdissant d'une vague. Un an plus tôt, il avait pénétré par erreur dans la mystérieuse galerie... et avait chuté dans un gouffre balayé par des eaux noires. Peut-être dans ce même gouffre qui avait englouti une Helios.

— Heureusement, reprit Louis Serra, la malédiction de Circé n'atteignit pas son but... Car il restait un vœu à la troisième fée helios, celle dont nous célébrons ce soir l'existence. Après la disparition de Circé, elle se servit de son vœu pour protéger l'école le plus longtemps possible du maléfice. Elle n'était pas assez puissante pour conjurer la malédiction. Le maléfice de Circé est sans doute matérialisé par un objet, une statue, un tableau, un arbre, un tombeau de cette école, à moins qu'il n'incarne une créature... Le troisième vœu de la fée helios consista à cacher ce maléfice quelque part où les Élitiens ne le trouveraient jamais. Mais elle savait qu'un jour la malédiction de Circé s'accomplirait.

Mathieu comprit qu'il se tramait quelque chose d'anormal en voyant tous les élèves se redresser. Ceux qui n'accordaient jusqu'alors aucun intérêt au discours du capitaine échangèrent un regard qui en disait long sur leur surprise. Le silence devint stupéfiant. Nul n'avait jamais entendu ce qui allait suivre. Un bref instant, Mathieu pensa que Louis Serra allait révéler publiquement l'existence du traître. Au lieu de cela, le capitaine annonça avec un calme impressionnant :

— Lorsqu'un Élitien trahit l'Élite, et qu'il en est banni, son arbre noircit et meurt. On appelle ces Élitiens les Élitiens noirs ou les Arbres noirs, à votre guise. Ils sont rares. Il en existe *six*.

Toute l'école songea, à cet instant, aux célèbres ennemis du royaume, aux six frères Estaffes. Mais les frères Estaffes n'étaient plus que cinq depuis que l'un d'eux avait péri. Seul Mathieu comprit que le sixième traître, mentionné par Louis Serra, était présent ce soir-là dans la galerie des Chandelles, écoutant les paroles du capitaine.

— Les frères Estaffes ont découvert le maléfice de Circé, affirma Louis Serra. Ils l'ont recherché depuis leur plus jeune âge, tous les jours pendant plus de dix années. Car ils sont entrés dans l'école, enfants, pour le découvrir.

Plus un souffle ne s'élevait à la longue table. Aux fenêtres, des centaines de nymphettes se pressaient contre les carreaux.

— Les frères Estaffes sont les Élitiens les plus brillants qui aient jamais franchi le seuil de cette école. Dès le jour de leur arrivée, ils maîtrisaient l'arbre cousu sur leur cœur mieux que je ne le maîtrise aujourd'hui. Car les six frères sont des Helios, envoyés dans l'école pour achever ce que Circé a commencé.

Personne n'osait plus bouger. Les Élitiens eux-mêmes étaient muets, observant Louis Serra avec une sorte de respect mêlé d'inquiétude. Pour la plupart des élèves de l'école, les Helios étaient des héros légendaires ou des chimères, fruits de l'imagination de quelques conteurs. Louis Serra venait de briser cent rêves d'enfants en quelques mots. Il était toujours aussi calme. Mais son ton s'était encore assombri. Il y avait désormais, dans les profondeurs de sa voix grave, comme une menace.

– Les frères Estaffes ont été bannis de l'ordre des Élitiens, dit-il. Ils sont liés au maléfice de Circé. Ils ne peuvent plus le trahir, plus s'en détourner, plus renoncer. Car le maléfice de Circé oblige ceux qui sont sous son emprise à trahir les Élitiens et à les détruire. Les Estaffes feront tout pour pénétrer dans l'école… et pour répandre ce maléfice parmi nous. Hors de l'école, *aucun* d'entre nous n'a la moindre chance de survivre face à un Helios. Dix Élitiens ne seraient pas capables d'en affronter un seul.

La voix de Louis Serra retentit avec force dans la galerie, sans qu'il eût pourtant haussé le ton.

– Mais dans l'école, dit-il en resserrant la main sur le pommeau de son épée, tout est différent.

Nous sommes placés sous la protection de l'Arbre doré. Nous sommes placés sous la protection de la Foudre fantôme. Si les frères Estaffes n'ont pas encore pénétré ici, ce n'est pas à cause de la Grille épineuse. C'est parce qu'ils ont peur.

Sur ces mots, Louis Serra demeura un long moment silencieux et immobile. Puis il annonça :

— Il est temps que le combat traditionnel qui célèbre le banquet commence.

La main du capitaine s'était curieusement relâchée sur le pommeau de son épée. Il recula de quelques pas.

— Autrefois, expliqua-t-il, le capitaine des Élitiens n'était pas élu par un conseil. Il était remis en cause, tous les ans, lors de ce banquet. Et quiconque était capable de le désarmer pouvait prétendre à prendre sa place. Ce défi ne pouvait avoir lieu qu'une fois l'an. Aujourd'hui, ce combat est une tradition comme une autre, qui n'est plus qu'un spectacle. Et le vainqueur du combat ne peut prétendre à ravir le rang du capitaine. Toutefois, comme le veut la coutume, j'accepterai d'affronter quiconque voudra me défier ce soir.

Les nouveaux Apprentis, qui avaient attendu ce moment toute la journée, semblèrent déçus d'apprendre qu'il ne s'agissait somme toute que d'un spectacle.

— De toute façon, chuchota un garçon assis à

côté de Mathieu, tout le monde sait que Louis Serra est le meilleur escrimeur du royaume…

– On dit que Peter de Nemours a demandé à le combattre cette année, intervint un autre.

– Peter de Nemours n'est qu'un pré-Élitien…, protesta l'Apprenti robuste comme un roc. Il n'osera pas défier le capitaine !

Pendant une dizaine de secondes, nul ne manifesta la moindre réaction parmi les Élitiens. Mathieu, pour sa part, venait d'adresser un signe discret à Tristan Boidoré, qu'il avait repéré au milieu de la table. Louis Serra allait s'asseoir, en même temps que tous les autres Élitiens ; mais l'un d'eux, Julius Maxima, resta debout. C'était cet homme qui avait été chargé, pendant plus d'un an, de surveiller Mathieu Hidalf.

– Julius ? demanda Louis Serra sans manifester le moindre étonnement.

– J'aurais préféré m'abstenir de t'affronter, prétendit Julius Maxima, mais la tradition exige qu'un combat ait lieu.

– Il ment, commenta quelqu'un à proximité de Mathieu. Il est le seul Élitien à porter son épée…

En effet, la lame de Julius Maxima resplendissait dans les ténèbres. Autour des fenêtres, l'amas de nymphettes était tel, désormais, que les chandelles réparties sur la table brillaient inutilement.

À chaque pas que firent Louis Serra et Julius

Maxima l'un vers l'autre, Mathieu croyait entendre son cœur frapper contre sa poitrine. Autour de lui, les Apprentis respiraient plus fort, impatients. Tous avaient entendu parler du talent légendaire de Louis Serra. Le capitaine fut bientôt seul face à Julius Maxima, au milieu d'un cercle d'or tracé au centre de la salle. Mathieu n'avait encore jamais assisté à un combat, mais il devina que les adversaires ne pouvaient sortir des limites du cercle sans s'avouer vaincus.

Louis Serra et Julius Maxima levèrent tous les deux leur épée en même temps. D'un mouvement ample et gracieux, chacun amena le pommeau devant son cœur et salua. Dans la galerie, Mathieu n'avait d'yeux que pour l'arbre des Élitiens : deux arbres qui comptaient chacun un nombre de branches époustouflant. Deux arbres qui étincelaient de mille feux. Lorsque les deux épées se rencontrèrent pour la première fois, le tintement des lames tira de leur torpeur tous les membres de l'école.

Comme beaucoup d'enfants du royaume, Mathieu et ses sœurs avaient joué quelques fois avec des épées en bois ; mais, âgé de seulement cinq ans lorsque Juliette d'Or en avait onze, Mathieu n'avait eu de cesse de recevoir des coups, si bien qu'il s'était rapidement désintéressé de cette passion. En face de lui, ce n'était pas deux enfants qui jouaient. Bien que le combat ne fût qu'un exercice, les lames se déployaient comme des traits d'argent. Les arbres des deux Élitiens ne cessaient de s'illuminer et de s'assombrir. Louis Serra, curieusement, ne cherchait pas à avancer ni à attaquer Julius Maxima ; cependant, il tenait fermement sa position, refusant de reculer vers le bord du cercle tracé sur le sol. Julius Maxima, au contraire, était à chaque coup plus pressant et redoutable.

Un premier mouvement de stupeur parcourut la tablée lorsque le capitaine, pris de court par une botte exemplaire de son adversaire, fit précipitamment deux pas en arrière. Pendant quelques secondes, Julius Maxima, les traits toujours immobiles et concentrés, redoubla d'efforts et mena un assaut plus vigoureux encore, pour faire franchir à Louis Serra les limites du cercle. Le capitaine parait les attaques les unes à la suite des autres mais, n'attaquant pas lui-même, il tenait bon sans pouvoir regagner le centre du cercle. Un nouveau frémissement parcourut l'assemblée lorsqu'il mit pour la première fois le pied sur la ligne d'or.

– Que fait-il ? grogna un Apprenti assis à côté de Mathieu.

Julius Maxima pressa à nouveau Louis Serra. L'arbre cousu sur le cœur du capitaine se voila étrangement. Nul n'ignorait qu'il avait souffert récemment d'un terrible empoisonnement, le soir où l'un des six frères Estaffes avait mystérieusement péri. Pendant une seconde, la faiblesse soudaine du plus grand des Élitiens apparut à toute l'école. Parant une ultime attaque de Julius Maxima, Louis Serra posa un pied en dehors du cercle.

Les novices crurent que le combat était perdu. Les autres n'émirent aucune réaction, les sourcils froncés. Mathieu, frémissant, en voulait presque au capitaine de ne pas être plus fort, plus incroyable, plus redoutable qu'il ne l'était à cet instant précis. Julius Maxima se fendit une fois de plus ; lorsque Louis Serra se dégagea, la lame de son adversaire frôla son visage. Plusieurs Élitiens se levèrent de table. Mathieu se redressa à son tour, tandis que la comtesse Dacourt, jusqu'alors indifférente, serrait les accoudoirs de son fauteuil de toutes ses forces.

Une lueur noire illumina alors le regard du capitaine des Élitiens. Quelque chose d'incroyable se produisit aussitôt. L'arbre de Louis Serra devint éblouissant le temps d'un battement de cils. L'agitation retomba autour de la table : les élèves, les uns après les autres, étaient brusquement privés d'énergie. Mathieu lui-même sentit une fatigue soudaine s'abattre sur ses épaules. Il remarqua alors que la lueur de l'arbre cousu sur le cœur de chacun des Apprentis diminuait de plus en plus. C'était à croire que Louis Serra était capable de puiser dans les ressources de chacun. Trois coups d'épée retentirent comme des coups de canon. C'était les trois premiers coups du capitaine destinés à attaquer.

Julius Maxima, s'il n'avait battu en retraite, aurait peut-être regretté amèrement ce combat. L'épée de Louis Serra rappelait à Mathieu la lueur incroyablement rapide de la Foudre fantôme. Il s'assit, trop faible pour demeurer debout. La tête commençait à lui tourner lorsqu'une voix rauque s'éleva de la table. La vue de Mathieu était trouble, mais il reconnut maître Barjaut Magimel dans l'assemblée.

– Capitaine ! intervint le vieux juriste, votre *arbre* !

Louis Serra jeta un bref coup d'œil à la salle ; il sembla prendre conscience de ce qu'il était en train de provoquer. Immédiatement, il abaissa sa garde. Son arbre perdit sa clarté, beaucoup trop rapidement. La couleur revint du même coup sur le cœur des élèves. Julius Maxima fit deux petits pas, ajusta son attaque et, sous les yeux inquiets des Élitiens, le capitaine fut désarmé. Mathieu poussa un cri, qu'il entendit à peine parmi ceux de ses voisins. L'épée de Louis Serra décrivit une longue courbe. Puis, dans un tintement sonore, elle frappa le sol de la galerie des Chandelles.

Les nymphettes réunies aux fenêtres se dispersèrent. La luminosité retomba, masquant en partie les traits de Louis Serra. Ce dernier ne semblait pas démuni mais, malgré ses efforts, il ne pouvait dissimuler un brusque épuisement. Julius Maxima ramassa lui-même l'arme du capitaine. Les deux hommes marchèrent côte à côte jusqu'aux portes de la galerie. Le tintement de l'épée chutant par terre résonnait encore dans l'esprit de chacun, longtemps après le départ des Élitiens.

*

Plus tard, la comtesse Dacourt reconduisit Mathieu jusqu'à la bibliothèque. Durant tout le trajet, la directrice ne prononça pas un mot. Seul le bruit de ses pas retentissait gravement dans les galeries lugubres. Elle ouvrit les portes de la bibliothèque, révélant les dizaines de lits vides. Comme la veille, un souffle de vent pénétrait par un carreau brisé, faisant onduler les rideaux comme la robe d'un fantôme.

Mathieu traversa la salle en silence. Minuit sonnait lorsqu'il atteignit son lit. Sans un bruit, un pétale se détacha de la rose des Serments, qui continuait de tournoyer. Mais, en se couchant cette nuit-là, Mathieu ne songea guère à son mariage avec Marie-Marie. Il entendait le fracas des épées de Julius Maxima et Louis Serra, puis la voix du capitaine annoncer que les frères Estaffes étaient des Helios.

Chapitre 7
La folie de Juliette d'Or

Le lendemain, à l'aurore, la comtesse Armance Dacourt fut à peine surprise lorsque Mathieu Hidalf entra, rouge de confusion, dans son bureau.

– Vous venez voir votre *psychologue*, n'est-ce pas ? dit-elle sans même relever la tête. Il vous attend dans ma bibliothèque privée.

Pénétrant dans la petite alcôve où maître Magimel buvait sa tasse de thé, Mathieu s'effondra dans un fauteuil et s'exclama :

– Maître, c'est un scandale ! J'ai encore rêvé de Marie-Marie, et si je ne me connaissais pas si bien, je dirais que je suis en train de tomber amoureux d'elle !

Et pour la seconde fois, Mathieu Hidalf raconta, en hurlant presque, comment il avait à nouveau embrassé Marie-Marie, endormie au sommet d'une tour. Maître Magimel, les sourcils froncés, écoutait attentivement, la barbe enroulée autour du cou à la manière d'une écharpe. Lorsque Mathieu eut conclu son récit, le juriste demanda avec curiosité :

– Ce baiser que vous donnez à Marie-Marie… comment le décririez-vous ?

– Poussiéreux ! gronda Mathieu.

Maître Magimel se tut, bougonnant dans sa barbe, puis il sortit de sa robe de chambre une petite enveloppe, frappée du sceau rouge des Hidalf.

– Votre père m'a remis cette lettre à votre intention, dit-il.

Mathieu respira profondément.

– Je pense qu'il s'agit de la solution à mon problème, expliqua-t-il. J'ai promis à mon père de le ruiner et de le soumettre à la justice s'il ne renonçait pas à mon mariage avec Marie-Marie. Je parie qu'il m'implore de lui pardonner !

Et Mathieu déchira hâtivement l'enveloppe, le cœur battant, comme s'il s'agissait d'une lettre d'amour. À vrai dire, il était assez touché de l'attention de son père, qui ne lui avait jamais écrit de sa propre main. La lettre de M. Rigor Hidalf était courte, et plutôt éloquente :

Mon fils,
J'ai bien reçu ton charmant courrier.
J'ignore de quelles fraudes tu veux parler. Mais, si toutefois tu venais à mettre tes menaces à exécution, je te prie de bien vouloir lire le dos de cette lettre.
Ton père, Rigor Hidalf.

Au dos de la lettre, en effet, une longue parenthèse suivait :

(J'ai découvert que tu dissimules ta fortune illégale dans une banque de nymphettes, sur le compte d'une certaine Aurore Samovar. Cette fraude devrait te valoir un siècle d'emprisonnement. Réfléchis bien, Mathieu Hidalf. Et lorsque tu auras fini de réfléchir, réfléchis encore et pose-toi cette question cent fois : Souhaites-tu partager la même cellule que moi pendant cent ans, et vivre une existence infinie de souffrances et d'injustices ?)

Mathieu leva les yeux vers maître Magimel, qui avait lu la lettre par-dessus son épaule.

– La question est de savoir si mon père bluffe ou pas…

– Avez-vous une fortune illégale dans une banque de nymphettes sur le compte d'une certaine Aurore Samovar ? questionna maître Magimel.

– Oui.

– Dans ce cas, je suis d'avis qu'il ne bluffe pas.

Mathieu haussa légèrement le sourcil droit. À bien y réfléchir, il doutait que son père soit ravi de passer un siècle dans le même cachot que lui. Mais il aimait mieux ne pas tenter l'expérience. L'œil rivé sur sa montre, il soupira :

– Dans ce cas, mon père ne me laisse pas le

choix. Qui d'autre que lui peut empêcher mon mariage, maître Magimel ?

Le juriste plongea son regard dans celui de Mathieu, persuadé qu'il connaissait déjà la réponse à cette question.

– Qui ? répéta le vieil homme. Une seule personne, bien sûr… Sa Majesté le roi en personne, qui peut s'opposer à tous les mariages prononcés dans le royaume. Mais vous avez marié le roi contre son gré, Mathieu… Vous l'avez marié à une sorcière, vous l'avez ridiculisé… Et je ne crois pas qu'il écoutera vos arguments.

L'expression de Mathieu était sombre et déterminée.

– Et moi, je crois qu'il les écoutera.

Alors, en prononçant ces mots, Mathieu jeta un coup d'œil à la seule fenêtre de la minuscule bibliothèque, pour s'assurer qu'aucune nymphette ne les épiait. Plongeant la main dans sa luide, il déposa devant maître Magimel une minuscule clef dorée. Le vieil homme se redressa aussitôt et tendit une main frémissante vers cet objet.

– Ne me dites pas que… ?

Le silence de Mathieu confirma les soupçons du vieil homme. Magimel s'empara de la clef et approcha de la porte qui les séparait du bureau de la comtesse Dacourt. Il plongea la clef dans la serrure. Aussitôt un éclat rouge en jaillit. Le juriste verrouilla puis déverrouilla la porte plusieurs fois.

— La clef fée…, constata-t-il. La seule qui puisse ouvrir toutes les portes du royaume. Le bien le plus précieux de la royauté ! Est-ce que vous savez que c'est pour lutter contre le pouvoir de cette clef que les Élitiens ont inventé la Grille épineuse… qui est la première grille sans serrure du royaume ?

Mathieu n'en savait rien et s'en moquait éperdument. Une étincelle glaciale brillait au fond de ses yeux.

— Comment… Comment avez-vous réussi à la subtiliser ? balbutia Magimel. Elle ne quitte jamais la banque royale. Cent soldats veillent sur elle nuit et jour…

— C'est une longue histoire, répondit Mathieu. Disons seulement que ces fameux soldats gardent actuellement une clef qui n'ouvrirait même pas une boîte aux lettres.

— Le roi ignore donc que vous possédez la clef fée ?

— Oui. Mais plus pour très longtemps. Je veux que vous lui appreniez que je suis en sa possession, maître. Et que je ne la lui rendrai que s'il annule mon mariage… Au dernier moment. Précisément avant la cérémonie. Ce sera ma vengeance.

Maître Magimel hocha la tête d'un air approbateur, puis annonça en consultant sa montre :

— Monsieur Hidalf, comptez sur moi pour

rencontrer le roi. Hélas ! je crois qu'il est malheureusement l'heure de nous quitter. La couturière de votre père va arriver d'un moment à l'autre…

Mathieu se redressa aussitôt, paniqué.

— Une dernière chose…, intervint Magimel d'une voix sévère et inquiétante. Surtout, ne vous faites pas remarquer avec cette clef… Ne l'utilisez jamais devant un témoin. Vous ne vous rendez pas compte que vous avez entre les mains l'un des objets magiques les plus convoités du royaume… Si la garde royale savait que vous la détenez, elle enverrait ses soldats jusque dans l'école. Mais les Élitiens eux-mêmes seraient prêts à tout pour vous la ravir. Je suppose que vous avez été d'une prudence exemplaire, n'est-ce pas ?

Mathieu se souvint qu'il avait passé, la veille, près d'une heure entière à verrouiller la moitié des portes de l'école. Il n'en fut pas moins impassible lorsqu'il répondit :

— Bien sûr, je ne suis plus un enfant.

Par la fenêtre de la bibliothèque, Mathieu aperçut alors la silhouette de la couturière, dans une aile opposée de l'école.

— Courage ! dit maître Magimel. Fuyons !

*

Mathieu Hidalf était assis seul à une table de la bibliothèque, le teint pâle. Autour de lui, la neige tombait mollement, s'amoncelant sur les toits. Un Apprenti qui s'amusait à vagabonder sur une corniche provoqua même une avalanche, qui recouvrit trois de ses camarades d'un lourd manteau neigeux.

Après quelques instants de réflexion, Mathieu ouvrit son album de l'école à la page consacrée aux frères Estaffes. Plus que jamais, il observa chacun d'eux droit dans les yeux. La vignette de William, celui des six frères qui avait perdu la vie quelques semaines plus tôt, avait légèrement noirci. Les autres étincelaient, comme si les Estaffes avaient été particulièrement proches du royaume ce jour-là. Ils étaient donc six enfants lorsqu'ils avaient pénétré dans l'école… Six enfants helios chargés d'une mission : découvrir l'emplacement d'un mystérieux sortilège.

Mathieu écrivit soigneusement les révélations du capitaine Louis Serra au dos de son album. Circé, une fée maléfique, avait juré l'anéantissement de l'Élite. Heureusement, son maléfice était caché quelque part dans les entrailles de l'école… Et d'après le capitaine des Élitiens, les frères Estaffes avaient découvert où. Curieusement, malgré ses notes, Mathieu avait le sentiment d'avoir oublié quelque chose. Quelque chose d'important, qui fuyait sans cesse sa mémoire. Il ouvrit un livre relatant quelques épisodes de la mythologie helios. Les

Helios peuplaient une île au large des mers darnoises. Nul étranger n'en avait jamais foulé le sol. Mathieu s'imagina un moment à la place des frères Estaffes, quittant leur famille pour mener secrètement une mission dans un royaume inconnu.

Il se perdit dans ses rêveries, recherchant à voix haute où le maléfice de Circé pouvait être dissimulé et pourquoi les frères Estaffes semblaient être les seuls à l'avoir découvert. Soudain, une idée lui vint à l'esprit. Il existait un endroit que les Estaffes avaient recherché pendant des années. Et la légende ne disait ni précisément pourquoi, ni s'ils étaient parvenus à atteindre leur but... Mathieu griffonna à toute vitesse sur son album : *La tour Disparue*. Oui, aucun doute ! S'il avait dû cacher le maléfice de Circé, il aurait choisi la tour la plus secrète du royaume ! Mais au moment même où il posait sa plume, son cœur cessa de battre. Ce qu'il avait oublié lui revint enfin à la mémoire.

– Roméo Pompous ! s'écria-t-il. Oh, non ! j'ai tué Roméo Pompous !

Et Mathieu attrapa Adélaïde qui sommeillait sur son oreiller, avant de courir jusqu'au dortoir des Élitiens.

*

Parvenu dans le dortoir silencieux, à partir duquel il pouvait rappeler le lit prisonnier de la tour Disparue, Mathieu était aussi blême que le sol enneigé.

– Roméo Pompous est mort ! dit-il d'un air étonné. Quel grand malheur !

– Ne dites pas de sottises, Roméo est certainement vivant ! rectifia Adélaïde qui voletait dans tous les sens.

– Et moi, je prétends qu'il est mort ! renchérit Mathieu. Voilà plus d'une nuit qu'il est enfermé ! Combien de temps peut-on vivre sans manger, à ton avis ? Et ce qui m'exaspère le plus, c'est que je vois d'ici qu'on va me tenir pour responsable !

Alors, solennel, une main posée sur le cœur, Mathieu Hidalf rappela enfin le lit de Roméo dans le dortoir. Il pensait y trouver le corps endormi à tout jamais du Prétendant. Mais le lit doré emprunté la veille par Roméo Pompous revint vide. Mathieu eut beau retirer la couverture et jeter les oreillers par terre, il ne découvrit aucune trace du Prétendant.

– Comment faire ! dit-il, épouvanté. Si je vais chercher de l'aide, je serai banni de l'Élite... Si je vais moi-même dans la tour Disparue, personne ne pourra me ramener dans l'école !

En disant ces mots, Mathieu arrêta soudain son regard sur Adélaïde. Cette dernière, comme si elle avait deviné le fond de sa pensée, prit son envol. Hélas ! la malheureuse s'empêtra dans les rideaux du lit. Mathieu n'eut qu'à lui pincer les ailes pour la porter jusqu'à son visage.

— Adélaïde, déclara-t-il avec gravité, je vais t'envoyer dans la tour Disparue. Dans dix minutes, je ferai revenir le lit. Tu dois à tout prix retrouver la trace de Roméo… S'il est encore vivant, j'irai dans la tour pour le ramener jusqu'ici…

— Moi ? balbutia la nymphette, apeurée. Me rendre dans cette tour… abandonnée et glaciale ?

La petite fée, seule au milieu du lit gigantesque, aurait attendri un loup. Mais il en fallait davantage pour attendrir Mathieu Hidalf. Ce dernier respira profondément et envoya le lit doré dans la tour Disparue. Il entendit à peine la pauvre Adélaïde qui criait : « Pitié ! Ne m'oubliez pas, monsieur Hidalf ! »

Pendant dix minutes, Mathieu se contenta d'observer la neige tomber sans répit. Lorsque les dix minutes furent écoulées, il rappela le lit en priant pour que Roméo fût de retour. Mais, sur le matelas doré, il n'y avait qu'une petite boule tremblante, dissimulée sous la couverture. Adélaïde en jaillit à tire-d'aile.

— Alors ? demanda Mathieu d'une voix lugubre. Roméo… Roméo est…

— … absent, répondit sèchement Adélaïde. La tour est vide.

Mathieu Hidalf écarquilla les yeux.

– C'est impossible ! Il n'existe aucune issue. Chaque fenêtre, chaque porte est recouverte de ronces... Même une nymphette ne pourrait s'échapper de la tour ! D'ailleurs, deux nymphettes y étaient enfermées depuis longtemps... Les as-tu vues ?

– Tout ce que j'ai vu, monsieur Hidalf, c'est une tour à moitié effondrée, poussiéreuse, et plus froide qu'un lac gelé... Il n'y avait pas trace de nymphettes ni de Roméo Pompous... J'ai arpenté chaque pièce. Chaque placard. Soit Roméo n'y a jamais mis les pieds, soit il a réussi à en sortir.

– Roméo Pompous disparaît dans la tour Disparue ! constata Mathieu, mécontent. C'est un peu fort !

*

La nuit était froidement tombée sur le royaume. Hormis dans la galerie des Chandelles, où quelques Apprentis dînaient en silence, une seule lumière perçait l'obscurité : Mathieu Hidalf, épuisé, était perché au milieu d'une échelle. Il arpentait des dizaines d'étagères, éternuant chaque fois qu'il en retirait un livre poussiéreux.

Il déchiffrait un titre à moitié effacé lorsqu'une lueur dorée fila droit sur lui, plus rapide qu'une flèche. C'était Adélaïde, qui atterrit si vite sur l'échelle qu'elle faillit faire trébucher Mathieu. La nymphette avait le souffle court et les ailes tremblantes.

— Tu as des nouvelles de Roméo Pompous ? interrogea Mathieu.

— Non ! s'écria la fée. C'est mademoiselle votre sœur ! Je n'ai rien pu faire pour la retenir ! Elle est entrée dans l'école !

— Juliette d'Or ? balbutia Mathieu en descendant quelques échelons.

— Oui ! Elle est accompagnée de M. Pierre Chapelier et de M. Octave Jurençon ! Elle crie partout qu'elle veut voir un certain jeune homme : Tristan Boidoré !

Mathieu faillit chuter de l'échelle, interdit.

— Elle veut voir Tristan *maintenant* ? En présence de la comtesse Dacourt ? Sans avoir un seul motif pour pénétrer dans l'école ?

Juliette d'Or consacrait la moitié de son temps à garder son histoire d'amour secrète, pour que ni la comtesse Dacourt ni M. Hidalf ne soupçonnent Tristan Boidoré d'être son soupirant. Pénétrer dans l'école, à une heure où la directrice était encore dans son bureau, c'était tout simplement une folie. Mathieu se tourna vers les nymphettes de la bibliothèque.

— Vite ! lança-t-il. Parcourez toute l'école, trouvez ma sœur et retenez-la ! Si vous rencontrez la comtesse Dacourt, inventez un mensonge pour l'éloigner !

La nuée de fées se précipita hors de la bibliothèque. Mathieu se rua à son tour dans les couloirs déserts. Il ne tarda pas, attiré par un amas de lumière dans la tour des Escaliers, à repérer Juliette. Il frémit d'effroi en apercevant sa sœur, entourée de Pierre Chapelier et d'Octave Jurençon, deux de ses amis Prétendants, qui essayaient de la retenir. Le célèbre escalier des Capitaines ressemblait à un champ de bataille. Les nymphettes se jetaient sur Juliette, dans une véritable tornade lumineuse.

– Mathieu, tonna Juliette, ordonne immédiatement à tes nymphettes de battre en retraite !

Mathieu remonta de quelques marches, jusqu'à une grille qu'il avait remarquée un instant plus tôt et qu'il n'avait jamais vue close. Il la claqua, hésita une seconde, puis sortit de sa luide la clef fée du roi. Il ne lui fallut qu'un instant pour verrouiller la grille et empêcher Juliette de continuer sa progression. Derrière lui, à quelques pas, l'escalier de la comtesse Dacourt était illuminé. Si par malheur quelqu'un quittait son bureau, Juliette d'Or serait immédiatement renvoyée au manoir Hidalf, pour avoir pénétré sans autorisation dans l'école de l'Élite.

Le visage de la jeune fille était empreint d'une noirceur inhabituelle. Elle repoussa Pierre et Jurençon, balaya du revers de la main les nymphettes qui l'éblouissaient et attrapa Mathieu à travers la grille.

— Ouvre-moi, exigea-t-elle.

— Tu as perdu l'esprit ! répliqua froidement Mathieu. Tu veux aller voir Tristan ? Alors que la comtesse est peut-être à quelques pas ? Papa sera au courant dans la soirée… Il t'enfermera au manoir à tout jamais !

— Peu importe. Papa saura tout, mais je verrai Tristan ce soir.

Mathieu resta muet, tout comme Pierre et Jurençon qui s'écartèrent d'un pas, derrière la jeune fille. Juliette s'effondra alors en larmes, agrippée à la grille close. Mathieu avait déjà vu sa sœur pleurer mille fois. Elle pleurait d'ailleurs avec tant d'aisance que M. Hidalf prétendait qu'il était aussi dur de trouver une larme sincère sur la joue de sa fille aînée qu'une pièce d'or légalement acquise sur le compte en banque d'un Pompous. Cette fois-ci, la détresse de Juliette était bien trop silencieuse pour être feinte.

— Mathieu, dit-elle faiblement, quelqu'un… quelqu'un m'a dérobé l'anneau de Foudre…

La voix de Juliette n'était plus qu'un murmure indistinct. À sa main nue, l'anneau qui ne la quittait plus depuis trois semaines, l'anneau taillé dans les bois de la Foudre fantôme, était soudain remarquable par son absence.

— Si c'est une jeune fille qui l'a volé, bredouilla-t-elle, et qu'elle mette l'anneau à son doigt... Tristan... Tristan... Tristan tombera aussitôt sous son emprise !

Mathieu bomba le torse.

— Je vais trouver Tristan, et lui dire de retirer son anneau, affirma-t-il en installant Adélaïde, qui voletait autour de lui, à l'intérieur de sa luide. Toi, reste en dehors de l'école !

Et sans ajouter un mot, il courut tout droit jusqu'à la galerie des Chandelles, où plusieurs élèves dînaient en silence. Lorsqu'il fit son entrée, quelques Apprentis formèrent à nouveau un cœur avec leurs mains, brandies au-dessus de leur tête. Mathieu ne leur accorda aucune attention et parcourut la salle du regard. Tristan ne comptait malheureusement pas parmi les pré-Élitiens présents ce soir-là dans la galerie. Mais il reconnut l'un d'eux, Peter de Nemours, un complice des deux amoureux.

Peter de Nemours était considéré, sans doute à juste titre, comme le plus bel homme du royaume. On disait même que certaines jeunes filles n'achetaient l'album de l'Élite que pour avoir son image entre les mains. Peter avait remarqué l'intérêt que lui portait Mathieu. Il se leva aussitôt et vint à sa rencontre.

— Mathieu Hidalf, que puis-je pour vous ?

– Je cherche Tristan Boidoré, et je dois absolument le voir ce soir…

– Tristan est à la clairière des Apprentis, répondit Peter de Nemours. Je l'avertirai de vous rendre visite dès qu'il sera de retour.

Mathieu remercia le jeune homme, mais il ne comptait pas attendre le retour de Tristan. Les portes de la galerie venaient de s'ouvrir en grand ; un groupe d'Apprentis quittait la salle. Mathieu s'engouffra derrière eux.

– Je vais chercher Tristan, annonça-t-il à Adélaïde, réfugiée dans le col de sa luide. De ton côté, veille sur Juliette, s'il te plaît, et assure-toi qu'elle quitte l'école. Il ne faut pas que la comtesse Dacourt la surprenne !

– Vous allez dans la clairière des Apprentis, n'est-ce pas ?

– Oui.

– Savez-vous au moins où elle se trouve ? La forêt des Élitiens est immense. Et, de nuit et sous la neige, sans doute méconnaissable…

– Je n'ai jamais mis les pieds dans cette clairière…, avoua Mathieu. Mais ça n'a aucune importance.

*

Courant le long d'un couloir désert, Mathieu sortit de sa luide une plume verte, qui étincela un bref instant sous la noirceur des voûtes. Il poussa la porte du dortoir des Prétendants. Il s'agissait d'une sorte de placard à balais. Comme le dortoir des Élitiens, qui avait servi à envoyer Roméo dans la tour Disparue, cette pièce contenait plusieurs centaines de minuscules casiers.

D'un geste cérémonieux, Mathieu commença par déplacer son propre lit jusqu'au dortoir. Aussitôt, le lit vert dans lequel il dormait tous les soirs apparut devant lui. Il s'assit dessus et considéra un par un les centaines de casiers qui se déployaient sous ses yeux. Lorsqu'il repéra enfin celui de la *clairière des Apprentis*, Mathieu glissa sa plume verte à l'intérieur.

Un nuage de poussière se souleva dans la petite pièce. Le lit de Mathieu disparut, l'emportant à son bord.

Chapitre 8
L'attaque de l'Élitien noir

Lorsque Mathieu sentit son lit vert se stabiliser, il n'avait aucune idée du lieu où il avait atterri. Il tira lentement les rideaux qui lui masquaient l'horizon et retint son souffle. Son lit vert se dressait au milieu d'une minuscule clairière, entourée de collines boisées couvertes de neige. Seules les étoiles éclairaient vaguement le contour des arbres. Jamais Mathieu n'avait pénétré dans cette clairière ; jamais même il n'avait vu les parties vallonnées de la forêt des Élitiens. Autour de lui, aucune trace de pas ne souillait la neige blanche.

– Tristan ? lança-t-il.

Sa voix se perdit dans l'obscurité. Mathieu entendit alors un cliquetis mystérieux. À l'orée de la clairière, il repéra une nymphette, perchée au sommet d'un arbre. La fée était prisonnière d'une chaîne, qui la retenait chaque fois qu'elle essayait de prendre son envol. Mathieu épiait la créature lorsqu'un mouvement alerta son attention. Il plissa les yeux. Aucun doute, un lit noir venait d'atterrir dans la clairière. À vrai dire, il faisait si sombre, et la neige tombait si fort, que Mathieu n'était pas certain que le lit fût apparu à cet instant précis. Peut-être était-il là depuis son arrivée, sans qu'il eût remarqué sa présence.

Que pouvait faire Tristan Boidoré dans cette clairière ? Et pourquoi une nymphette y était-elle enchaînée ? Jetant un coup d'œil aux arbres biscornus qui enfermaient la nuit sous leur couronne, Mathieu se glissa hors de son lit.

Malgré sa luide, il ressentait la morsure du froid. Rien ne bougeait aux alentours. Et, s'il n'y avait eu le cliquetis régulier de la chaîne qui emprisonnait la nymphette, tout aurait été parfaitement silencieux. De toute évidence, à une telle heure, la forêt était déserte.

Au premier pas qu'il fit, Mathieu sentit un infime picotement sur son cœur : c'était son arbre doré qui le brûlait légèrement, annonçant un danger. Il inclina la tête et remua les pieds, enfouis dans la neige. Un sentiment indescriptible s'empara de lui. Le sentiment de n'être qu'à un pas de la mort. Il creusa l'épaisseur de neige du bout du pied et retint un cri d'effroi. Il n'avait pas atterri dans une clairière, mais au milieu d'un lac, un lac gelé. Il fut saisi d'une peur subite. Son arbre le brûla plus vivement encore. C'était la preuve que la glace était fragile.

— Tristan ? appela-t-il à nouveau.

Pas à pas, retenant son souffle chaque fois qu'il posait le talon sur la glace, Mathieu approcha de l'étrange lit noir.

Il l'atteignit et en tira les rideaux d'une main tremblante. Le lit était vide. Presque soulagé, Mathieu observa la clairière. Soudain, un hurlement retentit. Un hurlement à déchirer les tympans. Quittant la surface gelée du lac, Mathieu resta une seconde indécis, puis avança à grandes enjambées jusqu'à la nymphette frigorifiée, qui tentait vainement d'échapper à sa chaîne. Elle était peut-être la seule à pouvoir lui donner des explications. La fée posa sur lui un œil étonné et lança ce curieux avertissement : « Attention, il n'est pas loin ! » Mathieu fronça les sourcils en demandant : « Qui ? » lorsque son arbre le brûla une fois de plus.

Avant qu'il ait pu faire le moindre geste, une silhouette jaillit des ténèbres blanches, se jeta sur lui et le renversa violemment contre le sol enneigé. Mathieu haussa le sourcil droit. Son arbre se refroidit. Il venait de reconnaître son agresseur : c'était celui qu'il était venu chercher. Les yeux noirs de Tristan Boidoré s'éclaircirent.

— Mathieu Hidalf ! chuchota-t-il. Que faites-vous ici ?

Mathieu, toujours allongé sur le sol, répondit froidement :

– Et vous ? Que faites-vous en pleine forêt ?

Tristan posa un doigt sur ses lèvres, pour indiquer à Mathieu de ne pas crier si fort, puis il murmura en surveillant les alentours :

– Je suis en pleine mission... Dix Apprentis sont cachés à quelques pas de nous, dans les bois... Ils doivent accomplir l'*épreuve de la Nymphette*.

– L'épreuve de la Nymphette ? répéta Mathieu en fixant la lueur au sommet de l'arbre.

– Ils ont pour mission de ramener cette nymphette jusque dans l'école, et je dois les en empêcher coûte que coûte. Des équipes d'élèves s'affrontent souvent les unes les autres... Ne restez pas dans les parages, ou vous aurez de mauvaises surprises. Et surtout, ne prenez pas peur si votre arbre vous brûle. La clairière des Apprentis est une zone magique. Chaque fois qu'un élève en attaque un autre, tous nos arbres flamboient comme si nous étions réellement en danger...

En disant ces mots, Tristan montra du doigt un éclat doré, presque infime, qui venait d'apparaître dans la noirceur des bois. Il se redressa aussitôt.

– Voici un Apprenti qui n'a pas réussi à noircir correctement son arbre doré..., dit-il à voix basse. Je dois l'empêcher d'approcher.

– Tristan, le retint Mathieu, je suis venu de la part de Juliette…

Le pré-Élitien changea de couleur. Pendant une seconde, son air sombre disparut. Il semblait avoir oublié pourquoi il se tenait au milieu d'une forêt blanchie par l'hiver.

– Quelqu'un a dérobé l'anneau de Foudre de ma sœur, expliqua Mathieu. Elle soupçonne une jeune fille qui serait amoureuse de vous… Elle veut que vous vous sépariez de votre anneau.

Tristan fit un geste inutile pour le retirer. Aucun anneau ne se trouvait à son doigt.

– C'est… C'est… C'est… impossible… Je… Je l'avais encore ce matin… Je ne le quitte jamais…

Le jeune homme scrutait sa main gauche, comme s'il ne pouvait croire à la disparition du bijou.

– Quelqu'un d'assez puissant pour pénétrer dans l'école de l'Élite *et* dans l'école de danse a dû vous les voler, constata Mathieu.

– Il ne peut s'agir que d'un Élitien… ou…

Tristan pâlit affreusement.

– Ou de ma tante, la comtesse Dacourt ! Elle est la seule qui puisse entrer à la fois dans les deux écoles, et j'ai pris le thé dans son bureau, balbutia-t-il. Dites à Juliette que je viendrai la voir dès que la mission aura pris fin. Je vais faire en sorte qu'elle soit écourtée !

À cet instant précis, la silhouette d'un Apprenti se dessina à l'orée de la clairière. Il approchait dangereusement de la nymphette prisonnière. Mathieu entendit Tristan chuchoter : « Retournez à l'école. » Et, avant qu'il ait pu prononcer un mot, le pré-Élitien avait disparu, englouti par la nuit noire.

Mathieu avait fait ce déplacement en vain. Celui qui avait volé l'anneau de Foudre de Juliette ne l'avait pas fait pour séduire Tristan. Mais pour un autre motif. Les sens aux aguets, Mathieu observa les collines boisées qui s'étendaient à perte de vue. La forêt, qui semblait déserte, était en réalité remplie d'Apprentis prêts à tout pour s'emparer d'une nymphette. Et Mathieu devinait qu'il avait tout intérêt à ne pas croiser leur chemin... de peur qu'ils ne le considèrent comme un adversaire. Mais comment regagner l'école ? Il n'avait pas la moindre idée du lieu où il se trouvait. Pas la moindre idée de la direction à suivre. C'était l'ennui des déplacements par le biais d'un lit ; on ne savait jamais comment l'on reviendrait de l'endroit où l'on était pourtant arrivé si aisément.

Au loin, dans la profondeur des bois, un nouveau cri tira Mathieu de sa rêverie. Son arbre le brûla fortement. Tristan venait certainement de mettre la main sur l'Apprenti isolé. Mathieu se dirigea lentement vers le lac gelé. Autour de lui, les arbres étendaient leurs branches comme des doigts crochus. Soudain, alors qu'il passait à proximité d'une souche creuse, les racines de son arbre doré crépitèrent. Mathieu scruta la nuit profonde qui l'entourait sans rien percevoir que des troncs d'arbres nus. Il avança jusqu'à l'orée de la forêt ténébreuse.

– Tristan? lança-t-il d'une voix forte. Je suis perdu!

Un nouveau cri retentit au loin. Pour la première fois, Mathieu fut saisi d'un doute. Comment savoir si ce cri était celui d'un Apprenti pris au piège? Ou bien celui de quelqu'un qui courait un danger réel? Ce fut alors qu'il aperçut un troisième lit au milieu du lac gelé. Un lit qu'il connaissait parfaitement. C'était celui de son ami Pierre Chapelier. Une main rassurante se posa sur son avant-bras. Pierre le dévisageait avec inquiétude.

– Est-ce que tout va bien? demanda-t-il en surveillant les arbres voisins.

– Que fais-tu ici? s'étonna Mathieu.

Pierre était le Prétendant le plus pauvre de l'école, et sans doute un des seuls à n'avoir aucun lien de parenté avec un membre de la noblesse du royaume. Mais il était surtout l'un des élèves les plus brillants et les plus fidèles que l'Élite ait comptés dans ses rangs. Les rumeurs prétendaient que la comtesse Dacourt l'aurait volontiers invité à sa table s'il n'avait été, par un mystérieux hasard, l'ami le plus proche de Mathieu Hidalf.

– Ce que je fais ici ? répéta Pierre. As-tu imaginé une seule seconde que je te laisserais seul dans une des clairières les plus lointaines de la forêt ? Adélaïde est venue nous alerter…

Mathieu repéra aussitôt la nymphette, qui rougissait dans le col de Pierre Chapelier.

– Jurençon est resté auprès de ta sœur…, ajouta son ami. Ils sont cachés dans…

Pierre n'acheva pas sa phrase. Non loin, quatre jeunes hommes, épée à la main, approchaient.

– Des Apprentis ? chuchota-t-il en plissant les yeux.

– Ils sont en mission…, expliqua Mathieu.

– Je vais noircir nos arbres pour qu'ils ne puissent pas nous repérer. Laisse-toi faire.

Pierre posa une main sur celle de Mathieu et ferma les yeux. Mathieu vit, avec stupéfaction, leurs deux arbres s'éteindre progressivement. Il ne savait même pas, jusqu'à ce soir-là, qu'une telle chose était possible. Les Apprentis n'étaient plus qu'à quelques pas mais, à la faveur des ténèbres, ils ne découvrirent pas les deux Prétendants cachés derrière un fourré. Soudain, un nouveau hurlement retentit, un hurlement d'effroi. Mathieu sentit son arbre flamboyer à nouveau. Les Apprentis se serrèrent les uns contre les autres. Ils avaient tiré leur épée.

– Je vous avais bien dit qu'il ne fallait pas attaquer de front, grommela l'un d'entre eux à ses compagnons. Tristan Boidoré a été nommé pré-Élitien sur nomination *directe* de Louis Serra… Il va nous massacrer… et nous allons encore revenir bredouilles !

– Et demain, au lieu d'un pré-Élitien, deux surveilleront la nymphette ! ajouta un second Apprenti, désespéré. Nous ne réussirons jamais cette épreuve…

Mathieu et Pierre échangèrent un bref regard puis s'enfoncèrent silencieusement entre les arbres, s'éloignant davantage des Apprentis de pas en pas. Ils atteignirent bientôt une minuscule clairière, qui aurait eu du mal à contenir une simple chaumière. Tous les deux s'arrêtèrent.

Une silhouette noire se dressait entre deux troncs biscornus. Un capuchon recouvrait entièrement son visage. Son arbre était si foncé, sur sa luide, qu'il était absolument invisible. La pointe d'une épée étincelante était enfoncée dans la neige, derrière lui. Pendant une seconde, la silhouette considéra les deux Prétendants, comme si elle hésitait à avancer à leur rencontre. Puis elle recula entre les arbres.

– C'était Tristan ? demanda Pierre, de plus en plus nerveux. Je ne l'ai pas reconnu… Pourtant, il porte un anneau argenté…

Mathieu, pour sa part, avait cessé de respirer. C'était lui, il en était convaincu. Lui, l'Élitien qui avait trahi l'Élite. Lui, le traître que traquait Louis Serra. Lui, le serviteur des frères Estaffes.

— Adélaïde, ordonna-t-il d'une voix tremblante à la nymphette, va, va vite dans l'école. Trouve Louis Serra !

— Louis Serra ? répéta Pierre avec stupéfaction.

— Louis Serra ? s'étrangla à son tour la nymphette. Le *capitaine* Louis Serra ? Mais...

— Il ne te fera rien. Dis-lui que tu viens de ma part, renchérit Mathieu. Dis-lui que j'ai trouvé celui qu'il cherche. Vite !

Tandis que Pierre jetait à Mathieu un regard interrogateur, Adélaïde s'enfuit comme une gerbe de lumière entre les branches obscures. à peine avait-elle disparu qu'un nouveau cri rauque retentit. Un cri qui surpassait les précédents. Mathieu reconnut avec effroi Tristan Boidoré lui-même. Le pré-Élitien venait de hurler : « Procédure de survie ! », ce qui, pour Mathieu, n'avait absolument aucun sens.

Aussitôt, pourtant, plusieurs Apprentis jaillirent des arbres environnants, les épaules basses, l'air inquiet. Sur leur poitrine, l'arbre qu'ils avaient noirci reprit progressivement sa teinte dorée. « La procédure de survie ? » répéta l'un d'eux. « Il doit y avoir un blessé ! » avança un autre. Le hurlement qui suivit les fit taire. Sur son cœur, l'arbre de Mathieu continuait de percer sa poitrine, de plus en plus lumineux.

Les Apprentis parurent hésiter un instant, puis ils s'enfoncèrent dans les bois, en direction des cris de Tristan. Mathieu et Pierre ne prononcèrent pas un mot. Quelque chose avait mal tourné, cela ne faisait plus aucun doute, et leur seul espoir était Adélaïde et le capitaine Louis Serra. Les deux Prétendants se lancèrent vivement à la suite des Apprentis. Dans la profondeur des bois, la voix de Tristan répétait le même ordre, plus perçante de seconde en seconde.

Giflé par un vent soudain, Mathieu sentait qu'il se rapprochait du pré-Élitien. Dans la forêt, les cris se multipliaient. Soudain, un énorme craquement retentit. Mathieu et Pierre tournèrent tous les deux la tête en direction du lac de la clairière des Apprentis, dont la surface venait de se briser. Entre les arbres, Mathieu vit avec stupeur son lit vert sombrer dans les eaux glacées. Lorsqu'il voulut reprendre sa course, Pierre avait disparu. Mathieu fondit à grands pas entre les arbres, perdu, criant le prénom de son ami, lorsque Tristan Boidoré surgit des ténèbres. Il plaqua si violemment Mathieu contre un arbre qu'il lui coupa le souffle. D'une main, il étouffa ses lèvres. Mathieu lui mordit les doigts de toutes ses forces, mais Tristan ne relâcha pas son étreinte. Son regard était noir. Son expression terrifiante.

— Mathieu Hidalf, dit-il froidement, la mission est annulée. Les douleurs que nous ressentons sur notre arbre sont réelles... réelles, vous m'entendez !

Les yeux de Mathieu resplendirent d'effroi.

— Ce n'est pas moi qui ai attaqué les Apprentis, reprit Tristan sans retirer sa main des lèvres de Mathieu. Il y a quelqu'un d'autre dans cette partie de la forêt. Quelqu'un d'autre ! S'il vous arrive malheur, Mathieu... jamais, jamais je ne me le pardonnerai. Je vais vous relâcher. Et vous allez disparaître, sans poser la moindre question, sans prononcer un seul mot.

Un nouveau hurlement retentit à quelques pas. Des larmes couvrirent les joues de Mathieu, figé. Tristan le lâcha.

— Fuyez ! aboya-t-il. Alertez les Élitiens ! Vous êtes notre seule chance !

— Pierre..., balbutia Mathieu. Il est dans la forêt, lui aussi !

Tristan fit signe qu'il avait compris et le poussa en avant, tendant le doigt vers un sentier sinueux, avant de s'engouffrer lui-même à l'opposé.

*

Mathieu courait dans la neige fraîche, le vent hurlant derrière lui. Il suivait un sentier qui grimpait entre les arbres dénudés. Au-dessus de lui, trois taches lumineuses jaillissaient parfois hors des nuages. Dans le lointain des bois, un cri résonnait de temps à autre.

Les bottes de Mathieu s'enfonçaient dans la neige. Plusieurs fois, il trébucha. Plusieurs fois, il se releva et reprit sa course, songeant à Pierre, à Tristan et aux Apprentis qui combattaient un mystérieux adversaire. Il n'avait jamais eu si peur. Il espérait de tout son cœur que Louis Serra allait enfin surgir des ténèbres. Ou bien que la Foudre fantôme bondirait hors d'un buisson pour le porter sur son dos et le conduire jusqu'à l'école. Mais il ne croisa rien ni personne pendant de longues minutes.

Enfin, à bout de souffle, il atteignit la porte en bois qui permettait d'accéder à l'école. Dès qu'il la franchit, il poussa un hurlement qui se répercuta en écho dans une galerie déserte. Une nymphette en uniforme, perchée sur un lustre, passa au-dessus de lui à tire-d'aile. Mathieu savait que les nymphettes élitiennes n'avaient aucune affection à son égard ; mais elles avaient le pouvoir d'alerter les Élitiens en personne.

– Que se passe-t-il, monsieur Hidalf ? demanda celle-ci d'une voix calme, qui contrastait avec la panique du Prétendant.

– Il faut réveiller la comtesse ! s'écria Mathieu.

Réveiller Louis Serra ! Des Apprentis sont attaqués !

La nymphette répliqua en esquissant un sourire moqueur :

— Une mission en conditions réelles a lieu ce soir dans la forêt... Vous avez assisté à un exercice, Mathieu Hidalf.

Furieux, Mathieu fonça vers la tour Directrice. Plusieurs silhouettes apparaissaient peu à peu dans les couloirs, éveillées par ses cris. Il atteignit enfin l'escalier menant à l'appartement d'Armance Dacourt. Les larmes lui brûlaient les yeux. Il s'arrêta sur la première marche. La comtesse, en robe de chambre blanche, les cheveux détachés, venait d'apparaître. Quelques Apprentis ricanèrent, persuadés que Mathieu Hidalf allait essuyer la punition la plus foudroyante de sa carrière. Mais jamais Armance Dacourt n'avait vu une telle expression sur son visage. La directrice dit à toute vitesse :

— J'ai besoin de savoir où, où et quand il y a eu un incident.

— En ce moment même, dans la clairière des Apprentis, répondit Mathieu dont les larmes coulaient malgré lui. Une attaque.

— Mathieu, dit la comtesse Dacourt, il y a eu une mission dans cette partie de la forêt. Êtes-vous sûr que...

— Tristan Boidoré m'a dit de vous prévenir ! Il y

a quelqu'un dans la forêt qui attaque les Apprentis… Je crois… Je crois que je l'ai croisé ! C'était un Élitien à l'arbre noir…

Armance Dacourt posa une main affectueuse sur l'épaule de Mathieu ; une main affectueuse mais ferme comme aucune main ne l'avait jamais été sur l'épaule d'un Prétendant. La comtesse le plaça derrière elle d'un mouvement protecteur, et ordonna sèchement à la nymphette qui voletait au-dessus d'eux d'alerter les forces élitiennes. La fée cessa aussitôt de sourire et fonça dans la tour des Escaliers, qui desservait tous les étages de l'école, tandis que les Apprentis tiraient leur épée comme un seul homme, prêts à rejoindre la forêt. Ils n'en eurent pas le temps. Une douleur implacable les terrassa. Leur arbre doré venait de les foudroyer.

Plusieurs élèves furent plaqués contre un mur, tant la douleur était vive. Seule la comtesse Dacourt demeurait fidèle à elle-même ; elle n'était jamais plus impressionnante que lorsque le reste de l'école semblait prêt à rompre. Sur son visage, il y avait certes un effroi soudain. Mais cet effroi ne cédait rien à la panique. La comtesse se tourna vers Juliette d'Or, qu'elle venait de repérer parmi la foule. Elle ne manifesta aucune surprise, aucune désapprobation, ordonnant simplement : « Mademoiselle, emmenez votre frère dans la bibliothèque.

Prenez soin de lui. Ne le quittez pas. » Puis elle franchit la porte qui ouvrait sur la forêt silencieuse.

Un nuage de lumière bravait déjà la tempête de neige, survolant les bois. Des centaines de nymphettes venaient d'être envoyées à travers la forêt, tandis que tous les Élitiens s'y précipitaient à leur suite. Mais il était trop tard. La douleur ressentie par chacun était telle qu'il n'y avait aucun doute : cette nuit, quelqu'un avait perdu la vie dans l'école de l'Élite. Si les dix Apprentis étaient tombés sur le traître, ils avaient sans doute été massacrés. Et Tristan Boidoré, malgré son arbre couvert de branches, avait probablement partagé leur sort.

Mathieu n'avait aucune envie de dormir ; il se coucha pourtant dans le lit vide de Roméo Pompous. Une fièvre étrange engourdissait son esprit et, sur son torse, une douleur cuisante perdurait. À son chevet, Juliette d'Or lui tenait silencieusement la main.

– Tristan s'est fait voler l'anneau lui aussi, chuchota Mathieu.

Il revoyait le jeune homme se ruer dans les ténèbres à la rescousse des Apprentis.

– Il est encore dans les bois... Il doit sauver Pierre...

Juliette ne répondit pas ; pâle, les yeux grands ouverts, elle semblait n'avoir rien entendu. Mathieu s'enfonça sous sa couverture, glacé. Sans même y prendre garde, il plongea dans un sommeil noir.

Il eut le sentiment, tard dans la nuit, d'être bousculé par quelqu'un puis d'être ébloui, un bref instant. Des silhouettes bougeaient autour de lui. Il espéra que Pierre était de retour, mais son épuisement était tel qu'il fut incapable de veiller plus longtemps.

Chapitre 9
Le sortilège de Ronces

Une aube froide et inquiétante se levait sur l'école de l'Élite lorsque Mathieu s'éveilla en sursaut, le souffle court. Il chercha d'abord du regard la rose des Serments, avec laquelle il tombait nez à nez tous les matins. Mais la fleur avait disparu. Le lit dans lequel Mathieu était allongé n'était pas le sien. Tout lui revint aussitôt en mémoire.

À côté de lui, Pierre Chapelier dormait paisiblement, le teint pâle, les cheveux lui tombant sur le front. Juliette d'Or, elle aussi, était assoupie dans un fauteuil, la tête étonnamment droite, comme si elle avait continué à veiller sur eux malgré son sommeil. Mathieu se leva en silence et traversa les rangées de lits vides jusqu'à la fenêtre la plus proche. Les toits de l'école étaient blancs ; les statues des Élitiens se dressaient toujours dans la lumière du jour, rassurantes. Rien ne semblait avoir changé depuis la veille au soir. Pourtant, Mathieu avait le pressentiment que tout avait changé, au contraire. Il collait son nez à la fenêtre gelée, lorsqu'un éternuement attira son attention. Le bruit semblait provenir d'une cheminée gigantesque. Une lueur étincela alors dans l'âtre noir. Trois nymphettes surgirent du néant. Elles portaient une luide noire, ornée d'un minuscule arbre doré.

– Mathieu Hidalf, dit l'une d'elles à voix basse, nous sommes les nymphettes de Louis Serra… Le capitaine a disparu.

Mathieu la dévisagea avec un tremblement.

– Disparu ?

– Vous a-t-il laissé une instruction ? demanda la deuxième nymphette au grand étonnement de Mathieu. Un mot ? Quelque chose ?

– Non…

– Il se passe des choses graves, affirma la troisième fée. Les Cœurs noirs ont été appelés dans l'école…

Mathieu n'avait pas la moindre idée de ce qu'était un Cœur noir, mais ce nom ne lui inspirait aucune confiance. Il s'apprêtait à interroger les nymphettes lorsque quelqu'un se leva dans la bibliothèque. Aussitôt, les trois fées disparurent dans le conduit de la cheminée, provoquant un nuage de suie qui recouvrit Mathieu. Derrière lui, Octave Jurençon, le neveu du roi, avait quitté son lit. Ses longs cheveux blonds tombaient sur ses épaules. Tout le monde appelait Jurençon par son nom de famille. Il avait déjà treize ans mais n'était arrivé dans l'école qu'un mois plus tôt ; les mauvaises langues prétendaient qu'il devait sa place dans l'Élite à son lien de parenté avec le roi.

— Louis Serra a disparu ? dit-il avec inquiétude.

Mathieu hocha la tête.

— Je dois quitter l'école avant que la comtesse ne s'aperçoive de ma présence…, reprit Jurençon. Mais avant… sais-tu ce qui est arrivé hier soir ? Tu étais dans la forêt, n'est-ce pas ?

— J'ai vu un Élitien à l'arbre noir, raconta Mathieu. Des Apprentis criaient… Je crois que quelqu'un a été attaqué.

— Quelqu'un…, répéta mystérieusement Jurençon. Mais qui ?

Pendant une seconde, les deux Prétendants restèrent silencieux, à s'observer l'un l'autre. Puis Jurençon chuchota, comme s'il demandait à Mathieu une faveur :

— Est-ce que tu accepterais de m'ouvrir la Grille épineuse ? Si la comtesse découvre mon nom dans le registre, elle saura que j'ai pénétré dans l'école…

— Allons-y, répondit Mathieu en se redressant.

*

La porte menant à la forêt, ouverte, semblait témoigner seule du drame étrange survenu pendant la nuit. Le vent avait dû souffler fort, car une immense traînée de neige s'étendait comme un tapis blanc tout le long de la galerie. Les deux Prétendants s'engagèrent prudemment dans l'escalier des Capitaines, qui menait tout droit à l'Arbre doré et à la Grille épineuse. Ils ne prononcèrent pas un mot, mais tous les deux partageaient l'impression curieuse que le silence qui régnait sur l'école dissimulait quelque chose de grave.

Sur son chemin, Mathieu affrontait le regard de chacune des statues d'Élitiens, comme s'ils risquaient de sortir brusquement de leur habit de pierre. Soudain, une bourrasque glaciale, sans doute provoquée par un courant d'air, tournoya dans l'escalier en colimaçon. Au-dessus des deux garçons, un faible éclat d'or resplendit une seconde. Ils levèrent les yeux en même temps. Une nymphette portant une luide, dont l'arbre doré était noirci, était perchée sur un crochet de fer, planté au sommet de la voûte de l'escalier. Mathieu et Jurençon échangèrent un coup d'œil ; trois marches plus bas, une autre nymphette se dressait dans l'obscurité, aux aguets. Mathieu s'aperçut alors que, toutes les trois marches, une nouvelle fée montait la garde.

– La procédure du fil d'or ! s'étrangla Jurençon.

Un nouveau frisson parcourut Mathieu. Généralement, les nymphettes ressemblaient à de charmantes créatures, légèrement orgueilleuses et prêtes à vous adorer au moindre mot affectueux ou flatteur. Celles-ci étaient pâles, silencieuses, et ne vous donnaient nullement envie de vous adresser à elles.

— Les nymphettes forment un fil d'un point à l'autre de l'école, expliqua Jurençon. C'est le célèbre fil d'or ! Elles surveillent quelque chose... Si l'une d'elles surprend un incident, un intrus, une attaque... elle clignote. Aussitôt, ses voisines clignotent également, et ainsi de suite, jusqu'à ce que l'ensemble du fil s'illumine et prévienne les Élitiens... Il faut alors moins d'une minute pour que toute l'école soit avertie !

Mathieu imagina cette corde de lumière s'embraser dans les ténèbres. Est-ce que les nymphettes surveillaient quelque chose ou quelqu'un ? Et si c'était le cas... quoi... ou qui ?

— Il suffit de suivre le fil d'or dans les deux sens, dit Jurençon, comme s'il avait lu dans ses pensées, pour savoir ce qu'il protège...

À quelques pas, une statue observait les deux garçons d'un air impassible : celle du capitaine Louis Serra. Mathieu la frôla en descendant les marches à vive allure.

— Je commence à craindre le pire, commenta Jurençon. Le fil d'or n'avait pas été déployé depuis le bannissement des frères Estaffes de l'Élite !

– Tu es au courant du discours que Louis Serra a prononcé hier ? demanda Mathieu en prenant garde de ne pas glisser sur les marches gelées.

– Non… Qu'a-t-il dit ?

– Il a dit que les Helios existent ! Et il a surtout révélé que les six frères Estaffes sont eux-mêmes des Helios, qui ont juré de détruire l'école !

L'expression de Jurençon devait ressembler à celle de Mathieu lorsqu'il avait appris cette incroyable nouvelle. Le neveu du roi ne prononça plus un mot jusqu'au vestibule. Au-dessus d'eux, le fil d'or continuait de se déployer, menaçant, jusqu'aux quartiers des trente Élitiens.

Lorsque Mathieu et Jurençon pénétrèrent dans le vestibule de l'école, un silence terrifiant y régnait. L'Arbre doré étincelait pourtant d'une lueur réconfortante. Au-delà de la Grille épineuse, le château du roi paraissait désert.

– Es-tu sûr de vouloir sortir ? murmura Mathieu au neveu du roi.

Jurençon dégagea les longs cheveux blonds qui encombraient sa vue.

– Il le faut… Si je ne sors pas de mon plein gré, c'est la comtesse qui s'en chargera ! Et je serai certainement exclu…

Mathieu acquiesça d'un signe de tête. Il était en effet plus sage que Jurençon quitte l'école maintenant. Il approcha du registre intérieur, qui permettait d'ouvrir la Grille épineuse. C'était sur ce registre que Louis Serra lui avait transmis un message, le soir de son arrivée. Mathieu s'empara de la plume enchantée. Une goutte d'encre tomba sur la page du registre mais ne produisit, curieusement, aucune tache. Mathieu allait signer lorsque la vue d'une silhouette le fit sursauter, de l'autre côté de la grille.

– Roméo ! s'écria Jurençon.

– Roméo ? répéta Mathieu, stupéfait. Tu es en vie ?

– Bien sûr que je suis en vie ! grommela ce dernier en bombant le torse. Toi, en revanche, tu as de la chance qu'une grille nous sépare… sinon je te mettrais le poing dans la figure ! Tu as voulu me laisser mourir de froid dans la tour Disparue !

Mathieu aurait voulu demander à Roméo comment il était parvenu à quitter la tour seul, mais il préféra répliquer froidement :

– Bientôt, la grille ne nous séparera plus !

Et d'une traite, il inscrivit son nom sur le registre. Sa main trembla légèrement lorsqu'il reposa la plume.

– Que se passe-t-il ? s'inquiéta Jurençon en se penchant par-dessus son épaule.

Roméo approcha à son tour des barreaux noirs. Une chose incroyable s'était produite ; ou plutôt, ce qui aurait dû se produire n'arriva pas.

La gigantesque Grille épineuse, noire et hérissée de piques, demeura close, comme si Mathieu n'avait rien écrit. Jurençon s'empara à son tour de la plume. D'une main nerveuse, le neveu du roi inscrivit son nom. Mais, comme lors de l'essai de Mathieu, la porte refusa de s'ouvrir.

— Si cette maudite grille veut voir qui a le plus de caractère, prévint Mathieu en arrachant la plume des mains de Jurençon, elle ne sait pas encore à qui elle a affaire ! Je suis capable de passer ma journée entière à écrire mon nom sur cette page !

Et, posant la pointe sur la feuille, Mathieu s'apprêtait à tenir parole, lorsqu'une main invisible le devança. Deux inscriptions dorées apparurent simultanément sur les deux registres qui permettaient de déverrouiller la Grille épineuse. Mathieu, Jurençon et Roméo retinrent leur souffle en lisant :

À LA SUITE DU SERMENT DES QUATRE ORDRES,
LE SORTILÈGE DE RONCES
EST DORÉNAVANT DÉPLOYÉ
SUR L'ÉCOLE DE L'ÉLITE.
NUL NE PEUT Y ACCÉDER NI EN SORTIR.

— Les quatre ordres ? s'étonna Jurençon.
— Le sortilège de Ronces ? grogna Mathieu. J'ai lu un conte dans lequel…

Il se tut. La fine couche de glace qui recouvrait le sol se craquela. Quelque chose tremblait sous les pieds des Prétendants. Mathieu crut un instant qu'une tempête traversait la galerie des Gouffres, cet endroit mystérieux situé sous l'Arbre doré, mais il comprit bientôt qu'il n'en était rien. L'école entière vibra comme sous la poussée d'un monstre ; la tour des Escaliers elle-même sembla frémir, provoquant un mouvement de l'ensemble des nymphettes perchées sur leurs crochets. La glace ne fut pas la seule à se fendre : le sol de roche du vestibule cassa soudain. D'épaisses ronces noires ondulèrent dans les ténèbres, comme des serpents charmés par une musique effrayante.

— Bravo ! s'exclama Roméo. C'est du beau travail !

— Qu'est-ce que nous avons fait ! s'écria Jurençon.

— Je suis prêt à parier que je vais encore être tenu pour responsable ! s'indigna Mathieu.

Il avait à peine achevé sa phrase lorsque des bruits de pas retentirent dans tous les escaliers alentour. Roméo se réfugia aussitôt derrière une statue. Des élèves de l'école, alertés par les tremblements, surgirent dans le vestibule, plus nombreux à chaque seconde. Tous observaient avec stupeur les ronces noires qui jaillissaient du sol. Soudain, un individu massif fendit la foule.

— Les ennuis commencent, prédit Jurençon.

– Nous sommes perdus, confirma Mathieu.

Le baron Hudson, directeur général de l'école, un homme robuste à l'allure d'ours qui ne quittait son bureau que les jours de déluge, considéra la Grille épineuse d'un air hébété.

– Qui est responsable de cela ? aboya-t-il.

Les ronces continuaient de grimper le long de la Grille épineuse, recouvrant peu à peu les murs et le plafond. Une nouvelle personne fit s'écarter les élèves le long des murs avec une telle autorité que Mathieu espéra qu'il s'agissait de Louis Serra. Mais ce fut la comtesse Armance Dacourt qui surgit de la foule des élèves. Son regard d'acier tomba sur Mathieu et Jurençon, sur le registre, sur l'Arbre doré puis sur les ronces qui s'entrelaçaient autour des barreaux de la grille.

Comme toujours dans les moments de crise, la comtesse Dacourt semblait l'homme de la situation. Ferme et rassurante, elle annonça :

– Le sortilège de Ronces a été lancé cette nuit par les quatre ordres. Seule une signature sur le registre peut lui permettre de se déployer. C'est désormais chose faite. L'école va être recouverte d'une forêt de ronces impénétrable. Retournez tous dans vos dortoirs, en attendant les consignes de la direction. Le sujet est clos.

– Oh, que non ! le sujet n'est pas clos ! intervint une voix furieuse.

Mathieu se dressa sur la pointe des pieds. Au-delà de la Grille épineuse, hors de l'école, une silhouette imposante avançait à grands pas : la silhouette rouge de colère de M. Rigor Hidalf. Le père de Mathieu était entouré de plusieurs soldats de la garde royale.

– La rumeur prétend que l'école a été attaquée cette nuit ! rugit-il au nez de la comtesse Dacourt, qui n'était séparée de lui que par les ronces noires. J'exige que mon fils sorte de cette école de malheur ! Qui a lancé ce sortilège ridicule ? Qu'on m'amène immédiatement le responsable ! S'il arrive quoi que ce soit à mon fils, je…

– Rien ni personne ne peut arrêter le sortilège de Ronces, monsieur Hidalf, répliqua la comtesse Dacourt d'un ton cassant. C'est un sortilège ancestral d'une complexité infinie. Il va recouvrir toute l'école. Toutefois, vous pouvez compter sur moi pour prendre soin personnellement de votre fils… et de votre fille.

M. Hidalf cligna bêtement des yeux, semblant ne pas comprendre les derniers mots de la comtesse. Lorsqu'il les comprit enfin, sa bouche horrifiée disparut derrière les ronces. Le sol cessa de trembler. Un cri franchit pourtant la muraille noire. Tel un lion détrôné, M. Hidalf rugissait : « Qu'on me rende ma fille ! Laissez-la sortir ! » Un autre cri franchit encore le rempart épineux, hurlant au contraire : « Laissez-moi entrer ! » Seuls Mathieu et Jurençon avaient reconnu Roméo Pompous.

Alors, le silence et l'obscurité tombèrent sur le vestibule. Un mur de ronces au travers duquel une nymphette elle-même ne se serait pas hasardée recouvrait la Grille épineuse et avait presque englouti le registre intérieur de l'école.

– Que faisons-nous, Armance ? demanda lugubrement le baron Hudson.

– Il faut interrompre toutes les épreuves en cours, déclara la comtesse Dacourt. Interdire la forêt des Élitiens à la tombée du jour et découvrir *qui* a lancé le sortilège de Ronces et *pourquoi*.

Prononçant ces mots, la comtesse passa devant Octave Jurençon sans même remarquer sa présence. Mathieu avait toujours redouté le jour où la comtesse serait si préoccupée qu'elle en oublierait de faire respecter le règlement. Ce jour semblait arrivé.

– Que faisons-nous ? balbutia Jurençon, en plongeant la main avec précaution à travers les ronces hérissées.

– Je crois qu'il est temps de consulter l'un de nos vieux amis ! dit Mathieu d'un ton ferme.

Octave Jurençon serra les dents.

– Celui dont nous sommes les Prétendants favoris ? soupira-t-il.

— Tout juste. Le mage Bergamote nous dira tout ce qu'il sait ! La seule inquiétude que j'ai… c'est qu'il ne sache rien !

Et les deux Prétendants montèrent l'escalier des Capitaines, provoquant quelques protestations parmi les élèves qui voulaient voir le sortilège de Ronces de leurs propres yeux. Au-dessus de la foule, inquiétantes, les nymphettes du fil d'or étaient perchées sur leurs crochets de fer, attentives.

*

L'escalier tortueux qui conduisait au logis du mage Bergamote était désert. Mathieu montait rapidement les marches, s'efforçant de ne pas songer à la tour de ses rêves, dans laquelle il embrassait Marie-Marie. Jurençon venait en retrait, comme s'il avait craint une mauvaise rencontre. Il avait perdu nombre de ses dents à cause d'une aventure liée au mage Bergamote, ce qui lui avait coûté de longs jours d'immobilisation dans le cabinet du médecin des Élitiens.

Au sommet de la tour, la porte de Poucet Bergamote était entrouverte. Lorsque Mathieu la poussa timidement, seul un feu de cheminée illuminait le logis en désordre. Les buffets étaient grands ouverts, mais vides. Le lit avait été remplacé par un tas de paille. Les bibliothèques ne contenaient plus aucun livre. Les trous disséminés dans la toiture, comblés autrefois par des parapluies, laissaient entrevoir des morceaux de ciel pâle, si bien que le sol était en partie couvert de neige. Les nymphettes elles-mêmes semblaient avoir été emportées ; il n'en restait plus qu'une, qui claquait des dents sur une poutre.

— Bergamote a sans doute déménagé, constata Jurençon.

Mais au moment où il prononçait ces mots, un vacarme retentit dans la salle circulaire. Plusieurs tiroirs s'effondrèrent et la silhouette d'un vieillard se redressa. Le mage Poucet Bergamote, doté du nez le plus ridicule jamais vu de mémoire de sorcier, le crâne coiffé d'une perruque violette, brandissait au-dessus de lui une vieille théière, à moitié fêlée, comme s'il s'agissait d'un trophée légendaire.

— Je la tiens ! rugit-il joyeusement.

Mathieu allait pénétrer plus avant dans l'appartement, mais Jurençon, embarrassé, frappa trois coups à la porte pour signaler leur présence. Poucet Bergamote sursauta ; la théière lui glissa des mains et se brisa sur le plancher, sous l'œil impuissant des visiteurs. Bergamote poussa un cri déchirant, comme s'il perdait là toute sa fortune. Il se retourna furieusement vers Jurençon, mais, lorsqu'il reconnut Mathieu, son expression se métamorphosa.

— Mathieu Hidalf ! s'exclama-t-il. Mon Prétendant favori ! Vous ici ? Personne ne m'avait averti de votre présence ! Mon pauvre enfant ! Mon pauvre enfant ! Vous, un génie du mal, un génie de la fraude, un génie tout court... fiancé à cette... à cette Marie-Marie, à cette enfant innocente, scrupuleuse, honnête ! C'est un peu comme si *moi*, Poucet Bergamote, j'épousais Sa Grandeur la comtesse Dacourt ! Asseyez-vous, Mathieu ! Asseyez-vous !

Mathieu parcourut le logis du regard et répondit d'un air désolé :

— Vous n'avez plus de fauteuils...

— Plus de fauteuils ? répéta Bergamote. Plus de fauteuils, moi, Poucet Bergamote, premier mage de la cour ?

Il considéra la pièce avec fureur et indignation. Mathieu sentit qu'il était temps d'interroger le mage sur le sortilège mystérieux qui avait recouvert l'école, et surtout sur l'attaque survenue la veille, dans la clairière des Apprentis.

— Que s'est-il passé, professeur ? demanda-t-il d'une voix grave.

— Que s'est-il passé ? répéta Bergamote, tonitruant. Approchez, je n'ai pas peur de rendre la chose publique !

Mathieu et Jurençon firent quelques pas sur le sol enneigé. Alors, Bergamote explosa :

— Ils ont tout emporté ! Tout ! Sous prétexte que rien, dans mon pigeonnier, ne m'appartient, le service des fraudes du royaume a tout saisi, il y a deux jours ! La vaisselle royale, empruntée à Sa Majesté, envolée ! Mes fauteuils de théâtre, confisqués ! Mes meubles, datés du règne de Charles Fou X, envoyés au mobilier royal ! Ma superbe bibliothèque... rendue à la bibliothèque de l'école ! La seule chose qu'il me restait était un lit, ayant appartenu à un illustre capitaine des Élitiens... Eh bien, il s'est tout simplement volatilisé, en pleine journée ! Tout ce qu'il me restait d'un siècle de labeur était une théière appartenant à mon arrière-grand-mère... Une théière inestimable...

Le mage posa un œil sévère sur Octave Jurençon, qui observait le sol.

— Une théière..., conclut Bergamote, réduite en poussière !

— Je la remplacerai, balbutia Jurençon.

— Remplacer ma théière ? Et que pourriez-vous m'offrir pour remplacer une théière ayant appartenu à Javotte Bergamote, la plus illustre sorcière qui ait jamais bu une tasse de thé !

— Professeur, intervint froidement Mathieu, impatienté par les plaintes du sorcier, vous êtes l'un des confidents du capitaine Louis Serra... Il a disparu cette nuit. Personne ne l'a aperçu. Une attaque a eu lieu dans la clairière des Apprentis...

Et ce matin, un mystérieux maléfice, le sortilège de Ronces, a été déployé sur l'école…

Poucet Bergamote sembla immédiatement oublier son lit envolé et sa théière brisée. La nymphette perchée sur une poutre battit des ailes pour se libérer de la fine couche de neige qui les recouvrait, éclairant le visage lugubre du mage.

— Ce tremblement, murmura-t-il en se penchant à sa fenêtre, c'était le sortilège de Ronces ? Comment n'y ai-je pas songé ?

— À quoi sert ce sortilège ? intervint Jurençon.

Bergamote décrivit quelques ronds au centre de l'appartement, marchant et remarchant inlassablement dans ses propres empreintes.

— Le sortilège de Ronces, dit-il, est l'un des plus vieux sortilèges de défense de l'école de l'Élite… Il a été appliqué pour la première fois, d'après les légendes, lorsque cette fée helios, Circé, a menacé la vie du premier Élitien et de son épouse. Il recouvrait alors une seule partie de l'école : une tour aujourd'hui oubliée… La tour Disparue…

Mathieu se souvint que la tour Disparue était en effet recouverte de ronces noires, si impénétrables que même la lumière du jour ne pouvait les traverser.

— Le sortilège de Ronces est invincible, poursuivit Bergamote. Nul ne peut le franchir… Nul ne peut le vaincre… Ni l'eau, ni les flammes, ni la magie… Les ronces sont enchantées ! Chaque fois que l'une d'elles est tranchée, dix autres poussent…

— Mais qu'est-ce qui empêche quelqu'un de venir de la forêt des Élitiens ou par les toits de l'école ?

Bergamote observa Jurençon d'un air navré.

— Mon garçon, dit-il, je vous conseille d'essayer une telle idiotie un jour. L'enceinte de l'école est infranchissable, hormis par la Grille épineuse, et ce pour chaque être vivant de ce royaume… Vous me demandiez à quoi sert le sortilège de Ronces ? La réponse est simple : il sert à empêcher quelqu'un de pénétrer à l'intérieur de l'école. Tant qu'il sera actif, nous serons tous en sécurité.

Jurençon dévisageait le professeur Bergamote avec attention.

— Ce que vous êtes en train de nous dire, avança le neveu du roi, c'est que le sortilège de Ronces a été déployé par les Élitiens pour empêcher les frères Estaffes d'entrer dans l'école, n'est-ce pas ?

Pendant une seconde, Bergamote se demanda comment ces deux Prétendants parvenaient toujours à aborder le sujet des frères Estaffes, lorsqu'ils lui rendaient visite.

— Pas exactement, grogna-t-il. Car ce ne sont pas les Élitiens qui ont déployé le sortilège de Ronces, mais…

— … les quatre ordres ! acheva Mathieu. C'était écrit sur le registre de l'école !

Poucet Bergamote cessa de marcher en rond.

— En effet, dit-il, ce sortilège est classé parmi les sortilèges d'urgence… Pour le lancer, il suffit qu'un représentant de chaque ordre prête serment, en même temps que les autres : un Élitien, bien sûr… un pré-Élitien, cela va de soi… un Apprenti, qui représente la jeunesse de l'Élite… et un Prétendant, qui représente… À vrai dire, je n'en sais rien, mais la présence d'un Prétendant est indispensable pour déployer le sortilège de Ronces.

— Un Prétendant a participé au déploiement du sortilège ? répétèrent Mathieu et Jurençon à l'unisson.

Il n'y avait, le soir de l'attaque, que trois Prétendants dans l'école.

— C'était toi ? demanda Jurençon à Mathieu.

— C'était toi ? s'étrangla Mathieu à l'intention de Jurençon.

Pendant une nouvelle seconde, les deux garçons demeurèrent silencieux. L'un d'eux savait pourquoi le sortilège avait été lancé. Alors ils s'écrièrent : « Pierre ! » en même temps, avant de dévaler l'escalier du pigeonnier quatre à quatre. Derrière eux, la voix plaintive de Poucet Bergamote retentit, s'écriant : « Un instant ! Et ma théière ? »

*

Pierre Chapelier était un garçon si sérieux qu'on aurait pu lui ordonner de surveiller un livre ouvert, pour s'assurer qu'aucune des pages ne prenne la fuite.

À seulement treize ans, il possédait cinq branches sur son arbre doré, chacune témoignant d'une épreuve qu'il avait accomplie au service des Élitiens. Il était capable d'éteindre son arbre pour passer inaperçu. De marcher sur la neige sans laisser d'empreintes. De changer la couleur de sa luide en blanc. C'est bien simple : s'il n'avait été si exemplaire, il serait devenu le modèle de Mathieu Hidalf.

Lorsque Mathieu et Jurençon pénétrèrent, courant toujours, dans la bibliothèque, Juliette d'Or tournoyait devant un miroir, entraînant la minuscule Adélaïde dans une valse, comme s'il s'était agi d'un prince charmant. La nymphette, essoufflée, profita de l'arrivée des deux Prétendants pour se réfugier sur la plus haute poutre de la bibliothèque.

– Est-ce que Pierre est réveillé ? lança Mathieu à sa sœur.

En guise de réponse, Juliette prit les mains de son frère et l'entraîna à son tour dans une danse interminable. Or, s'il était une chose à laquelle Mathieu Hidalf entendait bien ne jamais se soumettre, c'était la danse. Il tenta de se dégager, mais Juliette répliqua d'une voix douce :

– Dans cinq jours, c'est toi qui ouvriras le

bal, avant d'épouser Marie-Marie ! Il faut que tu t'exerces !

Jurençon, pour la première fois depuis son entrée dans l'école, ne put réprimer un sourire.

– Tu as perdu l'esprit ! s'écria Mathieu. Nous sommes enfermés dans l'école de l'Élite, la comtesse te fera renvoyer à la première occasion, nous ne savons pas qui a été attaqué hier... Tristan Boidoré lui-même a disparu... et tu danses ?

– Perdre l'esprit ? répéta Juliette. Mon rêve s'est réalisé aujourd'hui : je suis enfermée dans l'école de l'Élite ! Je suis EN-FER-MÉE dans l'école, jour et nuit, jusqu'à la fin de ce stupide sortilège de Ronces ! Personne ne pourra m'empêcher de voir Tristan ! Personne !

Et Juliette dansa, plus légère que la Foudre fantôme.

– Je ne peux pas me taire plus longtemps, dit Mathieu en bombant le torse. Hier soir, Tristan était dans la clairière des Apprentis. Et sans vouloir te faire de la peine, Juliette, je pense qu'il est mort.

Jurençon inclina lentement la tête, pour ne pas surprendre la réaction de Juliette. Mais la jeune fille se contenta de déplier une courte lettre, écrite d'une main épuisée.

– Pierre me l'a laissée avant de s'endormir. Il a écrit : « Tristan m'a sauvé la vie. Il est sain et sauf. »

– Allons réveiller Pierre ! ordonna Mathieu. Il est temps de tirer toute cette histoire au clair !

Il avançait à grands pas en direction du lit de Roméo, où son compagnon avait trouvé refuge. Mais avant même qu'il eût approché des rideaux dorés, la silhouette de Pierre, légèrement pâle, se dessina dans les ténèbres. Le Prétendant observait Juliette d'un air étrange. Quoiqu'il eût un visage qui semblait destiné à annoncer de mauvaises nouvelles, il détestait cela.

– Je vous ai entendus..., chuchota-t-il. Juliette... j'ai peur que Tristan et toi ne puissiez pas vous voir...

Il n'en fallut pas davantage pour que Juliette cesse immédiatement de danser. Sa figure angélique laissa entrevoir des éclairs de fureur.

– Que dis-tu ?

– Le sortilège de Ronces a été déployé sur l'école, n'est-ce pas ? Hier soir, Mathieu et moi nous sommes séparés dans la forêt... J'étais perdu, lorsqu'un éclat argenté a illuminé toute la clairière des Apprentis... À cet instant, poursuivit Pierre en passant la main sur son arbre doré, une douleur incroyable m'a frappé en plein cœur... Une douleur comme je n'en avais jamais ressenti ! J'ai eu si mal que j'ai perdu connaissance... Tristan m'a retrouvé plus tard. Il avait l'air bouleversé. Je crois qu'il a vu quelque chose...

Impatiente, Juliette interrogea :
– Et ensuite ? Que vous est-il arrivé ?
– Ensuite, répondit Pierre, nous avons pris la fuite... Et dès que nous avons été à l'abri, Tristan a couru te rejoindre, Juliette. Il a couru te rejoindre dans l'école de danse... Il ignorait que tu étais dans la bibliothèque...

Pierre se tourna vers les fenêtres de l'école, semblant rechercher une explication sur l'une des nombreuses tours qui se dressaient sous le ciel blanc. Juliette, pour sa part, s'était décomposée. La jeune fille entrouvrit les lèvres, mais aucun son n'en sortit.

– Ai-je bien compris ? s'exclama Mathieu, stupéfait. Tristan Boidoré était en dehors de l'Élite lorsque le sortilège de Ronces a été lancé ?

– Il... Il... Il ne pourra plus y pénétrer... avant la fin du sortilège ? bredouilla Juliette.

– Ce qui, peut-être, n'arrivera jamais, il faut bien le dire, précisa Mathieu.

Un grand silence tomba. Juliette s'empara du seul objet dont elle avait besoin pour survivre en cet instant : un petit miroir à main. Puis elle s'enfuit à toutes jambes hors de la bibliothèque, sans prononcer un mot. Mathieu n'avait jamais rencontré une personne capable de passer d'une humeur à l'autre aussi aisément que sa grande sœur.

— Peut-être devrions-nous la réconforter ? suggéra Pierre, mal à l'aise.

— La réconforter ? grimaça Mathieu. Je connais ma sœur : dans ces moments-là, il vaut mieux la laisser, l'éviter et ne surtout pas lui adresser la parole. Dis-nous plutôt, Pierre, pourquoi le sortilège de Ronces a été déployé ?

Tandis que son ami réfléchissait, Mathieu, presque malgré lui, analysait chaque trait de son visage. Quelque chose le troublait. Quelque chose qu'il n'avait jamais vu autrefois dans les yeux noirs de Pierre Chapelier : l'étincelle du mensonge.

— Je l'ignore, dit-il. Le sortilège de Ronces était déjà déployé, hier soir, lorsque je suis rentré de la forêt...

Il paraissait le plus sincère du monde quand il ajouta :

— De toute façon, comment saurais-je la raison pour laquelle il a été lancé ?

Mathieu resta silencieux, le souffle court, le cœur battant.

— Le professeur Bergamote nous a appris qu'il faut un représentant de chaque ordre de l'école pour lancer ce sortilège, révéla-t-il. Un Élitien, un pré-Élitien, un Apprenti et un Prétendant... Tous les Prétendants sont en vacances. Hormis... nous trois...

Pour la première fois de leur vie, Mathieu,

Pierre et Jurençon échangèrent un regard méfiant. Les deux derniers ne dévisageaient que Mathieu, comme s'il était évident qu'il leur mentait. Mathieu, au contraire, observait tantôt l'un tantôt l'autre en essayant de lire dans leurs pensées.

— Je ne crois pas que le sortilège de Ronces ait été lancé pour empêcher quelqu'un d'entrer dans l'école, dit alors Pierre d'une voix grave, mettant fin au malaise qui s'était emparé des trois garçons. Ou du moins, pas uniquement. J'étais dans la forêt hier soir… J'ai vu le visage blême de Tristan. Il sait quelque chose… Et je crois que le sortilège a été déployé pour que celui qui nous a attaqués dans la clairière des Apprentis ne puisse pas quitter l'école…

Mathieu fut parcouru d'un long frisson. Il n'avait jamais songé à cette possibilité. L'Élitien noir, le traître, était désormais enfermé parmi eux. Et, à tout moment, il pouvait frapper à nouveau.

— Il y a déjà un moyen d'en savoir davantage, rappela Jurençon. Pierre, un fil d'or composé de nymphettes a été déployé dans l'école. Il sert à protéger quelqu'un… Nous avons vu ce matin avec Mathieu qu'il descend jusqu'au vestibule, où se trouve le repaire des Élitiens. Si nous suivons le fil dans l'autre sens, nous découvrirons ce qu'il protège…

Chapitre 10
Un journal sur un lit

Il arrivait que l'école de l'Élite fût sombre, ténébreuse et glaciale. Mais elle avait rarement été aussi inquiétante que ce jour-là; une tension étrange régnait dans chaque galerie. Lorsque deux élèves se croisaient, ils échangeaient à peine un regard; au mieux, ils s'adressaient un bref signe de la tête.

Chacun savait, au fond de lui, qu'un drame était survenu la veille au soir. Mais nul n'était en mesure d'expliquer ce qu'il s'était produit exactement. Ce ne fut que lorsqu'une étrange rumeur se répandit dans l'école que les langues se délièrent. D'après la direction, il n'y avait eu aucun mort, la nuit passée, dans la clairière des Apprentis, et aucun blessé grave. Plusieurs élèves, présents dans les bois ce soir-là, racontèrent comment un mystérieux Élitien les avait attaqués à la vitesse de l'éclair. Mais aucun n'était parvenu à l'identifier, et tous reconnurent qu'il pouvait bien s'agir de Tristan Boidoré, dans le cadre de sa mission.

Bientôt, la moitié de l'école fut persuadée que Mathieu Hidalf avait assisté à un entraînement et que, paniquant, il avait poussé la direction à déployer inutilement le sortilège de Ronces. Si bien que, lorsque Mathieu, qui errait dans les couloirs avec Pierre et Jurençon, croisa un groupe d'Apprentis, bâtis comme des armoires, l'un d'eux porta la main à son cœur et s'écria d'une voix plaintive :

– Au secours ! Mon arbre me brûle !

Pierre entraîna Mathieu à l'écart, sans lui laisser le temps de répondre.

– Ceux qui étaient dans la forêt hier savent bien qu'il s'est passé quelque chose, murmura Mathieu.

Jurençon, lui, ne prononça pas un mot. Le neveu du roi ne savait plus quoi penser. Comme Mathieu le dévisageait d'un air sévère, attendant son approbation, il dit simplement :

– Je me demande tout de même ce que fait Juliette...

– Ce qu'elle fait ? ricana Mathieu. Elle s'effondre en larmes devant chaque miroir qu'elle rencontre... *Où est mon anneau de Foudre ? Où est mon amoureux secret ? Qu'ai-je fait pour mériter un tel supplice ?* Voilà ce qu'elle...

Mathieu s'interrompit au milieu de sa phrase

lorsque Pierre lui pinça le bras. À quelques pas, une jeune femme jaillit de l'ombre d'une statue. Pour la première fois de sa vie, Mathieu espéra qu'il avait confondu Juliette avec la comtesse Dacourt. Mais, hélas! la chevelure dorée qui étincela au passage d'une nymphette ne pouvait être que celle de sa sœur.

– Elle a entendu? balbutia Jurençon.

– Je ne crois pas, siffla Mathieu, en serrant les dents.

Lorsque Juliette les croisa, il demanda innocemment :

– Est-ce que tu passes une bonne journée?

La jeune fille lui manifesta autant d'intérêt qu'aux nombreuses statues qui bordaient le couloir, et marcha à grands pas dans la direction opposée à celle qu'empruntaient les trois Prétendants.

– J'avais raison, elle a pleuré, fit remarquer Mathieu.

Lorsqu'ils approchèrent de la statue derrière laquelle Juliette s'était réfugiée, Pierre et Jurençon rougirent quelque peu en voyant la haute silhouette d'un pré-Élitien en sortir à son tour. Mathieu resta bouche bée. Ce port altier, cette stature élégante…

– Peter de Nemours! s'écria-t-il. Ma sœur avait rendez-vous avec Peter de Nemours, le plus bel homme du royaume, derrière une statue!

— C'était Peter de Nemours ? répéta Pierre, qui mentait aussi mal que les yeux rougis de Juliette. Je ne l'ai pas reconnu...

— Et moi, je l'ai parfaitement reconnu ! riposta Mathieu. Je parie que Juliette est tombée amoureuse de lui ! Je regrette de devoir dire une telle chose... mais mon père avait finalement raison : Juliette d'Or mérite d'être enfermée au sommet d'un donjon !

Et Mathieu continua de se lamenter sur le peu de cas que sa grande sœur faisait de l'honneur des Hidalf, lorsque Pierre et Jurençon, qui ne l'écoutaient plus depuis longtemps, bifurquèrent sur la droite tandis que Mathieu continuait tout droit. Il poursuivit son réquisitoire quelques secondes avant de se rendre compte qu'il était égaré. Alors seulement, il revint sur ses pas. Ses amis avaient disparu dans un escalier étroit.

Levant les yeux, Mathieu aperçut les nymphettes du fil d'or, qui l'épiaient d'un œil sévère. Oubliant sa sœur, il courut dans les marches. Au sommet, Pierre et Jurençon étaient arrêtés à l'orée d'une grille argentée. Derrière cette grille, tout était plongé dans les ténèbres. Pourtant, le fil d'or semblait continuer dans cette partie éteinte de l'école.

— Où sommes-nous ? chuchota Mathieu d'une voix inquiète.

— Je reconnaîtrais cette grille entre mille…, murmura Jurençon. Mais c'est la première fois que je la vois fermée… Elle empêche d'accéder à un couloir qui mène jusqu'à l'une des tours les plus hautes de l'école… celle du Dr Soupont. Je le sais mieux que personne, c'est l'endroit où j'ai passé le plus de temps lors de notre premier séjour dans l'école…

Mathieu et Pierre n'eurent pas besoin d'ouvrir la bouche pour comprendre qu'ils partageaient le même sentiment d'effroi. Le fil d'or reliait deux points de l'école : le vestibule, par lequel on accédait aux quartiers des trente Élitiens, à la tour du docteur. Et, dans le cabinet du célèbre médecin, Mathieu était prêt à parier qu'il trouverait celui qui avait été attaqué dans la clairière des Apprentis. Il se figura aussitôt le capitaine Louis Serra, paisiblement endormi dans son lit argenté.

— Il faut en avoir le cœur net, dit-il fortement.

— Je ne crois pas que nous soyons autorisés à franchir cette grille…, fit remarquer Jurençon.

Plus pragmatique, Pierre ajouta :

— De toute façon, elle est verrouillée !

À ces mots, Mathieu sortit de sa luide la clef fée volée au roi.

— C'est une chance ! prétendit-il. La comtesse Dacourt m'a justement confié la clef de cette grille lors de mon arrivée dans l'école…

Et il introduisit la clef dans la serrure ; elle céda sans la moindre résistance. Les trois Prétendants firent un pas dans la galerie. Au deuxième, une lueur dorée, produite par une nymphette donnant l'alarme, brilla au-dessus d'eux.

— Oh, non, soupira Pierre.

Au troisième pas, tout le fil d'or clignotait, parcourant les tours de l'école pour avertir les Élitiens. Au quatrième pas, dix soldats, armés, surgirent du couloir ténébreux qui menait au cabinet du Dr Soupont. Ils ressemblaient comme deux gouttes d'eau à des Élitiens, mais, sur leur cœur, aucun arbre ne scintillait. Qui plus est, un capuchon recouvrait leur visage. Dix épées furent tirées de leur fourreau et encerclèrent les trois Prétendants.

— Que faites-vous ici ? gronda l'un des hommes.

— Nous... Nous sommes... entrés par err..., commença Jurençon.

— Je suis venu consulter le Dr Soupont ! affirma Mathieu d'une voix forte. Ce n'est pas interdit, tout de même ?

Derrière lui, un nouvel Élitien noir approcha. Il portait à la main un petit miroir qui scintillait dans l'obscurité. Un miroir argenté digne du plus bel orfèvre. Son cadre était ciselé d'Élitiens agenouillés. Sans savoir pourquoi, Mathieu sentit que cet objet était maléfique. L'un des soldats intervint alors :

– L'usage du miroir est interdit sur les Prétendants. Mathieu Hidalf, le Dr Soupont viendra vous rendre visite dès que possible. À présent, sortez d'ici.

Au-dessus de Mathieu, le fil d'or s'éteignit. Mais, à l'autre bout du couloir, vingt Élitiens, de vrais Élitiens aux arbres flamboyants, avaient surgi de l'escalier emprunté un instant plus tôt par Pierre, Jurençon et Mathieu. Tout cela n'avait duré que l'espace de quarante secondes. C'était le temps qu'il avait fallu aux Élitiens, alertés par le fil d'or, pour traverser l'école.

– Que se passe-t-il ? lança sévèrement Julius Maxima, celui qui avait combattu Louis Serra pendant le banquet.

– Ces trois Prétendants voulaient consulter Soupont, répondit l'un des gardiens.

– Et comment ont-ils pu franchir la première grille ? répliqua Julius Maxima.

– Elle était ouverte, s'empressa de répondre Mathieu.

En entendant cette affirmation, Julius Maxima entra dans une colère noire. Il fit signe aux Prétendants de déguerpir. Dans tout l'escalier, Pierre, Mathieu et Jurençon entendirent les éclats de voix de l'Élitien, qui exigeait des explications au sujet de cette grille laissée ouverte.

– Qui étaient ces soldats sans arbre ? demanda Mathieu tout en dévalant les marches.

– Des Cœurs noirs, répondit Pierre. Des agents des services secrets élitiens ! Généralement, ils ne sont jamais présents *dans* l'école. En tout cas, jamais visibles…

Mathieu se souvint alors de la révélation des nymphettes de Louis Serra, le matin même. Elles avaient dit : « Les Cœurs noirs ont été appelés dans l'école. » Mais pourquoi les services secrets surveillaient-ils la tour du Dr Soupont ?

– Une chose est désormais sûre, dit Pierre comme s'il avait lu dans les pensées de Mathieu. Il y a bien eu une attaque. Et nous savons où se trouve sa victime : auprès du Dr Soupont…

*

Ce fut devant une fenêtre de la bibliothèque que Mathieu observa la nuit venir et recouvrir peu à peu le royaume. La neige avait cessé de tomber.

Non loin de lui, Pierre était assis auprès d'une cheminée où flambaient des bûches, un ouvrage épais ouvert sur les genoux. Mais Pierre lui-même n'avait pas le cœur à lire ; ses yeux noirs erraient le long des flammes, puis se posaient sur la tour lointaine du Dr Soupont. Sur le toit de celle-ci, un connaisseur des sculptures de l'école aurait compté une demi-douzaine de statues nouvelles. Il s'agissait en réalité de six Cœurs noirs, immobiles, une main posée sur le pommeau de leur épée.

Jurençon était assis dans un fauteuil voisin, son album de l'Élite ouvert devant lui à la page réservée à Louis Serra. Personne n'avait vu le capitaine depuis l'attaque.

Juliette d'Or, pour sa part, n'avait pas reparu depuis qu'elle avait appris que Tristan Boidoré était maintenu hors de l'école par le sortilège de Ronces. Mathieu imaginait sa sœur réfugiée derrière une statue, en compagnie de Peter de Nemours.

– Résumons, dit soudain Pierre en claquant le livre poussiéreux qu'il consultait. Nous avons croisé un Élitien à l'arbre noir dans la forêt... Il a sans doute attaqué quelqu'un. Peut-être l'a-t-il même attiré dans un piège... Après quoi, quatre membres de l'école ont déclenché un sortilège, le sortilège de Ronces. Ils l'ont fait soit pour empêcher quelqu'un de pénétrer dans l'école, soit, au contraire, pour éviter que quelqu'un n'en sorte... Parmi ces quatre membres de l'école, il y avait un Prétendant. Nous n'étions que trois Prétendants ce soir-là dans l'Élite.

De nouveau, Mathieu sentit le regard de Jurençon et de Pierre glisser vers lui. Il haussa légèrement le sourcil droit, retenant une colère soudaine. Les deux Prétendants étaient convaincus qu'il leur mentait.

– Dernier élément, ajouta Pierre, quelqu'un, ou quelque chose, est protégé par des Cœurs noirs...

par un fil d'or, et par une ou plusieurs grilles, dans la tour du Dr Soupont. Nous ignorons qui. Nous ignorons pourquoi.

— Et le plus étonnant, précisa Jurençon, c'est que je jurerais que la direction de l'école ignore, tout comme nous, ce qui se cache chez Soupont. Quelque chose ne tourne pas rond... Mais il semble, en dépit des apparences, que personne ne soit mort hier, dans la clairière des Apprentis.

— Je vais me coucher, annonça Pierre assez froidement. Et si l'un de vous se souvient d'avoir permis au sortilège de Ronces de se déployer... qu'il n'hésite pas à me réveiller.

— Si c'est toi qui t'en souviens, répliqua Mathieu sur le même ton, fais-le-nous savoir également !

Pierre avança à grands pas entre les lits déserts des Prétendants absents, et disparut bientôt du champ de vision de ses compagnons. Une seconde plus tard, sa voix s'éleva dans la bibliothèque.

— Mathieu ! s'écria-t-il.

En moins de temps qu'il n'en faut pour le dire, Mathieu rejoignit Pierre. Ils se tenaient devant deux rectangles poussiéreux, là où se trouvaient autrefois leurs lits.

— Nous les avons oubliés au fond du lac de la clairière des Apprentis..., soupira Pierre.

— Oh, non ! s'épouvanta Mathieu.

Les deux garçons filèrent au dortoir des

Prétendants, à partir duquel ils pouvaient rappeler leur lit dans l'école. Mais, lorsqu'ils déposèrent leur plume dans le petit casier correspondant à l'emplacement du dortoir, à leur grand désespoir, rien ne se produisit. Mathieu eut beau essayer vingt casiers différents, son lit ne réapparut pas.

— Ils doivent être bloqués par la glace, constata Pierre. Nous irons voir la Faiseuse de lits, demain à la première heure… En attendant, je crois que nous n'avons plus qu'à emprunter celui d'un élève absent.

— Mon lit! se lamenta Mathieu. Mon beau lit!

Pierre dut l'entraîner hors du dortoir et le conduire jusqu'à la bibliothèque. Lorsque Mathieu ouvrit à contrecœur les rideaux du lit de Roméo Pompous, dans lequel il comptait passer la nuit, il y trouva Juliette d'Or, l'air mauvais, qui lisait un exemplaire de *L'Astre du jour*.

— Tu dors dans le lit de Roméo Pompous? s'indigna-t-il.

— Et où veux-tu que je dorme? riposta sa sœur. Dans un fauteuil, peut-être?

Mathieu, furieux de se voir privé du lit qu'il convoitait, lança d'un ton accusateur :

— Est-ce que tu as des nouvelles de Tristan Boidoré? Ou peut-être en as-tu plutôt reçu de la part de Peter de Nemours!

Juliette rougit quelque peu, puis répliqua en brandissant *L'Astre du jour* :

— Et toi, as-tu enfin des nouvelles de ta fiancée ?

— Il y a un article sur moi ? interrogea Mathieu en tendant la main.

Le visage de Juliette disparut derrière le journal, dont la première page indiquait :

MARIAGE HIDALF : ONT-ILS LA MOINDRE CHANCE CONTRE LUI ?

— Donne-moi tout de suite ce journal ! ordonna Mathieu.

— Je te l'apporterai lorsque je l'aurai lu et relu quatre fois, répondit-elle.

Pierre et Jurençon, alertés par la bataille qui venait d'éclater entre Mathieu et sa sœur, se précipitèrent jusqu'au lit de Roméo, qui ressemblait à un bateau pris à l'abordage par des pirates. Des feuillets de *L'Astre du jour* volaient au milieu des draps en désordre. Quand Mathieu et Juliette sortirent enfin la tête de la couverture de Roméo, Jurençon et Pierre avaient tous les deux les yeux rivés sur la première page de *L'Astre du jour* qu'ils venaient de ramasser. Leurs mains tremblaient légèrement.

— D'où vient ce journal ? balbutia Pierre.

Mathieu s'extirpa hors des draps et jeta un coup d'œil à la première page, essayant de comprendre ce qui pouvait bien étonner ses amis à ce point. Ce fut alors que ses yeux se posèrent sur la date. Il recula d'un pas. Le journal était paru le jour même. Il ne pouvait donc venir que de l'extérieur de l'école. Quelqu'un avait réussi à franchir le mur de ronces.

— Il faut prévenir la comtesse ! s'exclama Jurençon.

— Juliette, où as-tu déniché ce journal ? lança Mathieu.

— Il était posé sur le lit de Jurençon. Je l'ai pris en passant…

Les regards se tournèrent vers le neveu du roi.

— Je n'y suis pour rien, se défendit celui-ci, mal à l'aise. Je n'ai jamais vu ce journal de ma vie !

— Si nous allons prévenir la comtesse qu'un journal a triomphé du sortilège des Ronces, mais que nous ne savons pas comment…, commença Pierre.

— …tout ce que nous allons y gagner, c'est un interrogatoire interminable ! conclut Mathieu. Je suis capable d'y résister… Mais je pense qu'il vaudrait mieux épargner un tel traitement aux âmes sensibles du groupe, ajouta-t-il d'un ton mauvais en glissant un regard en coin à Juliette d'Or.

Pierre continua de marcher en rond, des feuillets de *L'Astre du jour* en main. Mathieu s'enferma dans un lit, au hasard. Il avait réussi à emporter la première page avec lui. Il observa à nouveau la date, avec un mauvais pressentiment. Depuis le matin, chacun prétendait que le sortilège de Ronces était invulnérable. Pourtant, quelqu'un était parvenu à le franchir.

Mathieu poussa un bâillement, se blottit sous une couverture violette et se plongea dans ce qui lui restait de *L'Astre du jour*. Que pouvait bien écrire le royaume au sujet du sortilège qui isolait l'Élite ? Il lut attentivement un court paragraphe :

D'après un sondage effectué hier, 86 % des Astriens sont persuadés que Mathieu Hidalf se vengera et n'épousera jamais Marie-Marie du Château Boisé. Et 100 % d'entre eux sont convaincus que, mariage ou non, Marie-Marie deviendra bientôt la jeune fille la plus malheureuse du royaume.

Mathieu sourit un bref instant dans l'obscurité grandissante. Au loin, il aperçut une lueur dans les hauteurs de la bibliothèque. Adélaïde le recherchait probablement parmi les dizaines de lits réunis dans la salle. Il consulta le second article annoncé en première page et perdit son sourire. Il était écrit :

D'après nos sources dans l'école de l'Élite, la veille du déploiement du sortilège de Ronces, le capitaine Louis Serra avait été désarmé au cours du traditionnel banquet des Trois Helios, qui célèbre la création de l'Élite. Amoindri depuis qu'il a été empoisonné mystérieusement, le capitaine Louis Serra vit-il ses dernières heures à la tête des Élitiens ?

Mathieu dissimula soigneusement le lambeau du journal sous son oreiller, au cas où la comtesse aurait eu l'idée de surgir à l'improviste. Passant une dernière fois la tête hors des rideaux de son lit, il chuchota à l'intention de sa sœur couchée non loin de là :

– Juliette... Est-ce que tu crois que Louis Serra... a été attaqué ?

Le ton de Mathieu était soudain celui d'un enfant perdu. Juliette d'Or se leva et déposa deux mains rassurantes sur les épaules de son frère.

– Je pense, dit-elle d'une voix douce, que le capitaine Louis Serra est sain et sauf. J'ai vu de l'incompréhension dans les yeux de la comtesse Dacourt, mais je n'y ai pas vu de chagrin...

– Et alors ?

– Et alors ? répéta Juliette avec un sourire. Fais-moi confiance. La comtesse Dacourt se croit sans doute la seule femme au monde capable de percer les secrets d'un regard... mais personne n'est plus habile que moi à ce petit jeu ! Et si Louis Serra était mort, je l'aurais deviné...

Un peu plus tard, le Dr Gustave Soupont, informé par les Cœurs noirs que Mathieu Hidalf avait sollicité les soins d'un médecin, pénétra dans la bibliothèque. Le malheureux semblait épuisé et à bout de forces. Il était clair qu'il n'avait pas fermé l'œil de la nuit. Ses paupières tremblaient mécaniquement, comme s'il était prêt à tomber dans le premier lit venu. Hélas ! il rechercha celui de Mathieu Hidalf en vain, pendant près de vingt minutes, avant de renoncer et de faire demi-tour.

Cette nuit-là, alors que Mathieu et Juliette s'endormaient, une nuée de nymphettes élitiennes affrontaient le froid glacial de l'hiver. Sans relâche, les fées surveillaient la clairière des Apprentis.

Un nuage décrivait des cercles dans le ciel noir, tandis que des escadrilles parcouraient les arbres blanchis de neige, à la recherche d'un indice ou d'un intrus. Rien ne vint troubler la garde des nymphettes, hormis, à minuit, un scintillement argenté. Quatre fées plongèrent en direction du lac recouvert d'une fine couche de glace. À travers l'épaisseur légèrement nappée de neige, elles aperçurent trois lits, prisonniers de l'eau noire. Dans l'un d'eux, une rose enchantée tournoyait sur elle-même.

À minuit, l'un des pétales de la fleur se détacha. Il ne restait plus que quatre jours à Mathieu Hidalf pour empêcher son mariage avec Marie-Marie du Château Boisé.

Chapitre 11
Le message de Louis Serra

Dans l'aube naissante, une nymphette du fil d'or, jusqu'alors perchée sur son crochet de fer, le quitta soudain, se laissant glisser au sol avec discrétion. Une fois éloignée des autres nymphettes, elle s'envola et arpenta les galeries lugubres de l'école, en s'engouffrant souvent dans une brèche entre deux pierres, comme si elle avait cherché à semer un poursuivant.

Pour une nymphette, il n'était jamais aisé de passer inaperçue dans l'obscurité. La fée semblait redouter à tout moment une mauvaise rencontre. Mais elle ne s'attendait certes pas à tomber nez à nez, à l'angle d'un couloir, avec un chat. Les nymphettes et les chats se détestaient naturellement, mais une nymphette élitienne était formée au combat, à la résistance, à l'endurance, et ne craignait rien d'un animal poilu à quatre pattes. C'est du moins ce que croyait la petite fée.

Elle fut détrompée lorsque le chat au poil doré bondit à une vitesse démesurée sur elle. La malheureuse eut à peine le temps de battre des ailes. L'animal la goba comme un autre chat aurait gobé un papillon. La fée croyait sa dernière heure venue ; elle fut pourtant recrachée par terre.

Le chat la scruta d'un air à la fois tendre et moqueur ; souhaitant se distraire quelques minutes, il n'avait visiblement aucune intention de la dévorer. Le regard de la fée tomba alors sur le collier de son bourreau. Il y était écrit : *Griffrigor, membre distingué de la famille Hidalf*. Le chat sortait chacune de ses griffes lumineuses lorsque la fée implora :

– Je cherche Mathieu Hidalf !

Étonnamment, le bien nommé Griffrigor sembla intrigué par ce nom. Sans attendre un instant de plus, il goba à nouveau la nymphette et fonça à travers l'école comme une flèche dorée. Sur son chemin, il croisa seulement un Élitien encapuchonné qui ne lui prêta aucune attention.

*

Pendant ce temps, Mathieu dormait paisiblement dans le lit violet qu'il avait choisi la veille, un sourire béat sur le visage. Il était plongé au cœur d'un rêve qui, hélas ! le surprenait de moins en moins à mesure qu'il se répétait.

Ayant gravi l'escalier d'une tour interminable,

Mathieu avait découvert au sommet, une fois de plus, Marie-Marie plongée dans un sommeil étrange. Il se pencha au-dessus des lèvres de la jeune fille pour y déposer un nouveau baiser. Ce baiser fut encore plus désagréable que de coutume. Non content d'être poussiéreux, il était également… poilu. Mathieu s'éveilla en sursaut et retint un cri d'effroi en tombant nez à nez avec un museau doré, qui se frottait contre lui.

– Griffrigor ? balbutia-t-il. Tu es vivant ?

Il avait abandonné le pauvre chat, quelques semaines plus tôt, à la merci d'une meute de loups. Le félin recracha alors une nymphette dégoulinante de bave, dont le petit cœur battait à tout rompre.

– Griffrigor ! chuchota Mathieu d'un ton sévère. Si la comtesse Dacourt te surprend à attaquer des nymphettes dans *son* école, elle se servira bientôt de ton poil doré pour s'en faire une fourrure !

Le chat, qui s'attendait à d'autres éloges, découpa un carré dans les rideaux violets et s'enfuit comme un éclair par cette chatière improvisée. Il portait aux pattes arrière deux bottes minuscules : les légendaires bottes de sept lieues du mage Poucet Bergamote, que celui-ci avait confiées à Mathieu par le passé.

– Je suis confus, dit Mathieu à l'intention de la fée. Mais rassurez-vous, Griffrigor ne s'attaque aux nymphettes que pour s'amuser. Il ne vous aurait pas dévorée… Sauf s'il avait été de mauvaise humeur, bien sûr !

La créature se releva et piétina l'arbre doré cousu sur le cœur de Mathieu Hidalf d'un pas menaçant.

— C'est moi qui ai prié votre chat de me conduire jusqu'à vous…, prétendit-elle. Pour ne pas me faire repérer ! J'ai une information à vous transmettre…

Mathieu cessa aussitôt de respirer.

— Louis Serra a été piégé, expliqua-t-elle. Il faut que vous signiez le registre de l'école au plus vite. Un ordre vous y attend.

Il n'en fallut pas davantage pour que Mathieu bondisse hors de ses draps. Dans le lit voisin, Juliette dormait nerveusement. Sur le lustre qui surplombait la jeune fille, des dizaines de nymphettes, gelées, étaient également assoupies ; la messagère de Louis Serra s'enfuit par un carreau brisé.

Les galeries étaient désertes à cette heure matinale. D'ailleurs, aucun article du règlement n'interdisait à Mathieu d'y circuler. Il descendit vivement la tour des Escaliers, sans croiser personne jusqu'à l'Arbre doré.

Le sortilège de Ronces qui recouvrait la Grille épineuse était encore plus impressionnant que la veille. Mathieu s'approcha du pupitre sur lequel reposait le registre de l'école, à moitié englouti par les ronces. Prudemment, il passa le bras au milieu des épines. L'arbre cousu sur son cœur chauffa légèrement. Enfin, le bras tendu, Mathieu se saisit de la plume enchantée du bout des doigts et posa la pointe sur la page du registre. Des dizaines et des dizaines de noms d'Apprentis se succédaient. Tous avaient essayé, en vain, d'ouvrir la Grille épineuse.

Lorsque Mathieu écrivit son propre nom, dans un premier temps, rien ne se produisit. La déception commençait à l'envahir lorsqu'une inscription apparut sur la feuille jaunie. L'écriture était si maladroite que Mathieu n'eut aucun doute : c'était une nymphette qui, du bureau de la comtesse, écrivait sur le double du registre. Il se concentra pour retenir chaque mot avant qu'il ne disparaisse. Son regard s'assombrit à mesure qu'il déchiffrait l'inscription. Il était écrit :

Je ne peux plus te protéger, Mathieu. Je ne peux plus protéger qui que ce soit. J'ai été attiré hors de l'enceinte de l'Élite, la nuit de l'attaque. Et le traître est parvenu à m'enfermer à l'extérieur de l'école. Ce n'est pas moi qui ai voulu que le sortilège de Ronces soit déployé. Mais lui. Le temps nous est compté, Mathieu.

Je connais une unique ouverture qui permette de franchir la muraille de ronces, mais seule une nymphette est assez frêle pour s'y introduire. Tu dois suivre mes instructions à la lettre. Ne fais confiance à personne. Le traître a frappé dans la clairière des Apprentis. Sa victime, qui se trouve entre la vie et la mort, est protégée jour et nuit dans la tour du Dr Soupont. Mais ce n'est qu'une question de jours, peut-être d'heures, avant que le traître ne frappe encore.

Il n'existe qu'un seul moyen pour que j'entre dans l'Élite : rompre le sortilège de Ronces. Il faut que tu y parviennes, Mathieu. Il faut que tu y parviennes à tout prix et le plus tôt possible.

Un Élitien, un pré-Élitien, un Apprenti et un Prétendant ont été indispensables pour déployer le sortilège. Seul l'un d'eux peut le rompre. Tu n'obtiendras rien des trois premiers. Mais il n'y avait, ce soir-là, que quelques Prétendants dans l'école. Tu dois trouver celui qui a lancé le sortilège. Il est notre seule chance.

Lorsque tu seras parvenu à l'identifier, allume un chandelier sur l'une des fenêtres de la bibliothèque. Une de mes nymphettes le verra.

Ne fais confiance à personne. Ni à tes amis. Ni aux Élitiens. Ni à la comtesse Dacourt. Ni aux nymphettes elles-mêmes. Tu es désormais seul. Seul jusqu'à mon retour.

Le cœur battant, Mathieu attendit un conseil, une précision, de l'aide. Mais les mots s'effaçaient un par un, emportant la mystérieuse présence de

Louis Serra. Lorsqu'il n'y eut plus la moindre trace du message, Mathieu affronta du regard l'impénétrable forêt de ronces. Elle n'avait pas été déployée pour protéger l'école, mais pour éloigner le seul Élitien capable de la défendre.

*

Lorsque Mathieu s'engouffra à nouveau dans la tour des Escaliers, le moindre bruissement sur son chemin le faisait sursauter et, derrière chaque statue, il s'attendait à croiser l'ombre du traître. Si bien que, entendant des bruits de pas au-dessus de lui, il n'hésita pas à se jeter derrière la statue du capitaine Louis Serra.

Une silhouette noire descendait lentement les marches. Elle s'arrêta lorsqu'elle fut parvenue à la hauteur de la statue du capitaine. Mathieu, plaqué contre la cape de pierre de l'Élitien, posa une main sur son arbre doré, pour l'empêcher de trahir sa présence en s'illuminant. Son cœur fit un bond lorsque le mystérieux individu prit la parole. Mathieu reconnut immédiatement l'Élitien Julius Maxima. Mais celui-ci s'adressait aux nymphettes du fil d'or.

– Je sais, dit-il d'une voix douce et inquiétante, que l'une d'entre vous vient de quitter son poste pour transmettre un message à un élève de l'école…

Un grand silence retentit dans l'escalier. Visiblement, les nymphettes ne comptaient pas trahir le nom de la messagère de Louis Serra. Mathieu essaya un bref instant d'épier Julius Maxima, mais, quand il passa la tête derrière la statue, l'Élitien avait disparu. Il attendit quelques secondes, puis leva le nez vers les nymphettes du fil d'or. Enfin, il identifia celle qui lui avait transmis le message de Louis Serra

— Il ne vous a pas reconnue ? murmura-t-il.

La fée dévisagea Mathieu avec un étonnement sincère.

— De quoi parlez-vous ? chuchota-t-elle. Vous voulez m'attirer des ennuis ?

Mathieu fronça les sourcils ; était-il possible qu'il ait confondu cette nymphette avec une autre ? Sans en demander davantage, il courut jusqu'à la bibliothèque. Il n'avait pas remarqué, en la quittant, qu'un imbécile s'était amusé à graver un cœur sur l'une des portes. Un cœur dans lequel on avait écrit : *Mathieu s'est épris de Marie-Marie*. Mathieu ignorait ce que pouvait bien signifier le verbe *s'éprendre*, mais le cœur en disait assez long à ce sujet. Pourtant, pour la première fois, le nom de sa fiancée ne le fit pas frémir. Il avait rêvé d'elle une fois de plus. Il l'avait embrassée à trois reprises déjà. Et il avait promis de l'épouser s'il tombait amoureux d'elle.

Toutefois, Mathieu Hidalf ne comptait pas tomber amoureux si facilement. Et, pour l'heure, une seule chose l'intéressait : découvrir l'identité du Prétendant qui avait contribué à lancer le sortilège de Ronces, pour que Louis Serra puisse faire son retour dans l'école. Lorsqu'il pénétra enfin dans la bibliothèque, les rideaux du lit de Pierre étaient clos. Jurençon, pour sa part, était assis près d'une fenêtre et observait la tour du Dr Soupont.

— Tu ne devineras jamais qui m'a réveillé, commença Mathieu en approchant de lui. Griffrigor, mon chat doré ! Et il portait toujours les bottes de sept lieues que le mage Poucet Bergamote nous a prêtées il y a un mois…

À ces mots, le visage de Jurençon s'illumina.

— Est-ce que tu crois que le mage Bergamote me pardonnerait d'avoir brisé sa théière si je lui rapportais les bottes de Griffrigor ?

— Elles ont une valeur inestimable…, reconnut Mathieu. En revanche, je te souhaite bien du courage pour attraper Griffrigor… Il est devenu aussi rapide que la Foudre fantôme !

*

Mathieu était assis auprès du feu, essayant de se souvenir de chaque mot de Louis Serra, lorsqu'il entendit des chuchotements au loin. Étonné, il s'en approcha le plus lentement possible. Il surprit alors Juliette d'Or, qui se tenait au plus près d'un pré-Élitien attentif. Ce dernier aperçut Mathieu et lui adressa un regard étrange. C'était Peter de Nemours.

Mathieu sentit ses mains trembler légèrement. Était-il possible que sa sœur fût tombée si aisément sous le charme du jeune homme le plus séducteur du royaume ? Il se rassit auprès de l'âtre. Quelque chose l'inquiétait depuis sa rentrée ; quelque chose de vague, qu'il n'aurait pas su décrire… Il y avait le comportement mystérieux de Pierre… l'absence de Louis Serra… l'attaque foudroyante qui avait eu lieu dans la clairière des Apprentis, et que la moitié de l'école pensait jaillie de son imagination… et, enfin, sa sœur qui rencontrait le beau Peter de Nemours à la première occasion… Alors que Tristan était lui aussi maintenu hors de l'école.

Mathieu ferma les yeux et respira profondément. Quelqu'un était protégé dans la tour du Dr Soupont. Le traître prévoyait sans doute de l'achever. Il fallait que Louis Serra fasse son retour avant cette seconde attaque. Il fallait que le sortilège de Ronces prenne fin. Il fallait que Mathieu découvre qui, de Jurençon ou de Pierre, avait contribué à déployer le sortilège de Ronces. Il se concentra. Le soir de l'attaque, Jurençon était resté auprès de Juliette. Mais où était le neveu du roi lorsque Mathieu était revenu dans la bibliothèque ?

Dormait-il déjà ? Quant à Pierre, il avait prétendu qu'il était toujours dans la forêt lorsque le sortilège avait été déployé.

Mathieu ouvrit brusquement les yeux. Pierre avait menti ! Pierre Chapelier, l'enfant le plus honnête que le royaume eût connu, avait osé mentir ! Il avait dit que le sortilège était déjà déployé lorsque Tristan l'avait reconduit dans la bibliothèque. Si c'était le cas, alors comment Tristan avait-il pu quitter l'école ?

Mathieu se redressa, le cœur battant, ne sachant pas s'il devait réclamer des explications à Pierre. Une silhouette avança alors jusqu'à lui. Juliette d'Or s'assit à son côté et l'observa avec prudence.

– Tu m'as surprise avec Peter de Nemours, n'est-ce pas ?

– Si tu ne me fais pas confiance, répondit-il, détrompe-toi ! Je ne dirai rien à Tristan : je préfère que tu lui annonces toi-même la nouvelle…

Juliette prit lentement la main de son frère. Ses joues avaient quelque peu rougi.

– Mathieu, ce n'est pas ce que tu crois… Je suis inquiète.

La jeune fille jeta un regard soucieux au lit de Pierre, dont les rideaux étaient toujours fermés. Puis elle reporta son attention sur la tour du Dr Soupont.

– Si je donne rendez-vous à Peter de Nemours,

ce n'est que pour retrouver Tristan. Peter a consulté le registre de la comtesse Dacourt à ma demande… Et il m'a assuré que Tristan n'a jamais quitté l'école…

Les paupières de la jeune fille étaient presque baignées de larmes, mais sa voix était toujours douce et paisible.

– Pierre m'a menti, dit-elle.

Les lèvres de Mathieu tremblèrent de colère. Tristan Boidoré était donc toujours à l'intérieur de l'école ? Et il n'avait pas donné signe de vie ? Alors, c'est qu'il était enfermé dans la tour du Dr Soupont. C'était lui qui avait été victime de l'attaque. Lui qui s'était sacrifié pour sauver les Apprentis. Mais dans ce cas, pourquoi Louis Serra craignait-il que le traître ne l'achève ? Qu'importait la vie de Tristan Boidoré aux frères Estaffes ? Les yeux de Mathieu s'illuminèrent d'effroi. Et si Tristan avait reconnu le traître pendant l'attaque ? Et si, en s'éveillant, il était capable de révéler son nom ? Alors, le traître ferait tout pour l'en empêcher !

– Il faut rompre le sortilège de Ronces, dit Mathieu en serrant les mains de sa sœur. Juliette, je dois te confier un secret… Louis Serra est enfermé hors de l'école. Il ne pourra y revenir que lorsque le sortilège sera rompu. Il fallait qu'un Prétendant soit là pour que le sortilège de Ronces se déploie sur l'école… Il n'y avait que Pierre, Jurençon et moi.

— Jurençon s'est couché le premier, affirma Juliette. Si j'avais été Élitien, j'aurais choisi Pierre. Il garde les secrets mieux que les statues de l'école... J'en sais quelque chose ! Pendant un an, il n'a dit à personne que Tristan et moi étions si proches l'un de l'autre.

— Moi aussi, j'aurais choisi Pierre, assena Mathieu à contrecœur. Il est le plus sérieux, le plus loyal, le plus fidèle des Prétendants.

À cet instant, justement, Pierre Chapelier apparut dans une allée formée de sommiers poussiéreux. Juliette détourna le regard pour ne pas se trahir. Mathieu, lui, fixa au contraire son ami avec insistance.

— Mathieu, dit celui-ci d'une voix soucieuse, je crois qu'il est temps que nous allions voir la Faiseuse de lits dans son atelier... pour qu'elle fasse sortir les nôtres du lac où ils sont engloutis !

*

Pierre Chapelier ne faisait jamais usage de la parole s'il n'avait pas quelque chose de capital à dire. Mathieu était donc habitué aux longs silences de son ami. Mais, pour la première fois, ce silence-là ne lui sembla pas naturel. Les lèvres de Pierre semblaient cousues l'une à l'autre. Ses traits sombres témoignaient d'une inquiétude plus vive qu'à l'ordinaire.

Mathieu eut à nouveau le sentiment que Pierre avait changé. Qui savait ce qu'il avait déjà appris dans l'école de l'Élite ? Qui savait les missions que les Élitiens avaient pu lui confier ? Pendant une seconde, Mathieu hésita à tout lui révéler. Le traître... Les ordres de Louis Serra... La nécessité de découvrir le Prétendant qui avait lancé le sortilège de Ronces, afin de pouvoir le rompre... Mais, alors qu'il allait ouvrir la bouche, quelques Apprentis croisèrent leur route. Un sourire moqueur traversa leur visage à la vue de Mathieu et de Pierre. Comme le voulait désormais la coutume, deux des Apprentis portèrent la main à leur arbre doré, pour simuler une brûlure foudroyante. Le troisième trouva plus drôle de dessiner un cœur avec ses deux mains.

Mathieu Hidalf était un enfant qui n'avait rien d'impressionnant. Pourtant, jusqu'à ce jour, nul n'avait osé s'en prendre à lui, de peur de ses représailles. En l'humiliant publiquement lors de sa fausse conférence de presse, M. Hidalf avait montré à tous que son fils n'était pas si terrible qu'il le semblait. Pierre allait passer devant les trois Apprentis sans prononcer un mot, mais Mathieu s'arrêta à leur hauteur.

– Si l'un de vous ose encore former un cœur de ses mains à mon approche, dit-il d'une voix tremblante, si l'un de vous ose graver quelque chose sur une porte de l'école, si l'un de vous insinue, d'une manière ou d'une autre, que je pourrais avoir de l'*affection* pour Marie-Marie du Château Boisé, je…

— … je le dirai à l'amoureux de ma grande sœur ? ricana l'un des Apprentis.

Celui qui avait prononcé cette phrase cessa de rire lorsque Pierre le plaqua contre le mur du couloir. Ce dernier était pourtant nettement moins massif que l'Apprenti. Mais dans ses yeux, une lueur froide brillait qui ne donnait pas envie de le provoquer davantage. L'arbre de Pierre flamboya alors sur sa luide. Au contraire, celui des Apprentis s'assombrit de seconde en seconde.

— Il puise dans nos arbres ! balbutia l'un d'eux, le souffle court.

— Si l'un de vous ose encore prétendre qu'il ne s'est rien passé dans la clairière des Apprentis, je puiserai dans son arbre jusqu'à ce qu'il s'éteigne, menaça Pierre. J'étais dans la forêt. Est-ce que vous êtes aveugles ? Le fil d'or a été rétabli pour la première fois depuis des années ! Les Cœurs noirs ont pris le commandement de l'école ! L'un d'entre nous est peut-être entre la vie et la mort… et vous vous moquez de cette nuit-là ? Pour lancer le sortilège de Ronces, il fallait un Élitien, un pré-Élitien, un Apprenti et un Prétendant ! Est-ce que vous pensez une seule seconde qu'un Élitien a pu confondre un exercice avec une attaque réelle ?

L'Apprenti que Pierre avait attrapé au col se dégagea sans violence. Les trois élèves semblaient à la fois impressionnés et inquiets. Ils s'éloignèrent sans ajouter un mot. Seul l'un d'entre eux, qui ne se sentait pas concerné par ce discours, forma un nouveau cœur avec ses mains en émettant un ricanement stupide.

– Où as-tu appris cela ? demanda Mathieu dès que les Apprentis furent hors de vue.

– Quoi, *cela* ? répondit Pierre d'un ton sec.

– Comment as-tu réussi à remplir ton arbre de lumière en éteignant ceux des Apprentis ?

– En lisant des livres. Nous sommes dans l'école de l'Élite, Mathieu... Je n'ai pas une fortune illimitée comme la tienne. Je n'ai pas une famille qui est à l'abri du besoin pour les trois siècles à venir. Ma seule chance de rester dans cette école est de devenir un Apprenti plus habile que les autres...

– Est-ce que tu as déjà reçu une mission de la part d'un Élitien ? s'intéressa soudainement Mathieu.

– Et toi ? répliqua Pierre. Que voulait la nymphette du fil d'or qui est venue te voir ce matin ?

Mathieu recula d'un pas, stupéfait.

– Tu m'espionnes ?

– Cette nymphette a passé une heure, la nuit

dernière, à visiter tous les lits de la bibliothèque à ta recherche… Je n'ai pas eu besoin de t'espionner pour m'en rendre compte !

Pierre était méconnaissable. À vrai dire, non seulement Mathieu avait le sentiment désagréable de ne plus avoir son ami en face de lui, mais ce sentiment était doublé d'une impression plus désagréable encore : l'impression que Pierre n'était plus un enfant.

– Je sais que tu as menti, dévoila alors Mathieu d'une voix glaciale. Tristan Boidoré n'a jamais quitté l'école ! Et je suis prêt à parier que tu es le Prétendant qui a lancé le sortilège de Ronces. J'ai peut-être une fortune illégale, mais je ne t'ai jamais menti…

Pierre parut déstabilisé.

– Est-ce que Juliette est au courant ? balbutia-t-il.

– Est-ce que tu as lancé le sortilège de Ronces ?

– Pour la centième fois, j'étais encore dans la forêt lorsque le sortilège a été lancé ! Je ne l'ai appris qu'en arrivant dans la bibliothèque !

Quelques Apprentis, intrigués par les cris, s'étaient approchés d'eux. Une silhouette noire traversa leur rang : celle de Julius Maxima, qui était suivi d'un second Élitien, robuste comme un chêne, du nom de Robin Tilleul. Mathieu ne pouvait pas savoir s'ils avaient entendu leur conversation. Julius Maxima, qui marquait souvent à son égard la plus grande indifférence, lui adressa en tout cas un coup d'œil rapide et pénétrant.

– Je crois que je ferais mieux de retourner à la bibliothèque, annonça Mathieu.

Pierre perdit contenance. Il leva la main comme pour retenir Mathieu puis, se rendant compte qu'il était entouré d'Apprentis et d'Élitiens, il reprit sa route, seul, vers l'atelier de la Faiseuse de lits.

*

Nerveux, Mathieu venait de s'installer à une petite table, en face de Jurençon. Le neveu du roi était couvert de neige des pieds à la tête ; il croyait avoir poursuivi les empreintes de Griffrigor dans la forêt pendant tout l'après-midi, avant de s'apercevoir qu'il était finalement sur la piste d'un lapin, qui l'avait fait tourner en bourrique pendant des heures.

Les deux Prétendants n'avaient pas abordé la dispute entre Pierre et Mathieu. Jurençon avait seulement promis qu'il n'avait jamais participé, de près ou de loin, au déploiement du sortilège de Ronces. Et les deux garçons échangeaient calmement des images de leur album de l'école de l'Élite, en attendant que la nuit s'abatte sur le royaume. Juliette d'Or était assise à leur côté, et adressait souvent un regard sévère à son frère ; la jeune fille n'avait jamais assisté à une plus grande escroquerie de sa vie. Jurençon venait tout simplement d'échanger une carte brillante des six frères Estaffes, d'une valeur inestimable, contre l'image d'un escalier en pierre, représentant trois marches vides.

— J'adore les escaliers ! s'exclama joyeusement Jurençon.

— Tout le monde adore les escaliers, l'encouragea Mathieu. C'est tout de même bien pratique ! Sinon, comment changerions-nous d'étage ? J'ai d'ailleurs plusieurs doubles de l'escalier de la tour Directrice…

Juliette soupira et reporta son attention sur le ciel de plus en plus sombre, qui se couchait comme un voile noir sur la tour du Dr Soupont, au sommet de laquelle semblait briller une chandelle.

Mathieu ne se détourna de son album de l'école que lorsqu'un filet d'eau glacée lui chatouilla les pieds. Juliette d'Or poussa un cri aigu. Mathieu et Jurençon se précipitèrent au cœur de la bibliothèque. À l'emplacement qu'ils avaient toujours occupé, les lits de Pierre et de Mathieu venaient d'atterrir. Un torrent se déversait encore des matelas détrempés. En quittant les profondeurs du lac de la clairière des Apprentis, le lit de Mathieu avait emporté une algue gluante avec lui, enroulée autour de l'un de ses pieds.

Quand Mathieu tira ses rideaux verts, lourds

du poids de l'eau dont ils étaient gorgés, la rose enchantée n'avait pas bougé. Tournoyant sur elle-même, la fleur semblait avoir merveilleusement résisté à l'eau glacée.

— Qu'est-ce que c'est que cette rose ? demanda Juliette d'Or en s'approchant.

— Peut-être une variété qui pousse au fond des lacs gelés ? suggéra Jurençon.

Mathieu leva les yeux au ciel, et répliqua en refermant les rideaux de son lit :

— C'est une sorte d'horloge. Chaque jour, un pétale tombe… Il en reste quatre… Le pire jour de ma vie entière se rapproche !

Au loin, les portes de la bibliothèque s'ouvrirent alors. Mathieu entendit le pas de Pierre venir vers eux.

— Et si nous allions dîner ? proposa Juliette d'Or. J'aimerais que nous nous mettions à table dans la galerie des Chandelles…

— Pourquoi ? interrogea Mathieu d'un ton soupçonneux.

— Il paraît qu'il n'y a aucune nymphette dans cette galerie et que les centaines de chandelles sont magnifiques, prétendit Juliette.

— C'est une bonne idée ! renchérit Jurençon. Tous les escaliers que j'ai échangés aujourd'hui m'ont ouvert l'appétit !

Lorsque le neveu du roi, passant devant Pierre,

lui proposa de se joindre à eux, ce dernier refusa poliment. Avant de quitter la bibliothèque, Mathieu considéra en silence un chandelier éteint, posé sur le rebord d'une fenêtre. Il n'avait qu'à l'allumer pour signaler à Louis Serra qu'il avait découvert le Prétendant impliqué dans le déploiement du sortilège de Ronces. Il hésita, puis tourna le dos aux fenêtres et rattrapa Jurençon et sa sœur.

Chapitre 12
Un agneau parmi les loups

Lorsque Mathieu, Jurençon et Juliette d'Or pénétrèrent dans la galerie des Chandelles, la jeune fille parcourut immédiatement les tables obscures du regard, comme si elle avait recherché quelqu'un. Une voix tonitruante retentit alors sous les voûtes : la voix du professeur Poucet Bergamote, qui les invitait à se joindre à lui.

Bergamote dînait seul à côté de la plus grande cheminée de la galerie. Quelques Apprentis frigorifiés froncèrent légèrement les sourcils en voyant Mathieu, Jurençon et Juliette d'Or partager le dîner d'un professeur. Hélas ! dénoncer ce favoritisme aurait été particulièrement inutile, puisque Poucet Bergamote, non content d'avoir des favoris, en publiait la liste toutes les semaines.

Octave Jurençon avait longtemps occupé la première place de ce classement. Nullement parce que Bergamote l'appréciait, mais parce qu'il était le neveu du roi ; c'était une chose à laquelle le professeur était particulièrement sensible.

— Avez-vous retrouvé votre lit disparu ? questionna poliment Jurençon.

— Je l'ai retrouvé, effectivement ! grogna le mage Mais il s'est de nouveau envolé hier, au milieu de la nuit ! Quelqu'un se moque de moi dans cette école...

Le mage poussa un soupir résigné, puis demanda avec étonnement :

— Votre ami Pierre Chabotté n'est pas parmi nous ce soir ?

— Pierre *Chapelier*, professeur, rectifia Jurençon. Je crois qu'il n'était pas affamé...

Au loin, Pierre fit pourtant son entrée dans la galerie ténébreuse. Mathieu ressentit un léger pincement au cœur lorsque son ami s'assit, seul, à l'extrémité d'une longue table. Personne ne remarqua sa présence, hormis la comtesse Dacourt, qui leva un instant la tête de son couvert.

Mathieu reporta son attention sur la cloche d'argent qui coiffait son assiette. Le *H* des Hidalf y était soigneusement gravé. Cette cloche avait sans doute abrité les repas de plusieurs générations de Hidalf à travers les siècles. Sans pitié pour tant d'ancêtres disparus, Mathieu la souleva. Au menu du soir, il trouva dans son assiette un exemplaire soigneusement plié de *L'Astre du jour*. Jurençon et Juliette se penchèrent aussitôt par-dessus lui. Tous les deux avaient parfaitement compris que ce journal était daté du jour même.

Mathieu observa les élèves qui l'entouraient ; quelqu'un avait trouvé le moyen de franchir le sortilège de Ronces, et tenait à le lui signaler par tous les moyens. Le gros titre, une fois de plus, était lié à ses fiançailles avec Marie-Marie. Il annonçait :

*LE MARIAGE HIDALF
REMIS EN CAUSE ?*

Alors que les préparatifs du somptueux mariage se concrétisent, une question demeure sans réponse à quatre jours de la cérémonie : Que se passe-t-il derrière la Grille épineuse de l'école de l'Élite ? Si Marie-Marie du Château Boisé elle-même ne semble pas inquiète du sort de son fiancé, affirmant que « la survie de Mathieu Hidalf ne compte pas parmi ses principales préoccupations », ce n'est pas le cas de M. Rigor Hidalf, son père, qui a porté une centaine de plaintes auprès des tribunaux du roi.

Le sujet de ces plaintes ? La présence de sa fille aînée, la ravissante Juliette d'Or, dans l'école de l'Élite. « Ma petite Juliette, a dénoncé le sous-consul, n'a jamais rencontré le moindre jeune homme au cours de dix-sept années d'innocence et d'exemplarité. Elle est un agneau dans une école de loups. Je crie au scandale. »

Mathieu dévisagea Juliette d'Or avec un ricanement sarcastique. Il fallait bien être M. Hidalf pour trouver que la jeune fille ressemblait à un agneau.

Mais le plus vif sujet de la fureur du malheureux Rigor est bien évidemment son fils, disait ensuite l'article. *Mathieu Hidalf, prisonnier de l'école de l'Élite, risque de ne pouvoir assister à son propre mariage, ce qui, convient un proche de la famille du Château Boisé, serait « embarrassant ».*
Face à cette situation de crise, M. Hidalf a engagé un procès contre l'école de l'Élite, pour exiger la rupture du sortilège de Ronces, qu'il a qualifié de « maléfice grotesque et désuet, digne des contes de fées de ma mère-grand ».
D'après maître Barjaut Magimel, ancien directeur de l'école, que nous avons interrogé tout à l'heure, M. Rigor Hidalf « a autant de chances de remporter son procès contre l'Élite qu'en attaquant une pendule en justice au sujet du temps qui passe ». Selon lui, le serment qui a provoqué le sortilège de Ronces est très simple : il unit un Élitien, un pré-Élitien, un Apprenti et un Prétendant de l'école. « Ils sont les seuls, une fois réunis, à pouvoir rompre le sortilège », précise Barjaut Magimel.
Affaire à suivre.

— Pourquoi Louis Serra veut-il que tu découvres le Prétendant qui a déployé le sortilège... s'il faut aussi un Élitien, un pré-Élitien et un Apprenti pour le rompre ? chuchota Juliette à l'oreille de son frère.

Le cœur de Mathieu commença de battre plus fort. La remarque de sa sœur était d'autant plus juste que maître Magimel se trompait rarement. Il s'apprêtait à renchérir, lorsque la jeune fille se leva de table.

— Tu n'as rien mangé ! fit remarquer Mathieu avec étonnement.

— Je serai de retour dans une seconde, annonça Juliette. Je vais prouver à tout le monde que je ne suis pas un agneau dans une école de loups.

Et, sur ces paroles mystérieuses, elle avança tout droit jusqu'à la table où dînaient le baron Hudson, directeur de l'école, et la comtesse Dacourt.

À l'approche de la jeune fille, le baron Hudson cessa de manger d'un air contrarié ; mais au cours de sa carrière, le redoutable directeur n'avait eu affaire qu'à de jeunes hommes, et la présence de Juliette semblait le priver de sa rudesse coutumière. La comtesse Dacourt, cependant, continuait de dîner en silence, feignant de n'avoir rien remarqué. Le silence s'accrut dans la galerie, au point que Mathieu crut entendre tomber les flocons de neige sur les toits de l'école. Aux fenêtres, des nuées de nymphettes s'agglutinaient avec curiosité, comme le soir où Julius Maxima avait défié Louis Serra.

Alors, la comtesse posa ses couverts, produisant un cliquetis inquiétant. Puis elle demanda d'une voix polie, sans même consulter Juliette du regard :

– Mademoiselle Hidalf, puis-je quelque chose pour améliorer votre confort dans cette école où vous êtes retenue par un concours de circonstances indépendant de ma volonté ?

Les élèves retinrent leur souffle, tandis que la directrice reprenait le sien.

– C'est parti pour le massacre ! commenta Mathieu en se prenant la tête entre les mains. J'ai dit cent fois à Juliette : « N'affronte jamais la comtesse Dacourt sans moi ! »

– Je ne suis pas venue vous réclamer quoi que ce soit, madame Dacourt, répondit Juliette d'Or en effectuant une révérence hypocrite. Et je vous remercie du confort de votre établissement. Dans mon école de danse, les jeunes filles imaginent que l'école de l'Élite est un endroit lugubre où une demoiselle n'aurait pas sa place. Je serai heureuse de les détromper à la première occasion.

Mathieu resta bouche bée. Pierre lui-même, seul au bout de sa table, releva enfin les yeux.

– Que puis-je pour vous, mademoiselle ? répéta la comtesse.

Juliette déclara avec la même courtoisie :

— Madame la directrice, demain soir, comme une personne de votre qualité le sait sans doute, le ballet des Monarques a lieu à l'opéra royal. Il s'agit de l'événement le plus important de l'année pour les danseuses de mon école. J'ai bien conscience que je ne pourrai pas y assister… Toutefois, dans la mesure où je suis enfermée parmi vous pendant une durée indéterminée, je suis venue vous demander la permission de monter un ballet.

— Juliette veut passer le balai dans l'école de l'Élite ? s'indigna Mathieu, ahuri.

— Un ballet est un spectacle de danse, imbécile, chuchota un Apprenti à la table voisine.

Mathieu reporta son attention sur la directrice. À côté d'elle, le baron Hudson ressemblait à un petit garçon qui s'ennuie à la table de grandes personnes.

— Et vous comptez monter ce ballet seule, mademoiselle Hidalf ? intervint-il.

— Je compte faire passer des auditions à tous les élèves volontaires, répliqua Juliette. Je retiendrai les meilleurs pour danser sous ma direction. Et, pour finir, j'aimerais disposer de la salle de bal des Élitiens tous les jours, à dix-huit heures.

— Un spectacle de danse dans l'école de l'Élite ! ne put se retenir de s'exclamer Mathieu. C'est un scandale !

Armance Dacourt marqua un bref instant de silence, comme si elle avait réfléchi à la proposition.

– Puis-je connaître le livret de ce ballet ?

– Elle veut savoir ce que le spectacle racontera, traduisit un Apprenti pour le reste des élèves.

– Naturellement, madame, répondit Juliette. Il sera intitulé *Le Baiser de Foudre*. Voici l'histoire en quelques mots : une jeune fille entre par effraction dans l'école de l'Élite, pour y rejoindre un jeune homme dont elle est amoureuse. Tandis qu'ils se retrouvent dans les bois, au bord d'un lac, une biche légendaire apparaît et assiste à leur premier baiser : cette biche est la Foudre fantôme.

Le baron Hudson commit l'impolitesse la plus grossière de son existence en recrachant le contenu du verre qu'il venait d'absorber. Juliette avait usé des mêmes armes que la comtesse Dacourt : elle avait annoncé cette proposition insolente avec une politesse si parfaite que la directrice paraissait prise au piège.

– Juliette d'Or Hidalf, dit enfin Armance Dacourt d'une voix douce, je veux que les choses soient très claires entre vous et moi. *Je* sais pertinemment, et tout le royaume hormis votre père sait sans doute, que vous avez une liaison avec un élève de cette école.

Les murmures s'amplifièrent.

— Je sais qui c'est ! chuchota fièrement Mathieu à l'adresse de la table voisine.

— Si jamais, reprit Armance Dacourt, si jamais vous avez l'audace et l'impertinence de le fréquenter au sein de mon établissement, je vous assure, mademoiselle Hidalf, que je découvrirai qui il est. Vous serez renvoyée de l'école de danse. Vous serez remise à votre père. Et votre amoureux sera exclu de l'ordre des Élitiens, quel que soit son nom, quel que soit son rang, quelles que soient ses raisons. Est-ce bien compris ?

— Cela signifie-t-il que j'ai votre autorisation pour monter mon ballet, madame ? insista Juliette, qui avait légèrement rougi.

— Je vous l'accorde, conclut la comtesse. Mais, hélas ! j'ai peur qu'aucun élève n'y participe. Les seuls qui aient jamais assisté à un spectacle de danse s'y sont rendus parce que je n'avais pas trouvé de meilleure punition à leur infliger.

— Et moi, répondit Juliette d'Or avec la même courtoisie que précédemment, je crois qu'ils viendront, madame.

Sur ces mots, la jeune fille effectua une nouvelle révérence et revint s'asseoir auprès de Mathieu qui l'observait en silence. Le baron Hudson, soulagé, continua de dîner comme si de rien n'était, tandis que la comtesse Dacourt reprenait ses couverts.

— Un ballet ! résuma Mathieu d'un air étonné.

Un ballet organisé par ma sœur, avec des élèves de l'école de l'Élite ! Et dire qu'elle embrassera l'un d'eux ! Si Roméo Pompous l'apprend, je suis sûr et certain qu'il trouvera un moyen de franchir le mur de ronces !

— Et si la nouvelle arrive jusqu'aux oreilles de ton père, renchérit Jurençon, ils seront deux à le franchir en même temps...

*

Lorsqu'il pénétra dans la bibliothèque, Mathieu dut renoncer à dormir dans son propre lit ; la couverture et les rideaux étaient encore imprégnés d'eau. À contrecœur, il se glissa donc dans le lit violet qu'il avait déjà emprunté la veille.

Longtemps, il épia la bibliothèque silencieuse. À ses pieds, la rose des Serments captivait son attention. La fleur tournoyait en silence, somptueuse malgré ses pétales de plus en plus rares.

La première fois que Mathieu Hidalf avait rencontré Marie-Marie, il était âgé de sept ans. Il se souvenait des cheveux blonds de la petite fille ; de son air incroyablement calme. Il avait appris qu'elle était orpheline et que son oncle, Hector, veillait sur elle.

Marie-Marie lui avait aussitôt paru différente. Toutes les fillettes qui avaient séjourné au manoir Hidalf avant elle n'avaient jamais témoigné la moindre affection pour Mathieu. Elles l'observaient avec des yeux inquiets, tombaient sous le charme de Juliette d'Or, devenaient les meilleures amies de Juliette d'Argent et se moquaient de Juliette d'Airain, qui commençait à lire ses premières encyclopédies. Mathieu, le plus souvent, restait seul avec Bougetou. Marie-Marie du Château Boisé était différente, cela ne faisait plus aucun doute.

Mathieu n'avait jamais cherché à se remémorer ce lointain passé. Curieusement, il avait fini par croire à l'histoire que tout le monde connaissait : Marie-Marie lui avait demandé de réciter une poésie. Et Mathieu lui avait chanté une chanson de garçon d'écurie, à cause de laquelle il avait reçu un soufflet. Surgie des profondeurs de sa mémoire, une scène tout autre lui revint brusquement à l'esprit. Ce n'était pas Marie-Marie qui voulait entendre des poésies. C'était Mathieu qui en avait appris une, par cœur. Et, le jour où il l'avait récitée à la petite fille, elle lui avait ri au nez. Oui, Mathieu se souvenait de ce rire à présent. Ce rire terriblement moqueur. Il avait bien reçu un soufflet ce jour-là. Mais parce qu'il avait volé un baiser à Marie-Marie. C'était la troisième fois qu'ils se voyaient. Ils étaient seuls dans les écuries du manoir.

Mathieu se redressa dans son lit ; non, il ne

rêvait pas. Il s'en souvenait comme si c'était hier ! Il avait embrassé Marie-Marie du Château Boisé contre son gré. Il lui avait même dit, à cette occasion, qu'il l'épouserait un jour.

*

À quelques pas, Juliette d'Or était allongée sur le lit de Roméo Pompous, et posait un regard triste sur Adélaïde, la nymphette de sa mère. La jeune fille faisait tournoyer autour de son index un anneau invisible. Si elle avait demandé à monter un ballet de danse classique, c'était dans l'unique espoir que Tristan Boidoré, où qu'il fût, entendrait parler de ce ballet. La jeune fille fermait les yeux lorsque le visage pâle de Mathieu apparut entre les rideaux. Les mains de son frère tremblaient légèrement.

— Juliette, dit-il, la voix entrecoupée par de longs souffles nerveux, je ne me sens pas dans mon état normal…

Adélaïde, alarmée, se précipita sur le front de Mathieu, pour y déposer un baiser. C'était toujours ainsi que procédait Mme Hidalf lorsqu'elle voulait s'assurer que ses enfants n'avaient pas de fièvre. La nymphette parut rassurée. Elle s'éclipsa pour laisser seuls ses deux protégés.

— Je ne sais pas ce qu'il se passe, avoua Mathieu. Je n'ai jamais ressenti une chose semblable… C'est

Marie-Marie… J'ai rêvé d'elle. Pourtant… Pourtant, moi, Mathieu Hidalf, je ne peux pas être… pas être amoureux. Je le sais. Je le sens. Mais ce soir… Ce soir, je ne peux pas m'empêcher de penser à elle. Et si elle n'était pas aussi stupide que je le crois ? Et si je m'étais trompé sur son compte ?

Juliette observait son frère avec stupéfaction. Les douze coups de minuit retentirent dans la bibliothèque, et un nouveau pétale se détacha de la rose des Serments. La fleur n'en comptait plus que trois, qui ne tarderaient pas à faner à leur tour. Le regard de Mathieu s'assombrit. Il balaya Marie-Marie de son esprit et dit fortement :

– D'après toi, comment dois-je procéder pour qu'elle ne soit plus amoureuse de moi ?

– Sois toi-même, suggéra Juliette avec un sourire. Sans vouloir te vexer, personne, à part tes sœurs et notre mère, ne peut *aimer* Mathieu Hidalf plus d'une semaine.

Mathieu sourit à son tour.

– Merci pour ton conseil.

Il referma les rideaux. Mais Juliette ne l'entendit pas regagner son lit. Au contraire, le pas de son frère s'éloignait.

*

Après avoir consulté sa sœur, Mathieu prit la direction du lit de Jurençon, Adélaïde perchée sur son épaule. Le neveu du roi lisait des contes de fées de la célèbre grand-mère édentée, la sorcière que Mathieu était parvenu à marier au roi contre le gré de ce dernier. Jurençon ferma brusquement l'ouvrage, comme s'il avait eu honte de sa lecture.

— Je n'arrive pas à dormir, chuchota Mathieu.
— Moi non plus, admit Jurençon.
— Je crois que j'ai une idée pour capturer le chat le plus impitoyable du monde : Griffrigor ! J'ai pensé que nous pourrions marcher un peu dans l'école…

Enthousiaste, Jurençon bondit hors de son lit. Il portait sa luide noire, comme beaucoup d'élèves, jusque dans son sommeil. Mathieu fit un pas dans la direction du lit de Pierre, dont les rideaux étaient tirés, puis il se ravisa.

À peine sortis de la bibliothèque, Mathieu et Jurençon restèrent figés. Un Élitien noir se dressait en bas de la tour Directrice, éclairée par un flambeau. Mathieu crut aussitôt que le traître se dressait en face de lui. Mais, en réalité, il comprit qu'il s'agissait d'un Cœur noir, ces agents des services secrets qui veillaient sur l'école.

— La nuit, expliqua Jurençon, ils sont déployés dans toutes les galeries… Je pense que nous en croiserons plusieurs sur notre chemin…

À ces mots, Adélaïde quitta l'épaule de Mathieu

pour se réfugier dans sa luide. Les deux Prétendants et la petite fée s'engouffrèrent dans les profondeurs de l'Élite. En plein jour, au cœur de l'hiver, l'école était déjà glaciale et déserte. Ce n'était pourtant rien en comparaison de l'atmosphère lugubre qui s'en dégageait après les douze coups de minuit. Mathieu n'avait jamais vu un tel calme régner dans les allées éteintes. Sans son compagnon, peut-être même aurait-il eu peur. La présence du neveu du roi l'apaisait ; Octave Jurençon n'était certes pas un grand combattant, mais il semblait si peu conscient des dangers qui l'entouraient qu'il en devenait rassurant malgré lui.

– Je suis désolé, avoua le neveu du roi au détour d'un couloir, de n'avoir pas découvert les projets de mon oncle concernant ton mariage... Je dois dire qu'il se méfie davantage de moi, depuis qu'il sait que nous sommes si proches !

Mathieu fut étrangement touché de cette parole.

– Est-ce que le roi et toi êtes proches, justement ? demanda-t-il en s'engageant au hasard dans un escalier.

– Oh ! fit Jurençon, comme s'il ne s'était jamais posé la question. Disons que j'ai beaucoup d'affection pour lui... Et que c'est réciproque, je crois. Mais je n'ai rencontré mon oncle pour la première fois que lorsque j'ai eu douze ans... Mes parents venaient de vivre une séparation compliquée. Ils ont estimé qu'il était temps pour moi de commencer une carrière d'Élitien…

– Et est-ce que tes parents te manquent ?

– Non, répondit Jurençon d'un ton étrangement grave.

Mathieu allait lui demander des précisions, mais le neveu du roi leva la main, les paupières plissées.

– Nous ne sommes pas seuls, dit-il.

En effet, au loin, une nouvelle silhouette se détachait dans les ténèbres. Mathieu et Jurençon, qui n'avaient rien à se reprocher, avancèrent comme si de rien n'était. L'ombre approchait. Lorsqu'elle ne fut plus qu'à quelques pas, Mathieu s'aperçut que son visage était encapuchonné. Aucun arbre ne brillait sur sa luide. Imperceptiblement, les deux Prétendants se rapprochèrent l'un de l'autre. Mathieu leva les yeux et fixa le capuchon avec insolence. Un pressentiment terrible lui disait que cette silhouette n'était pas celle d'un Cœur noir. Mais comment s'en assurer ? Lorsqu'ils se croisèrent, le mystérieux Élitien marqua un bref arrêt. Il approcha la main de Mathieu avec une lenteur presque terrifiante, et la referma sur son épaule, dans une étreinte curieusement chaleureuse. Puis il avança de quelques pas et disparut dans l'ombre.

– Tu sais de qui il s'agit ? interrogea Jurençon. Il avait l'air de te connaître…

— Pas le moins du monde, avoua Mathieu.

— Je crois que c'était le capitaine des Élitiens, intervint Adélaïde, dont la tête dépassait à peine du col de Mathieu.

Les nymphettes avaient, dans l'obscurité, une vue nettement supérieure à celle d'un humain.

— Je n'en suis pas certaine, bien sûr, admit Adélaïde. Toutefois, il me…

— Il est temps que je te dise pourquoi je t'ai priée de nous accompagner, Adélaïde, l'interrompit Mathieu.

La nymphette s'enfonça un peu plus dans le col de sa luide.

— Est-ce que tu te souviens de Griffrigor ? avança prudemment Mathieu.

— Cet odieux chat doré dont le jeu favori consistait à me gober puis à me recracher dans une toile d'araignée du manoir Hidalf ?

— Griffrigor a toujours eu un faible pour toi, reconnut Mathieu. Il est quelque part dans l'école… Nous le recherchons… Et je suis certain que, s'il te croise, il se jettera dans la gueule du loup !

— On voit que ce n'est pas vous qui allez vous y jeter au sens propre, grommela Adélaïde. Ne me dites pas que vous avez espéré un seul instant que je vous servirais d'appât pour attraper cette créature prétentieuse ?

— Si, concéda Mathieu avec un air de regret. Et

j'ai bien peur d'être contraint, si tu ne coopères pas, de révéler à la comtesse Dacourt que tu es présente dans l'école…

Adélaïde poussa un profond soupir.

— Mon plan est simple, exposa Mathieu. Griffrigor est le chat le plus orgueilleux du royaume ! Il ne nous rendrait les bottes de sept lieues pour rien au monde, j'en suis persuadé ! Nous devons les lui soustraire par la force, mais nous n'avons aucune chance de le prendre de vitesse. Du moins, pas ici, dans les couloirs de l'école… J'ai entendu dire que les lacs étaient couverts d'une couche de glace aussi dure que du roc ; Adélaïde va appâter Griffrigor sur un lac… Une fois qu'il sera sur la glace, les bottes de sept lieues ne lui seront plus d'aucune utilité. Nous n'aurons qu'à nous saisir de lui !

Une étincelle inquiétante traversa le regard de Mathieu, qui s'était rapproché, l'air de rien, de la porte de la forêt.

— Je ne crois pas que nous devrions y pénétrer seuls, fit remarquer Jurençon. Les derniers qui s'y sont aventurés n'ont pas été chanceux !

Devant eux, la forêt des Élitiens se déployait dans le froid et le silence. L'étendue de neige était si lumineuse qu'on y voyait bien mieux que dans l'école elle-même.

— Mais avant de nous y rendre, bâilla Mathieu, il faut que Griffrigor repère la trace d'Adélaïde…

À ces mots, la nymphette s'envola, résignée, et arpenta l'école en flirtant avec les plafonds, pour que le chat doré puisse la prendre en chasse jusqu'au premier lac.

Placés en embuscade derrière une statue qui permettait d'espionner la porte menant à la forêt, Mathieu et Jurençon résistaient au sommeil, attendant qu'une lueur traverse le ciel, suivie d'une boule de poils dorés.

– Dis-moi la vérité, avança alors Jurençon. Ce n'est pas pour donner les bottes de sept lieues au mage Bergamote que tu veux attraper Griffrigor, n'est-ce pas ?

Mathieu Hidalf ne répondit pas. Son visage était pâle et apaisé. Il venait de s'endormir, blotti contre la statue d'un Élitien. Jurençon se demandait comment le transporter jusqu'à son lit, lorsqu'une étincelle de lumière attira son attention. Adélaïde filait à toute vitesse, poursuivie par une sorte de flèche à quatre pattes. La nymphette s'efforçait de mettre le plus de distance possible entre le chat et elle. Elle jaillit juste à temps dans la forêt, où Griffrigor s'engagea à son tour. Jurençon hésita, puis se lança à leurs trousses. Le chat le plus prétentieux du monde allait bientôt découvrir qu'il n'était pas le plus rusé.

Lorsque Jurençon revint dans l'école, une heure plus tard, Adélaïde était fièrement perchée sur son épaule. Le neveu du roi tenait à la main une paire de bottes qui n'avaient aucune allure. Il avança jusqu'à la statue contre laquelle Mathieu s'était endormi, mais ce dernier avait regagné son lit.

Rentrant dans la bibliothèque, le neveu du roi se coucha lui aussi, tandis qu'Adélaïde reprenait sa place auprès de Juliette d'Or, qui avait fini par succomber au sommeil.

Chapitre 13
Un baiser sous un capuchon

Lorsque Mathieu sortit du sommeil, le lendemain matin, il n'avait pas été réveillé par une nymphette, mais par une jeune fille aux cheveux blonds. Il crut une seconde qu'il s'agissait de Marie-Marie du Château Boisé, et poussa un hurlement d'effroi. Puis, reprenant ses esprits, il reconnut Juliette d'Or.

Sa sœur avait le teint aussi pâle que les jours précédents ; mais un espoir nouveau illuminait la prunelle de ses yeux.

– Qu'y a-t-il ? murmura Mathieu.

Juliette leva la main lentement : un anneau d'argent étincelait à son doigt. Un anneau si étincelant qu'il ne pouvait être que l'anneau de Foudre.

– J'avais raison ! dit-elle. Tristan est bien dans l'école. Et il est vivant !

– Il t'a remis l'anneau ?

– Non, avoua Juliette. Mais, ce matin, je l'ai découvert posé près de mon oreiller.

Mathieu considéra le bijou argenté en fronçant les sourcils ; la découverte de Juliette, loin de le rassurer, l'inquiétait vivement. Le traître était quelque part dans cette école, prêt à frapper à tout moment. Mathieu l'avait soupçonné depuis le commencement d'avoir dérobé les anneaux aux incroyables pouvoirs. Et voilà que l'un d'eux réapparaissait par enchantement, sans que le cadeau fût signé. Si le traître lui-même portait le bijou, Juliette d'Or serait à sa merci.

– Je sais ce que tu penses, dit-elle d'une voix soudain sèche. Mais tu te trompes. L'anneau est un peu plus froid que d'habitude et j'ignore pourquoi… Ce que je sais, en revanche, c'est que Tristan porte le second… Je le sens. Je peux presque lire dans ses pensées ! C'est comme s'il était là, auprès de moi.

La jeune fille fit un tour sur elle-même.

– Tu devrais le retirer, conseilla Mathieu d'une voix ferme.

– Tristan est là, répéta Juliette en se tournant vers la tour du Dr Soupont.

Derrière Mathieu et sa sœur, Pierre fixait lui aussi l'anneau argenté.

– Juliette, dit-il en approchant, tu sais qu'il n'est pas sage de porter l'anneau… Je crois moi aussi que Tristan le porte. Mais imagine un seul instant que ce ne soit pas le cas. Imagine que Tristan soit à ta place... Voudrais-tu qu'il porte l'anneau sans savoir qui le lui a remis ?

Un doute traversa Juliette. Tandis que Mathieu adressait un signe de remerciement à Pierre, la jeune fille retira le bijou de son doigt, au prix d'un incroyable effort.

— Je saurai tout à l'heure si Tristan est bien dans l'école, dit-elle froidement. Si j'ai souhaité monter un ballet, c'est pour l'attirer jusqu'à moi. Mathieu, Pierre, j'ai un service à vous demander. Je compte sur vous pour répandre dans l'école la nouvelle que je choisirai lors des auditions celui qui jouera le rôle de mon amoureux... lequel aura droit à un baiser. Tristan est affreusement jaloux ! S'il entend parler de ce baiser, il trouvera un moyen de venir, pour empêcher que je n'embrasse un autre que lui.

Le teint de Juliette était légèrement rouge. La jeune fille n'ajouta pas un mot et disparut dans une allée formée de lits déserts. Pierre et Mathieu restèrent un moment silencieux, l'un en face de l'autre.

— Puisqu'il faut que toute l'école soit au courant, dit Mathieu pour mettre fin à leur embarras, je vais faire mon possible...

Et il fit un geste vers le plafond de la bibliothèque. Aussitôt, une centaine de nymphettes, qui n'attendaient que l'occasion d'aider leur protégé, illuminèrent la salle obscure.

– Vous avez entendu ma sœur ? Envolez-vous dans chaque couloir, dans chaque escalier, dans chaque recoin de l'école ! Faites savoir à tous les élèves que le rôle de l'amoureux sera décerné ce soir dans la salle de bal des Élitiens... et que le vainqueur aura droit à un baiser de Juliette d'Or !

La nuée de nymphettes s'envola comme un nuage d'espoir à travers la bibliothèque. Lorsque la dernière d'entre elles eut disparu, Pierre annonça d'une voix faible :

– J'ai menti, Mathieu... Tristan est bien dans l'école. Mais je lui ai promis de ne rien révéler, et je veux que tu saches que tu peux compter sur moi. Si Louis Serra t'ordonne quelque chose, je t'obéirai aveuglément.

Embarrassé, Mathieu ne sut pas quoi répondre, si bien qu'il demanda simplement :

– Sais-tu où est Jurençon ?

– Il est allé essayer les bottes de sept lieues de Poucet Bergamote...

– Jurençon ? Essayer les bottes de sept lieues ? A-t-il rédigé son testament ?

La première fois que le neveu du roi les avait portées, il avait heurté un mur de plein fouet.

– Je crois qu'il te lègue son album de l'école s'il s'écrase contre un tronc d'arbre, répondit Pierre en souriant.

Pierre Chapelier faisait de l'humour à peu près

une fois par an. Cette petite moquerie touchant Jurençon était aux yeux de Mathieu une preuve irréfutable de réconciliation.

– Hélas ! murmura-t-il, j'ai peur que son album n'ait aucune valeur… Il ne contient que des escaliers de l'école !

Pierre cherchait sans doute comment faire de l'humour une seconde fois, mais c'était lui en demander beaucoup.

– Nous nous retrouverons tout à l'heure, n'est-ce pas ? Au ballet de Juliette…

– Au ballet de Juliette, confirma Mathieu.

*

L'heure tournait dans l'école de l'Élite ; les couloirs étaient absolument déserts. La neige avait recommencé à tomber en fin d'après-midi ; mais c'était une neige légère, dégringolant du ciel à gros flocons. Une neige dans laquelle Mathieu Hidalf aurait rêvé d'affronter ses trois sœurs lors d'une bataille mémorable. Mais Mathieu n'en profitait nullement. Immobile, il était seul dans la bibliothèque et caressait d'une main légèrement tremblante le poil doré de son chat Griffrigor, vautré devant la cheminée.

Depuis qu'il avait été dépossédé de ses bottes de sept lieues, le chat doré paraissait avoir renoncé à faire usage de ses pattes. Mathieu observait distraitement le chandelier à quatre branches qu'il lui suffisait d'allumer pour alerter Louis Serra. Mais avait-il découvert quel Prétendant avait déployé le sortilège de Ronces ? Pierre avait avoué qu'il avait menti au sujet de Tristan Boidoré. Toutefois, à propos de la forêt épineuse qui couvrait l'école, le mystère demeurait entier.

Au même moment, dans les bois, Octave Jurençon avait chaussé les légendaires bottes de sept lieues. Il savait qu'elles étaient presque incontrôlables et que le moindre pas risquait de le propulser contre un obstacle. Mais, devant lui, le neveu du roi ne voyait qu'une étendue infinie de glace et de neige. Il avait choisi le plus grand lac de l'école pour s'entraîner. Lorsqu'il fit un pas, il crut d'abord mourir de peur. En l'espace d'une seconde, il avait traversé l'immense lac gelé.

Cent fois, le neveu du roi fonça à travers la neige fraîchement tombée, traversant l'horizon comme un éclair noir et doré, riant aux éclats et poussant des hurlements de joie.

Pierre Chapelier, pour sa part, avait rejoint la base des Prétendants de l'école. Devant un miroir, il s'entraînait à noircir parfaitement son arbre, attendant les essais de Juliette pour son ballet de Foudre. Pierre savait pertinemment que Tristan Boidoré était bel et bien vivant, et bel et bien enfermé dans l'école. Et il était certain que le neveu de la comtesse Dacourt prendrait tous les risques pour obtenir le baiser promis par Juliette.

Lorsque dix-huit heures sonnèrent, annonçant le début de l'audition, un grand frisson parcourut l'école. Une nuée de nymphettes avait consacré sa journée à placarder de grandes affiches, qui indiquaient en lettres d'or :

CE SOIR,
LE RÔLE DE L'ÉLITIEN AMOUREUX
SERA ATTRIBUÉ PAR JULIETTE D'OR HIDALF.
DANS UN SOUCI D'ÉQUITÉ,
LES CANDIDATS AU RÔLE DE L'AMOUREUX
SONT PRIÉS DE VENIR MASQUÉS.
LE VAINQUEUR RECEVRA UN PREMIER BAISER
DE JULIETTE D'OR HIDALF.

*

Il était impossible, si Tristan Boidoré était encore présent dans l'école de l'Élite, qu'il ne fût pas informé du baiser que Juliette donnerait au vainqueur. La jeune fille avait réussi son pari. Sans ce baiser, nul Apprenti, nul pré-Élitien n'aurait osé se présenter à la salle de bal, pour participer aux essais, et la comtesse Armance Dacourt aurait vu sa prédiction se réaliser. Mais tous, ce soir-là, avaient les yeux étincelants d'espoir, le cœur battant, le souffle court à l'idée de recevoir ce baiser. Tous, hormis Mathieu Hidalf, bien entendu.

D'abord, Mathieu ne pouvait pas embrasser sa propre sœur. Ensuite, il détestait les baisers depuis toujours, et d'autant plus, il est vrai, depuis qu'il en donnait un, toutes les nuits, à Marie-Marie du Château Boisé. Après plusieurs hésitations, il avait donc résolu de ne pas assister à la préparation du ballet. Certes, la curiosité le dévorait. Mais il espérait que la nymphette de Louis Serra profiterait du calme régnant sur l'école pour lui transmettre de nouvelles informations. Derrière le mur de ronces, le capitaine devait s'impatienter… Mathieu lui-même enrageait. Il y avait une erreur quelque part. Peut-être qu'aucun Prétendant n'avait finalement contribué au déploiement du sortilège de Ronces.

Il s'assit avec une pile de livres près d'une fenêtre qui dominait la salle de bal de l'école. Posé sur une petite table, un miroir doré, sur le manche duquel le prénom de Juliette d'Or était gravé, reflétait le plafond de la bibliothèque. Mathieu le brandit et déclama, sur un ton ridicule :

– Miroir, mon beau miroir, dis-moi qui est la plus belle ?

Pendant une seconde, Mathieu Hidalf cessa de respirer. Le visage de la comtesse Dacourt venait d'apparaître dans le miroir.

– Un miroir magique ! s'écria-t-il, stupéfait. Je n'ose pas y croire ! Juliette me l'avait bien caché !

– Au risque de vous décevoir, Mathieu Hidalf, refléter est la caractéristique première d'un miroir, et n'en fait absolument pas un objet magique, répondit une voix glaciale dans son dos.

Mathieu faillit s'écrier : « Et en plus, il parle ! » Mais une ombre était tombée sur lui. Il aperçut alors la comtesse Dacourt, en chair et en os, illuminée par les nymphettes de la bibliothèque.

– Mathieu Hidalf, dit la directrice, je suis venue vous chercher… afin que vous assistiez au *baiser* de votre sœur. Elle aura besoin de réconfort lorsque son *amoureux* aura été démasqué. Car j'exigerai que le vainqueur dévoile son identité. C'est la fin d'une longue histoire. Et il est temps que la vérité éclate.

Mathieu poussa un soupir. Si la comtesse parvenait à démasquer l'amoureux secret, elle passerait une soirée moins réjouissante qu'elle ne l'imaginait. Comment la directrice réagirait-elle, quand elle découvrirait que Tristan Boidoré, son propre neveu, avait trahi sa confiance pendant des mois ?

– Je déteste la danse, soupira Mathieu.

– Moi également, admit la comtesse. En route.

Mathieu observa Armance Dacourt avec admiration.

– Je parie que Marie-Marie du Château Boisé adore ça, dit-il en inclinant la tête.

– Allons, Mathieu Hidalf, un peu d'audace, je vous prie. Comment cette jeune fille pourrait-elle vous résister ? Je fais partie de ceux qui pensent que vous trouverez le moyen d'empêcher cet odieux mariage sans même déployer votre imagination légendaire.

La comtesse Dacourt se tut et retint son souffle. Elle était arrivée aux portes de la salle de bal, si comble que des Apprentis se tenaient au-dehors, dressés sur la pointe des pieds.

*

La salle de bal n'avait sans doute pas accueilli la moindre cérémonie depuis le mariage du premier Élitien, et il avait fallu que Juliette d'Or Hidalf séjourne dans l'école pour que ses portes soient rouvertes.

Les élèves, plusieurs pré-Élitiens et même quelques Élitiens, étaient tassés contre les murs ; un balcon couvert de neige débordait de nymphettes curieuses. Au centre de la salle, Juliette d'Or était allongée sur le sol. La jeune fille portait à son doigt l'anneau de Foudre, qui étincelait de mille feux. Mathieu eut toutes les peines du monde à se défaire de la comtesse Dacourt et à rejoindre Pierre, qu'il avait aperçu dans l'âtre éteint d'une gigantesque cheminée.

Soudain, Juliette d'Or se redressa avec la grâce d'un cygne qui déploie ses ailes. La salle se tut. Une à une, des nymphettes perchées sur un lustre éteint se déployèrent. Mathieu n'avait pas vu sa sœur danser depuis son dixième anniversaire. Tout, en Juliette, semblait métamorphosé.

Tour à tour, elle dansa une jeune fille qui pénètre la nuit dans une forêt, pour y rejoindre le jeune homme qu'elle aime. Puis elle fut le jeune homme qui tremble autant que la jeune fille, et qui l'emporte auprès d'un lac. Puis elle incarna la Foudre fantôme elle-même ; ceux qui n'avaient jamais aperçu la biche légendaire des Élitiens eurent ce soir-là une idée de sa beauté incomparable. Juliette était légère comme un souffle, si légère que les nymphettes semblaient des pierres lumineuses à côté d'elle. Lorsque la jeune fille acheva sa démonstration, un silence stupéfiant planait sur toute la salle.

— Il est temps de choisir les danseurs qui m'accompagneront, annonça Juliette. Que les volontaires masquent leur visage, je vous prie !

Sous les yeux incrédules de Mathieu, tous les élèves, hormis Pierre, rabattirent leur capuchon. Dix candidats avancèrent les premiers auprès de Juliette.

— Bien, dit-elle, les mains posées sur les hanches dans une posture sévère. Commençons par le plus basique : prenez tous la première position et effectuez un simple plié.

Les candidats s'observèrent d'un air hébété, comme si Juliette avait parlé une langue inconnue.

— Ne me dites pas que vous ignorez tous ce qu'est un plié ? gronda la jeune fille.

Le silence qui suivit fut éloquent. Un seul élève tenta sa chance en pliant les genoux comme pour s'asseoir sur une chaise. Il se cassa la figure, son capuchon se renversa et chacun reconnut Octave Jurençon, le neveu du roi, qui se réfugia dans la foule en rougissant.

— Ne me dites pas, balbutia Juliette, que vous ignorez même quelle est la première position ?

De nouveau, les Apprentis s'observèrent. L'œil de la jeune fille pétilla de colère.

— Vous devriez avoir honte de vous ! dit-elle avec autorité. Comment osez-vous porter un nom aussi prétentieux que celui d'Élitien, sans savoir seulement ce qu'est un pas de danse ? C'est exactement comme si j'ignorais ce qu'est une épée !

Pendant un instant, Mathieu craignit que les Apprentis, outragés, ne quittent la salle les uns après les autres. Mais au contraire, ils parurent d'autant plus désireux de prouver à Juliette d'Or ce dont ils étaient capables.

— Bien, reprit la jeune fille. Puisque vous êtes des ignorants, je ne vous demanderai qu'une seule chose : je veux que vous *dansiez* l'amour… L'amour en péril d'un Élitien qui sait que la direction de l'école est à sa poursuite. Un amour pur, innocent, mais *menacé*… Jouez comme si vous conduisiez la jeune fille de vos rêves dans l'école.

Quelques élèves se tournèrent une seconde vers la comtesse Armance Dacourt, qui lança d'un ton sec :

– Je suis parfaitement d'accord avec Mlle Hidalf. Vous faites honte à notre école. Obéissez immédiatement.

Chacun des Apprentis s'efforça alors de danser, pour la première fois, le rôle d'un amoureux. Jamais danseurs, à vrai dire, n'avaient été si ridicules, mais rarement danseurs avaient été si émouvants de maladresse. Et pour cause, tous les Apprentis avaient un jour rêvé de faire visiter l'école de l'Élite à une jeune fille. Juliette d'Or, intraitable, ne s'attarda pas sur ce premier groupe.

– Je vous garde tous, annonça-t-elle à la stupéfaction générale. Vous jouerez les roseaux du lac des Élitiens.

Les Apprentis défaillirent de bonheur ; ils n'auraient pas accueilli la nouvelle avec davantage de joie s'ils avaient obtenu le premier rôle.

Le second essai fut encore plus catastrophique. Les dix Apprentis qui suivirent avaient la souplesse d'une lame d'épée. Juliette en profita pour décerner le rôle des arbres qui, contrairement aux roseaux, n'avaient pas même à se balancer d'un pied sur l'autre pour remplir leur fonction. Au troisième mouvement, des ricanements sonores s'élevèrent. L'un des danseurs était à peine plus grand que Mathieu. Ce dernier recula un peu plus dans l'âtre de la cheminée, tout comme Pierre qui avait froncé les sourcils.

– Qui est-ce ? chuchota Mathieu.
– Aucune idée.

Les ricanements cessèrent lorsque le mystérieux Prétendant s'avança au cœur de la salle, sans attendre le signal de Juliette d'Or. Il avait le torse bombé. D'un signe méprisant de la main, il pria les autres danseurs de son groupe de s'éloigner. L'enfant commença alors à effectuer quelques pas de danse et les moqueries laissèrent place, peu à peu, à un vif étonnement. Le candidat ne quittait pas Juliette du regard, une Juliette émue, dont le teint légèrement rouge était trahi par une nymphette.

– Tristan Boidoré a rapetissé…, constata Mathieu, haussant le sourcil droit.

La comtesse Dacourt, elle aussi, observait le danseur avec une attention accrue. L'étonnement de l'assemblée se métamorphosa en stupéfaction lorsque celui-ci osa prendre la main de Juliette. Il l'entraîna auprès du balcon, face à une étendue de neige qui aurait pu représenter un lac. L'anneau de Juliette étincela. La jeune fille et son cavalier paraissaient succomber à un sortilège.

Pendant une seconde, chacun s'attendit même à ce que la Foudre fantôme apparaisse. L'enfant masqué poussa sur la pointe de ses pieds. De la cheminée, Mathieu contemplait la scène avec un curieux sentiment de déjà-vu. Son visage s'éclaira soudain, en même temps que celui de Pierre et de Jurençon, lequel les avait rejoints. Tous les trois s'exclamèrent en même temps :

— Roméo Pompous !

— Il est dans l'école ! s'écria Pierre.

— Impossible, protesta Mathieu. Je l'ai vu derrière la Grille épineuse juste avant que le sortilège de Ronces devienne actif !

— Attrapons-le, lança vivement Jurençon.

— Il va embrasser ma sœur ! s'indigna Mathieu.

Mais au moment où le Prétendant allait embrasser Juliette, la jeune fille recula de quelques pas, comme si elle avait été attirée par une puissance invincible.

— Sur le balcon ! cria un élève. Il y a quelqu'un !

Un jeune homme venait d'apparaître sur l'appui de la balustrade. Ses traits étaient dissimulés par un capuchon noir ; un anneau d'argent étincelait de mille feux à sa main gauche. À sa vue, Juliette s'élança jusqu'à un carreau brisé. Son visage disparut dans le capuchon noir. Elle échangea un long baiser avec le nouvel arrivant.

— Tristan ! chuchota Mathieu.

— Arrêtez cet individu ! ordonna la comtesse Dacourt.

Aussitôt, deux cents nymphettes portant un uniforme, perchées sur quatre lustres éteints, se déployèrent au-dessus de la foule. Mais la comtesse Armance Dacourt n'avait pas imaginé que l'amoureux de Juliette arriverait par un balcon. Lorsqu'il s'éloigna de la jeune fille, ce fut pour monter sur la balustrade enneigée. Juliette étouffa un cri ; le jeune homme bondit dans le vide. Lorsque Mathieu, Pierre, Jurençon et une foule de curieux affrontèrent le froid glacial pour se pencher par-dessus le rebord, ils aperçurent une silhouette émerger d'un petit lac, dont la glace avait été soigneusement brisée par des complices de l'amoureux.

— C'était lui ? souffla Mathieu à l'oreille de sa sœur.

La jeune fille avait le regard étrangement vide. La comtesse Dacourt venait de surgir à son tour sur le balcon.

— Qui était-ce ? interrogea-t-elle d'une voix terrible.

— Je l'ignore, répondit Juliette d'un air distrait, mais je vous prie de le retrouver au plus vite, madame la comtesse… Il m'a volé un baiser !

La directrice s'apprêtait à répliquer lorsque les

nymphettes qu'elle avait chargées de la poursuite attirèrent son attention. À l'autre bout du balcon, le mystérieux enfant masqué hésitait lui aussi à sauter dans le lac pour échapper à la foule. La comtesse se retourna vers lui et annonça gravement :

— Je vous déconseille de sauter, mon garçon. La seule chose que vous y gagneriez serait un passage dans le bureau du Dr Soupont, avant de passer par le mien.

Mathieu, Pierre et Jurençon se rapprochèrent les uns des autres. L'enfant descendit de la balustrade et posa la main sur son capuchon, tel un héros qui s'apprête à révéler son identité à son pire ennemi. Le capuchon s'abaissa et Roméo Pompous apparut. La comtesse ne put dissimuler sa surprise.

— Que faites-vous dans cette école ? Depuis combien de temps y êtes-vous ? Qui sont vos complices ? Avez-vous quelque chose à dire pour votre défense ? assena la comtesse, d'autant plus glaciale que le véritable amoureux de Juliette venait de lui échapper.

— Je n'ai qu'une seule chose à dire, fit savoir Roméo. Est-ce que j'ai obtenu le rôle de l'amoureux ?

En guise de réponse, la comtesse Dacourt fendit la foule des élèves. Les épaules basses, Roméo suivit la directrice. Mais lorsqu'il passa devant Juliette, cette dernière chuchota :

— Le rôle est pour toi, Roméo.

Alors, le Prétendant avança à grands pas, le torse à nouveau bombé, le sourire triomphal.

Réfugiés dans l'âtre de la cheminée, Pierre, Mathieu et Jurençon avaient échangé un long regard.

— C'est *lui*, lança Mathieu le premier.

— Lui, le Prétendant qui a déployé le sortilège de Ronces ! confirma Pierre.

— Et il a trouvé un moyen de le franchir ! chuchota Jurençon avec admiration. C'est certainement Roméo qui nous a apporté les journaux !

Ce soir-là, toute l'école ne parlait que du mystérieux jeune homme qui avait déposé un baiser sur les lèvres de Juliette, et les commentaires allaient bon train quant à son identité. Beaucoup prétendaient avoir reconnu le port altier de Peter de Nemours. D'autres pariaient pour leur pré-Élitien favori.

Mathieu marchait entre eux comme un fantôme errant. Il pénétra dans la bibliothèque, le souffle court, puis approcha de la fenêtre où le chandelier destiné à prévenir Louis Serra attendait son heure. Mathieu n'avait plus aucun doute. Le Prétendant qui avait déployé le sortilège de Ronces n'était ni Pierre ni Jurençon… mais Roméo Pompous. Il approcha le chandelier de la cheminée où crépitait un feu, alluma chacune des bougies et le déposa devant la fenêtre, le cœur battant. Il était enfin parvenu à accomplir la mission confiée par Louis Serra. Et le capitaine pourrait peut-être faire son retour dans l'école avant la fin de la nuit.

Lorsque Juliette, Pierre et Jurençon pénétrèrent à leur tour dans la bibliothèque, ils trouvèrent Mathieu assis auprès d'un chandelier lumineux, occupé à consulter son album de l'école.

– Est-ce que vous pensez que la comtesse va exclure Roméo ? demanda Juliette d'un air navré, en s'installant près de l'âtre.

Pierre, loin de s'inquiéter d'un éventuel renvoi, dit simplement :

– Ce n'est pas ce qui importe. Est-ce que vous vous rendez compte que Roméo a découvert un moyen d'entrer dans l'école et d'en sortir ? Il est peut-être la seule personne à pouvoir franchir le sortilège de Ronces !

À ces mots, Jurençon et Juliette se turent, trépignant d'impatience. Les têtes se tournèrent alors vers Mathieu, qui observait les tours obscures de l'école sans prononcer un mot.

Dès qu'une nymphette étincelait dans la nuit noire, il se redressait légèrement, avant de soupirer en voyant la lueur décroître à l'horizon. Il fallait espérer que Louis Serra ne soit pas averti trop tard. La victoire du traître et des frères Estaffes dépendait désormais d'un simple chandelier.

Chapitre 14
Les aveux de Roméo Pompous

Lorsque les portes de la bibliothèque s'ouvrirent, ce fut un Roméo Pompous fier comme un coq qui apparut à Pierre, Jurençon, Mathieu et Juliette.

– Est-ce que j'ai été éblouissant ? demanda-t-il en guise de salutations.

– Je dois reconnaître que j'ai été étonnée, admit Juliette. As-tu pris des cours de danse ?

– J'en prends une fois par semaine depuis un an…, avoua Roméo en rougissant.

Jurençon sourit d'un air émerveillé. Mathieu poussa pour sa part un profond soupir :

– Pardon de vous interrompre, mais je crois que nous nous moquons tous de la manière dont Roméo Pompous a appris à danser ! Comment as-tu fait pour franchir le sortilège de Ronces ?

Roméo fronça les sourcils et répliqua d'une voix glaciale :

— Je n'ai pas de réponse à donner à celui qui a voulu m'assassiner en m'enfermant dans la tour Disparue !

— Moi, vouloir t'assassiner ?

— Oseras-tu nier que tu m'as enfermé dans la tour Disparue ?

— Je voulais t'en sortir... puis un élément indépendant de ma volonté m'en a empêché ! se défendit Mathieu.

— Je ne t'en veux plus, siffla Roméo.

— Qui t'a fait sortir de la tour Disparue, si ce n'est pas Mathieu ? interrogea Pierre.

Un sourire victorieux se dessina sur les lèvres de Roméo Pompous.

— Personne ne m'en a fait sortir, répondit-il. J'ai découvert quelque chose d'incroyable ! Et je vous propose de vous rendre avec moi dans la tour Disparue... Sinon, vous ne me croirez jamais !

Mathieu hésita une seconde avant de se lever, jetant un regard au chandelier lumineux qu'il avait disposé là pour prévenir Louis Serra. Mais après tout, le capitaine pouvait patienter une heure de plus...

— Par ici ! lança Roméo.

Au lieu de prendre la direction du dortoir des Élitiens, comme chacun s'y était attendu, le Prétendant se contenta de conduire la troupe au cœur de la bibliothèque, jusqu'à un lit doré.

— Eh oui ! s'exclama-t-il fièrement. Toutes les nuits, je dormais dans la bibliothèque en votre compagnie... Et tous les matins, je retournais dans l'appartement de mes parents ! J'ai tout organisé avec la petite Aurore, l'une des deux nymphettes qui étaient enfermées avec moi dans la tour Disparue... Prenez place à bord du lit !

Tout le monde s'assit sur le matelas doré, tandis qu'Adélaïde se posait sur l'épaule de Mathieu. Roméo Pompous consulta sa montre d'un air professoral.

— Accrochez-vous bien. On ne sait jamais où le lit atterrit exactement !

— Tu veux dire qu'il peut très bien atterrir dans le précipice qui traverse la tour dans toute sa longueur ? balbutia Mathieu.

— Ça ne m'est encore jamais arrivé, mais c'est sans doute possible !

Mathieu, Pierre, Jurençon et Juliette sentirent leur estomac se nouer. Pendant une minute, Roméo resta les yeux rivés sur le cadran de sa montre, tel le capitaine d'un navire. Allongé près du feu, Griffrigor observait cet équipage d'imbéciles d'un air méprisant. Lorsque les horloges de l'école sonnèrent, le lit disparut brusquement. Les oreilles de Griffrigor se redressèrent aussitôt. Le chat doré poussa un miaulement étonné, qui résonna dans la bibliothèque déserte.

*

Un long frisson parcourut Jurençon et Pierre quand ils posèrent pour la première fois le pied sur le plancher de la tour Disparue. Ils avaient entendu Roméo et Mathieu parler plusieurs fois de l'endroit légendaire, mais eux-mêmes n'y avaient jamais pénétré. Adélaïde s'envola, traversant l'air glacial et révélant les contours d'une salle poussiéreuse. Une chose était certaine : Roméo n'avait pas tué le temps en s'attaquant au nettoyage de cette pièce.

Sans les ronces noires qui l'enserraient, l'édifice se serait peut-être écroulé. À quelques pas du lit doré qui les avait conduits là, un trou béant traversait les étages obscurs de la tour Disparue. Mathieu crut entendre le grand cri qu'il avait poussé le jour où le plancher s'était effondré.

– C'est ici, dit Jurençon d'une voix étranglée, que le premier Élitien et son épouse se sont réfugiés…

– … sans doute pour échapper à Circé ou à ses alliés, murmura Mathieu, le cœur battant. Circé est une fée helios maléfique… Louis Serra nous en a parlé…

Juliette passa la main sur le lit qui avait été celui du premier Élitien. Étrangement, il était parfaitement bordé, comme si son propriétaire allait s'y coucher bientôt.

— Le premier Élitien a bâti cette tour pour se cacher ? demanda-t-elle en admirant la voûte superbe qui dominait la chambre à coucher.

— Oui, répondit Pierre. Pour se cacher avec son épouse et leur bébé. Cette cachette résista à leurs ennemis pendant une année… Puis la femme du premier Élitien fut découverte morte. On crut à un accident, mais le lendemain matin, le premier Élitien était mort à son tour… et leur nouveau-né avait disparu.

Juliette se pencha dangereusement au bord du précipice qui traversait la tour. Une planche craqua brusquement sous son poids. La jeune fille poussa un hurlement et, sans Pierre, qui la rattrapa par le bras, elle aurait peut-être chuté dans les ténèbres. Au loin, on entendit la planche dégringoler d'étage en étage.

— Empruntons l'escalier, conseilla Roméo. C'est plus prudent… Je vais vous conduire à ma découverte historique !

Deux escaliers différents, magnifiques, descendaient de chaque côté de la tour. À la queue leu leu, les Prétendants et Juliette s'engagèrent dans l'un d'eux, sans trop savoir s'ils entendaient le bruit de leurs pas ou celui des battements de leur cœur. Adélaïde illuminait au passage des salles rondes et silencieuses. Dans l'une d'elles, une table accueillait plusieurs piles de cartes de l'école à collectionner. C'était peut-être la seule trace du passage de Roméo Pompous, qui continuait d'ouvrir la voie.

— Cette tour pourrait devenir notre royaume, chuchota Mathieu, jusqu'alors muet d'excitation. Vous vous rendez compte ? Nous pourrions avoir notre propre tour dans l'école !

— Nous pourrions y tenir des réunions secrètes, poursuivit Jurençon, en se prenant au jeu.

— J'y retrouverais Tristan à l'insu de la comtesse Dacourt, fit remarquer Juliette.

Un sourire traversa le visage des visiteurs. Ils avaient atteint l'étage le plus profond de la tour Disparue : une crypte dans laquelle se trouvait un puits lugubre et les tombes éventrées du premier Élitien et de son épouse. Ces dernières avaient été réduites en poussière lorsque le plancher de la bâtisse s'était en partie effondré, un mois plus tôt. Roméo tendit la main, semblant dévoiler un trésor.

— Lorsque je me suis retrouvé enfermé, expliqua-t-il d'un ton grinçant, j'ai fouillé la tour de fond en comble… Et, dans les débris du tombeau du premier Élitien, j'ai découvert ceci…

Adélaïde illumina alors les marches d'un escalier dérobé. La voix de Roméo tremblait légèrement. Il annonça avec lenteur :

— Dans la tombe de l'épouse du premier Élitien… il y avait un cercueil ! Mais, dans celle du premier Élitien, je n'ai rien trouvé. Pas d'ossements… Pas de cercueil… Rien, hormis un escalier ! Le premier Élitien a simulé sa mort il y a quatre siècles ! Sans doute pour fuir ses ennemis… Et il a fui l'école de l'Élite par ce passage secret !

Plus personne ne respirait parmi Mathieu, Juliette, Pierre et Jurençon. Le neveu du roi fut le premier à faire un pas en direction de l'escalier.

– Où… Où le souterrain mène-t-il ?

Roméo approcha à son tour, les yeux brillants de fierté.

– Il mène en dehors de l'école, et aucune ronce ne fait obstacle à notre passage. Il suffit de marcher… marcher pendant quelques dizaines de minutes pour passer de l'école de l'Élite au château royal… en évitant la Grille épineuse et le sortilège de Ronces !

– J'y pense ! s'exclama Mathieu. Comment s'est passé ton interrogatoire dans le bureau de la comtesse Dacourt ?

Roméo bomba à nouveau le torse et annonça du ton d'un martyr :

– La comtesse m'a menacé de tous les supplices qu'elle était capable d'imaginer si je ne lui révélais pas comment j'ai fait pour pénétrer dans l'école malgré le sortilège !

– Et qu'as-tu fait ? demanda la voix impressionnée de Jurençon. Tu as réussi à garder le silence ?

– *Garder le silence ?* se vanta Roméo. La comtesse ne m'impressionne pas : je lui ai dit toute la vérité !

Un incroyable sentiment de déception s'empara de Mathieu. Son royaume semblait nettement moins alléchant, à présent que la comtesse Armance Dacourt en partageait le secret avec eux.

– Je lui ai déclaré que j'avais fait une découverte historique, expliqua Roméo, que le premier Élitien n'était pas mort, et qu'il existait un passage secret reliant le château du roi à la tour Disparue.

– Au moins, soupira Mathieu, j'espère que la comtesse a tenu sa promesse et qu'elle ne t'a pas puni…

Roméo reprit son souffle et tonna dans la crypte déserte :

– Au contraire ! Elle n'a pas cru un seul mot de mon histoire ! Elle m'a dit que j'aurais pu trouver une excuse moins farfelue que la résurrection d'un Élitien enterré quatre siècles plus tôt et la découverte d'une tour dont même Louis Serra et les frères Estaffes ne connaissent pas l'emplacement… J'ai répondu que si elle voulait bien me suivre à bord d'un lit, je lui prouverais que je n'étais pas un menteur ! C'est à cet instant que la comtesse a osé porter la main sur moi !

Jetant un coup d'œil à sa montre, Roméo fronça alors les sourcils.

– Il est bientôt l'heure du lit de vingt heures trente ! Dépêchons-nous si nous voulons retourner dans la bibliothèque ce soir… J'ai raté une fois le départ, et il n'y a pas d'autres voyages avant minuit !

Les quatre Prétendants et Juliette d'Or montèrent en courant l'escalier tortueux et se jetèrent sur le lit doré au moment précis où une petite nymphette, Aurore, s'apprêtait à le déplacer depuis le dortoir des Élitiens.

Lorsque Roméo ouvrit les rideaux du lit, une seconde plus tard, ils étaient de retour dans la bibliothèque silencieuse. Mathieu en descendit le premier et sentit son cœur battre deux fois plus fort. Sur le rebord d'une fenêtre, le chandelier qu'il avait disposé pour envoyer un signal à Louis Serra était éteint.

Chapitre 15
L'avertissement de l'Élitien noir

Cette nuit-là, Mathieu se coucha dans son propre lit, qui avait finalement séché plus vite que prévu. Posée sur sa couverture, la rose des Serments continuait de tournoyer dans les ténèbres. La découverte du passage secret de la tour Disparue ouvrait une nouvelle bataille contre Marie-Marie, à seulement deux jours de la cérémonie de mariage. Pourtant, Mathieu ne songeait qu'à une seule chose : avoir la certitude que Roméo avait bien prêté le serment des quatre ordres et déployé le sortilège de Ronces. Discrètement il scrutait le visage du Prétendant, assis sur le lit voisin.

– Qu'y a-t-il ? demanda Roméo, sur la défensive.
– Tu étais dans la bibliothèque, le soir de l'attaque de la clairière des Apprentis, n'est-ce pas ? interrogea Mathieu d'une voix légèrement sourde.

Le regard de Roméo se voila.

– Oui.

Il allait ajouter quelque chose, mais Mathieu ne lui en laissa pas le temps. Il venait de comprendre qu'il n'était plus qu'à un mot du secret que Louis Serra cherchait à percer. Roméo savait. Roméo savait quel Élitien avait lancé le sortilège de Ronces sur l'école ; quel Élitien avait maintenu Louis Serra hors de l'école ! Le secret du traître ne tenait plus qu'à un fil.

– Roméo, s'il te plaît…, chuchota-t-il. Pour déployer le sortilège de Ronces, il a fallu la présence d'un Élitien, d'un pré-Élitien, d'un Apprenti et d'un Prétendant… Qui est le représentant de l'ordre des Élitiens ?

Roméo Pompous se rapprocha. Cette question était la plus importante que Mathieu eût jamais posée dans sa vie. Celle dont pouvait dépendre le destin de l'Élite.

– Je ne me souviens jamais de son nom…, prétendit Roméo. Je ne l'ai croisé qu'une ou deux fois dans l'école…

Mathieu frémit puis son regard s'éclaira. Il s'empara de son album de l'école et l'ouvrit à la page consacrée aux Élitiens.

– Montre-moi lequel a déployé le sortilège, s'il te plaît !

L'attention de Roméo Pompous se porta immédiatement sur la vignette à laquelle Mathieu s'était attendu.

– C'était celui-ci, indiqua-t-il d'un ton catégorique. Julius Maxima Purple… Quel nom impossible à retenir !

Mathieu n'ajouta pas un mot. Il referma son album. Que devait-il faire ? Alerter les autres Élitiens ? Le croiraient-ils seulement ? Courir au bureau de la comtesse Dacourt ? Elle était certainement la seule personne en mesure de prendre la décision qui s'imposait. Mais s'il révélait tout à la comtesse, cette dernière apprendrait par la même occasion qu'il était en contact avec Louis Serra… Et si par malheur elle ne lui accordait pas sa confiance, le secret serait éventé. Julius Maxima redoublerait de vigilance.

Mathieu fut traversé d'un long frisson. Il était seul, enfermé dans une école glaciale, avec un homme qui avait mené une attaque meurtrière dans la clairière des Apprentis. Il ne pouvait avertir qu'une seule personne : le capitaine des Élitiens. Et, pour y parvenir, il devait à tout prix rompre le sortilège de Ronces. Il leva désespérément les yeux vers le plafond de la bibliothèque, dans l'espoir qu'une nymphette plongerait soudain dans sa direction pour lui ordonner de signer le registre. Il avait pourtant placé le chandelier comme Louis Serra le lui avait ordonné.

– Nous ne sommes pas seuls…, dit Roméo à cet instant.

Mathieu haussa le sourcil droit. Hormis Griffrigor, avachi devant la cheminée, la bibliothèque était vide.

— Il y a une nymphette élitienne, précisa Roméo du bout des lèvres. Elle nous épie…

Mathieu sentit son cœur battre à tout rompre. Il tourna immédiatement la tête vers le chandelier disposé au bord de la fenêtre. Une petite nymphette y était perchée. Mathieu tira aussitôt les rideaux de son lit au nez de Roméo et sortit du côté opposé, pour ne pas se faire repérer. La fée, qui avait observé sa manœuvre, prit son envol. Elle ne s'arrêta même pas et se contenta de chuchoter :

— Signez le registre avant minuit.

— Attendez ! la retint Mathieu. J'ai un message pour le capitaine !

Mais la fée venait de monter en flèche vers le plafond. Mathieu vit sa lueur approcher des portes entrouvertes de la bibliothèque. Il s'élança à sa poursuite. Il voulait à tout prix discuter avec elle, afin qu'elle puisse apprendre à Louis Serra la découverte de Roméo. Si le capitaine empruntait le passage de la tour Disparue, il pourrait revenir dans l'école sans briser le sortilège de Ronces et sans alerter le traître.

— Ne me suivez pas, gronda la fée en apercevant Mathieu sur ses talons. Si je suis surprise avant d'être passée devant le miroir, il me tuera…

Mathieu fronça les sourcils, muet de surprise. La nymphette en profita pour filer dans une galerie lugubre. Il allait courir après elle lorsqu'une silhouette, apparaissant au loin, l'en dissuada. Il s'empressa de disparaître dans une petite niche, derrière une statue sans tête. Une seconde plus tard, un Élitien passa devant sa cachette. L'homme lui tournait le dos, mais Mathieu l'aurait reconnu entre mille. Julius Maxima, l'arbre noirci, se dressait au milieu de la galerie. Soudain, la nymphette qui avait transmis le message de Louis Serra réapparut au loin, à travers un vitrail, comme un éclat de lumière flottant dans les airs. Julius Maxima cessa immédiatement de marcher. Il observa la lueur lointaine puis se jeta si vite dans l'escalier emprunté un instant plus tôt par la petite fée que son épée racla bruyamment les marches de pierre.

Dès que le silence revint, Mathieu quitta son refuge et avança lentement jusqu'à la fenêtre la plus proche. Suivre la progression de la nymphette, dans l'école obscure, était un jeu d'enfant. Mathieu voyait son éclat croître et décroître chaque fois qu'elle passait devant une fenêtre.

Alors il vit une ombre se lancer à sa poursuite. Ses poings se crispèrent. Julius Maxima gagnait du terrain. Soudain, la faible lueur de la nymphette s'éteignit.

Pris de panique, Mathieu traversa en courant

l'école déserte. Il avait oublié sa fatigue et le froid mordant. Une seule chose comptait désormais à ses yeux : permettre au capitaine de pénétrer à nouveau dans l'école. Lorsqu'il atteignit enfin l'Arbre doré, tout était silencieux et glacial.

Il était temps de découvrir ce que Louis Serra attendait vraiment de lui. Il était temps de tout risquer pour qu'il revienne enfin et mette un terme aux projets du traître. Lorsque Mathieu passa la main à travers les ronces noires qui recouvraient en partie le pupitre de l'école, son cœur battait vivement. Il s'empara de la plume et griffonna son nom à toute vitesse, craignant d'être surpris à tout moment. L'écriture énigmatique se dessina aussitôt dans les ténèbres, dévoilant le nouveau message de Louis Serra :

Il n'existe qu'un seul moyen de rompre le sortilège de Ronces sans alerter le traître. Un moyen terrible. Tu dois demander au Prétendant qui a déployé le sortilège un cruel sacrifice, Mathieu. Pour permettre mon retour dans l'école, il faut que ce Prétendant prononce le Serment noir.

Le cœur de Mathieu cessa de battre. Il ne savait pas précisément en quoi consistait le Serment noir, mais il savait, en revanche, qu'il s'agissait d'un serment maléfique. Un serment dont les paroles secrètes n'étaient connues que des Élitiens en personne, et que les enfants du royaume évoquaient en frissonnant, lors des longues veillées d'hiver. La légende prétendait que celui qui prononçait ces paroles interdites provoquait la destruction définitive de l'arbre cousu sur son cœur. Mathieu aurait été incapable de reprendre sa lecture, si les premières phrases n'avaient commencé à s'effacer, l'obligeant à la poursuivre.

Quelqu'un, dans l'école, t'aidera à convaincre ce Prétendant si tu n'y parviens pas. Il te protégera en mon absence. Tu dois comprendre que le traître est partout. Et qu'il peut prendre la forme d'une nymphette, d'un Prétendant, d'un Apprenti : tout le monde doit obéissance aux Élitiens.

Je regrette immensément, Mathieu. Mais c'est la seule solution que j'ai découverte pour sauver l'Élite. Les frères Estaffes sont sur le point d'accomplir ce que personne n'a accompli pendant quatre siècles. Ce n'est pas la vie de l'un d'entre nous qui est en jeu. C'est la survie de l'école elle-même. Si les frères Estaffes pénètrent dans la tour du Dr Soupont, s'ils achèvent ce que le traître a commencé dans la clairière des Apprentis, l'ordre des Élitiens disparaîtra.

Te contacter est de plus en plus difficile, Mathieu, et de plus en plus risqué. Le traître est aux aguets. Je ne t'enverrai plus aucune nymphette. C'est toi qui devras venir à elles. Demain, à l'aube, rends-toi dans le pigeonnier à nymphettes de l'école. Tu recevras mes dernières instructions. Pardonne-moi.

Mathieu resta plus longuement que jamais penché sur la page redevenue blanche, les mains tremblantes, le cœur battant à tout rompre. Il attendit qu'une nouvelle ligne s'inscrive. Il attendit que la voix de Louis Serra traverse le mur de ronces. Il attendit que la comtesse Armance Dacourt le surprenne à signer le registre. Mais, les minutes passant, Mathieu resta seul. Il passa, tête basse, sous les branches de l'Arbre doré. Pourquoi Louis Serra lui demandait-il une mission si difficile ? Qui était son *allié* dans l'école, celui qui l'aiderait et le protégerait ? Et comment convaincrait-il Roméo Pompous de se sacrifier... de sacrifier à tout jamais sa carrière de Prétendant élitien ?

Mathieu tâcha de se rassurer. Après tout, il ignorait ce qu'était exactement le Serment noir. Et Louis Serra refuserait de mettre en péril la vie d'un élève. Les paroles de la comtesse Dacourt lui revinrent pourtant en mémoire. Elle l'avait mis en garde plusieurs fois. « Louis Serra est prêt à tout, lui avait-elle dit. Y compris à sacrifier ceux qui l'aiment... Y compris à sacrifier un Prétendant. » Sur le chemin du retour, Mathieu attendait désespérément un signe de celui qui devait l'aider. Il croisa seulement un homme masqué; était-ce un Cœur noir… ou bien était-ce le traître? Il sembla à Mathieu que l'inconnu lui adressait un sourire sous son capuchon. Il hâta le pas.

Lorsqu'il pénétra dans la bibliothèque, Mathieu n'avait plus qu'une envie : se réfugier sous sa couverture, à l'abri du froid… et rêver peut-être de Marie-Marie, une nouvelle fois. Monter au sommet d'une tour et déposer un baiser sur les lèvres de la jeune fille avait ce soir-là quelque chose d'étrangement rassurant. Mais lorsqu'il arriva au cœur de la salle, il comprit que la nuit apaisante qu'il espérait n'aurait pas lieu. Un petit attroupement s'était constitué autour de son lit. Les nymphettes, perchées sur les poutres, étaient muettes. Certaines pleuraient des larmes dorées.

Mathieu ralentit malgré lui. Il avait reconnu Roméo, Pierre, Jurençon et Juliette, mais également la comtesse Armance Dacourt et le pré-Élitien Peter de Nemours. Il approcha timidement, se frayant un chemin entre les visiteurs silencieux. Sur son oreiller, une nymphette gisait. Le petit arbre doré, cousu sur le cœur de la fée, était aussi noir que sa luide. Ses paupières étaient closes, ses ailes repliées.

– Que s'est-il passé? balbutia Mathieu.

– C'est l'une des trois nymphettes du capitaine Louis Serra, révéla Jurençon d'une voix faible. C'est Juliette qui l'a aperçue… sur ton oreiller.

— Elle n'est pas...

— Si, elle est morte, annonça la comtesse Dacourt avec une douceur étonnante. Mathieu, j'aimerais que vous preniez cette fée entre vos mains, s'il vous plaît.

Mathieu adressa un regard incompréhensif à la comtesse, qui l'incita, d'un geste calme, à obéir. Le plus délicatement possible, il porta la créature dans le creux de ses mains. Pendant une seconde, une vive lueur étincela. Alors, brusquement, la vue de Mathieu se troubla. Il avait quitté la bibliothèque. Devant lui, il vit nettement un Élitien noir, le visage couvert d'un capuchon. Dans une main, l'Élitien portait un petit miroir argenté. Dans l'autre... une épée. À la vitesse de l'éclair, l'inconnu leva sa lame étincelante et l'abattit sur Mathieu.

Il poussa un cri et, ouvrant les yeux, se rendit compte qu'il n'avait pas quitté la bibliothèque. La nymphette de Louis Serra n'était plus entre ses mains.

— Lorsqu'une fée meurt, expliqua la comtesse Dacourt avec la même douceur que précédemment, elle retient sa lumière... Cette lumière est offerte à celui qui a eu le droit à sa dernière pensée. Cette nymphette pensait à vous, Mathieu, juste avant de mourir. Mais ce n'est pas tout... Dans le cas d'une mort violente, celui qui a le droit à sa dernière lumière reçoit également sa dernière vision.

Les larmes montèrent aux yeux de Mathieu. Ce qu'il venait de voir s'était produit un instant plus tôt. Il avait eu accès à l'esprit de la nymphette. Et le coup d'épée qu'il croyait destiné à sa propre personne était en réalité celui qui avait assassiné la fée. Mathieu se souvint aussitôt de la silhouette noire qu'il avait croisée en remontant jusqu'à la bibliothèque.

Lorsqu'il releva la tête, Peter de Nemours le dévisageait d'un œil pénétrant. Jamais le jeune homme n'avait tant ressemblé au capitaine Louis Serra. Son regard semblait dire à Mathieu qu'il était en sécurité, et ses lèvres murmurèrent :

– Avez-vous vu celui qui a fait cela ?

– Je...

– Qu'avez-vous vu, Mathieu ? insista la comtesse Dacourt.

Autour du lit, les nouveaux venus étaient de plus en plus nombreux. Un Élitien, le robuste Robin Tilleul, venait d'apparaître en personne. Mathieu chuchota, comme s'il avait voulu n'être entendu que de la comtesse :

– J'ai vu un Élitien noir... Un Élitien noir portant un capuchon, madame. Il me donnait... Je veux dire, il donnait à la nymphette un coup d'épée... Dans sa main gauche, il tenait un petit miroir.

La comtesse Dacourt, Peter de Nemours et l'Élitien Robin Tilleul échangèrent quelques paroles.

– Savez-vous pourquoi l'une des nymphettes de Louis Serra pensait à vous au moment de mourir, pourquoi elle a été assassinée… et pourquoi elle a été retrouvée dans votre lit, Mathieu Hidalf ? interrogea l'Élitien avec autorité.

Mathieu avait la réponse à ces trois questions. Et même aux questions que Robin Tilleul n'avait pas osé lui poser. Le traître avait découvert que Mathieu était en contact avec Louis Serra. Il devait craindre le retour du capitaine. Et il voulait empêcher toute communication entre eux. Et le traître était sans aucun doute Julius Maxima. Pendant une seconde, Mathieu hésita à tout révéler. À révéler ses soupçons et ses inquiétudes. Mais ce fut la comtesse elle-même qui l'en empêcha en ordonnant à Peter de Nemours :

– Peter, réunissez les Élitiens et convoquez les Cœurs noirs. Je veux qu'ils surveillent l'école de jour comme de nuit. Il faut trouver un moyen de rompre le sortilège de Ronces pour pouvoir reconduire les élèves chez eux, avant que tout cela ne tourne beaucoup plus mal…

– Où est… le corps de la nymphette de Louis Serra ? bredouilla Mathieu en scrutant ses mains vides.

– Elle a disparu en même temps que sa dernière

lueur, répondit la directrice. Dormez, Mathieu Hidalf. Et si une nouvelle nymphette vous approche, de près ou de loin, alertez-moi immédiatement. À présent, que tout le monde quitte cette bibliothèque.

Peu à peu, la salle se vida. Seul Peter de Nemours resta longuement, droit comme une lame d'épée, devant le lit vert où la nymphette avait péri. Mathieu crut que le jeune homme voulait parler à Juliette. Mais il n'accorda aucun regard à la jeune fille. La main posée rageusement sur le pommeau de son épée, il continuait de fixer l'oreiller où la nymphette avait été découverte. Mathieu l'observait en silence. Et plus les secondes passaient, plus il se sentait rassuré au côté de Peter de Nemours. Lorsque le pré-Élitien s'enfonça dans les ténèbres de la bibliothèque, au plus près des fenêtres, Mathieu le suivit sans un mot. Remarquant sa présence, Peter de Nemours déclara :

— Vous comprenez que vous ne devez plus quitter cette salle, n'est-ce pas, Mathieu Hidalf ?

— Que voulez-vous dire ?

— Vous m'avez compris. Je veux dire que vous n'êtes plus en sécurité. Je dois vous protéger d'un Élitien. Et s'il le faut, je n'hésiterai pas à le combattre. Mais cet Élitien peut envoyer *n'importe qui* vous espionner. Je ne laisserai personne vous approcher jusqu'à la fin du sortilège. Personne.

Mais j'ai besoin que vous soyez le plus prudent possible. Pour commencer, vous allez dormir dans un autre lit que le vôtre.

Mathieu fronça les sourcils.

– Pourquoi ?

– Parce que le traître peut à tout moment appeler votre lit et vous arracher à ma protection. Il sait. Désormais, il sait tout. C'est ce qu'il a voulu nous faire comprendre en tuant l'une des trois nymphettes du capitaine Louis Serra…

– Comment le capitaine vous a-t-il prévenu ? demanda Mathieu.

– Comme vous, reconnut Peter de Nemours. Nous savons tous que Louis Serra est en dehors de l'école… Et j'ai reçu moi aussi la visite de sa nymphette personnelle. Je sais qu'il cherche à rompre le sortilège de Ronces. Je sais qu'il vous a confié une mission. Et j'ai fini par deviner de quelle mission il s'agit…

Peter de Nemours ajouta d'une voix plus basse mais toujours aussi ferme :

– Avez-vous découvert l'identité du Prétendant qui a déployé le sortilège de Ronces ?

Mathieu releva les yeux et les plongea dans les carreaux noirs, en direction de la tour du Dr Soupont. Mais la vitre ne lui renvoyait que son propre reflet, blême et inquiet.

– J'ai mis beaucoup de temps avant de le trouver,

chuchota-t-il. Je crois qu'il s'agit de Roméo Pompous...

— Lui avez-vous déjà parlé du Serment noir ?

— Je n'ai pas osé. Je ne peux pas faire ça... pas à Roméo Pompous.

— Dans ce cas, dit Peter de Nemours, je le ferai moi-même. Il en va de la survie de l'école. Et de votre propre survie... L'Élitien qui veut vous empêcher de rompre le sortilège de Ronces a tué une nymphette ce soir... Mais s'il apprend, s'il pressent, s'il envisage seulement que vous avez *déjà* le moyen de rompre le sortilège de Ronces, alors c'est à vous qu'il s'attaquera.

Sans regarder Peter, Mathieu lâcha faiblement :

— Le traître est Julius Maxima.

Lorsqu'il se retourna, Peter de Nemours avait disparu. Au loin, Pierre, Roméo, Jurençon et Juliette l'observaient avec inquiétude. Le calme, le silence et l'obscurité étaient revenus dans la bibliothèque.

— Tu peux compter sur moi, Mathieu, dit Pierre d'une voix forte.

— Et sur moi, bien sûr, renchérit Jurençon.

Juliette se contenta de sourire d'un air triste. Roméo poussa un soupir et conclut avec un éclat de rire nerveux :

— Si je ne risque rien, tu peux également compter sur moi !

*

Juliette d'Or choisit un livre de contes de la célèbre grand-mère édentée. Un conte qui s'intitulait *L'Helios et la Belle Endormie*. Pierre, Jurençon, Mathieu et Roméo s'étaient allongés dans quatre lits voisins et écoutaient la jeune fille, assise dans un fauteuil. Plus tard, lorsque Juliette referma lentement son ouvrage, seul Pierre était encore éveillé. Il était si sombre, sous ses cheveux blonds, que la jeune fille ne put s'empêcher de frémir.

Pierre Chapelier n'était plus un enfant depuis longtemps. Et, cette nuit-là, il ne s'endormit que lorsque l'obscurité fut profonde et silencieuse. Il vit, sur la curieuse rose qui ne quittait pas le lit de Mathieu, un pétale se détacher aux douze coups de minuit. À vrai dire, la fleur n'en comptait plus que deux, et devenait de plus en plus effrayante au fil des jours.

Dans son lit, Mathieu eut un léger sursaut. Mais il dormait profondément, Griffrigor couché contre sa nuque. Avant de succomber au sommeil, Pierre discerna dans les ténèbres le contour d'une silhouette noire et inquiétante. C'était celle de Peter de Nemours, une main sur le pommeau de son épée, qui défiait la nuit noire.

Chapitre 16
À la lueur des nymphettes

Toute l'école avait appris la disparition de la nymphette de Louis Serra. Et curieusement, la perte de cette fée minuscule avait fait beaucoup plus d'effet que l'attaque de la clairière des Apprentis. Pour beaucoup d'élèves, les trois nymphettes légendaires du capitaine étaient plus importantes que le capitaine lui-même. Et ce matin-là, pour la première fois depuis la rentrée de Mathieu, personne n'évoqua son mariage avec Marie-Marie et ne simula une brûlure sur son cœur en guise de moquerie. Au contraire, tous les Apprentis rêvaient d'interroger Mathieu au sujet de la dernière pensée que lui avait transmise la nymphette. Tout le monde évoquait le cas de ce mystérieux Élitien portant un capuchon. Et cette fois-ci, chacun était prêt à croire Mathieu Hidalf aveuglément.

Il se produisit même une chose incroyable, que constatèrent avant le lever du soleil les élèves les plus matinaux : sur ordre du directeur général, l'imposant baron Hudson, les célèbres Cœurs noirs qui protégeaient l'école, et dont nul n'était censé connaître l'identité, ne portèrent plus leur capuchon et agirent à visage découvert. Cette annonce venait certes du baron ; toutefois on prétendait déjà que la comtesse Dacourt avait dû non seulement parlementer de longues heures, mais encore déposer sa démission sur le bureau du directeur, pour obtenir son accord.

*

Dans la bibliothèque, Roméo Pompous et Jurençon, réveillés de bonne heure, venaient d'ouvrir leur album de l'Élite, pour comparer leurs dernières acquisitions. Les deux enfants possédaient l'une des plus belles collections du royaume. Cependant, lorsque Roméo jeta un coup d'œil à l'album de Jurençon, il ne tarda pas à constater que ce dernier ne possédait plus aucune carte de valeur.

— Tu as perdu ton album récemment ? demanda-t-il avec un mauvais pressentiment.

— Bien sûr que non, répliqua Jurençon d'un air étonné. Pourquoi ?

— Je me souviens que tu avais à cette page une vignette brillante des six frères Estaffes ! siffla Roméo. Je t'avais proposé de te l'échanger contre dix autres cartes !

— Je l'ai échangée contre cet escalier à Mathieu,

répondit fièrement le neveu du roi, en désignant une image dont un enfant de quatre ans n'aurait même pas voulu. Belle affaire, n'est-ce pas ?

Roméo rougit de confusion.

— Quand tu dis que tu l'as *échangée*, suffoqua-t-il, tu veux dire que Mathieu t'a également donné cinq mille diamantors en pièces d'or, *n'est-ce pas* ?

Le silence de Jurençon fut si éloquent que Roméo manqua de s'évanouir, horrifié.

— Je déteste Mathieu Hidalf ! s'écria-t-il. Il savait que je voulais cette vignette ! Il le savait !

Justement, les rideaux du lit de Mathieu s'agitèrent à cet instant. Pierre, qui attendait son réveil, se redressa. Mais ce fut Griffrigor qui bondit hors du lit, en poussant un miaulement peu courtois. Les rideaux étaient restés entrouverts, dévoilant un lit vide. Et, chose plus étrange encore, la constitution des Élitiens était posée en évidence à côté de l'oreiller de Mathieu, qui avait juré cent fois qu'il ne la lirait jamais.

Une vieille lettre de Mme Hidalf était glissée entre deux pages. Pierre avait malgré lui posé les yeux sur l'énorme volume. Tandis que Roméo menaçait Jurençon de lui envoyer son album dans la figure, Pierre se leva, hésita, se saisit de la constitution, la reposa et enfin l'ouvrit en silence. Le chapitre qu'avait lu Mathieu s'intitulait « Droits et devoirs des Élitiens ». Les mains de Pierre tremblèrent à mesure qu'il lisait la page à laquelle la lettre était glissée :

Au sujet du Serment noir

Le Serment noir est un serment maléfique et néfaste, aux effets incurables.

Il est strictement défendu aux élèves de l'école de l'Élite, à ses professeurs et aux Élitiens eux-mêmes de mentionner l'existence du Serment noir, serment maléfique interdit par le capitaine Louis Serra au lendemain de sa prise de fonction.

Toute recherche d'un Prétendant ou d'un Apprenti au sujet du Serment noir est passible d'un bannissement de l'école et tout usage du serment est passible de poursuites en justice devant le tribunal des Élitiens.

– Quelqu'un a-t-il vu Mathieu ? demanda Pierre d'une voix forte, qui surprit Jurençon et Roméo.

– Il ne dort pas ? s'étonna Juliette, en passant la tête hors de son lit.

– Je l'ai vu quitter la bibliothèque à l'aube, expliqua Roméo. Je pense qu'il a besoin de solitude... pour réfléchir au prénom des enfants qu'il aura avec Marie-Marie.

Jamais Roméo Pompous ne regretta autant une plaisanterie. D'abord parce qu'elle ne fit rire personne, ensuite parce que Juliette d'Or, dont il avait oublié la présence, lui adressa un regard accablant. Roméo rougit et décréta d'un ton ferme :

– Il faut le retrouver !

*

Mathieu avait obéi à la consigne de Louis Serra. Aux premières lueurs du jour, il s'était rendu tout droit au pigeonnier à nymphettes de l'école, sans croiser âme qui vive sur son chemin. Cet endroit était strictement interdit aux élèves. Cependant, aucune grille n'empêchait d'y accéder : n'importe quelle personne sensée savait d'instinct qu'il ne fallait pas pénétrer dans le repaire des nymphettes. Car, si par malheur les créatures paniquaient et prenaient leur envol, les témoins risquaient fort d'être aveuglés à tout jamais.

Ce fut donc d'un pas prudent que Mathieu pénétra dans la tour ouverte aux quatre vents. La neige qui couvrait le sol crissait sous ses pas. Il avait rabattu son capuchon, pour y enfouir son visage en cas d'envol des fées. Cependant, lorsqu'il atteignit le cœur du pigeonnier, seule la pâle lumière du soleil éclairait les milliers de perchoirs. Ils s'étendaient à des hauteurs vertigineuses, au-dessus de Mathieu. Et sur la plupart d'entre eux, une nymphette sommeillait en silence. Si Griffrigor avait été là, il aurait semé un désordre sans nom.

Mathieu considéra en silence les nymphettes

endormies, se demandant laquelle allait lui communiquer l'ordre du capitaine. Mais, après quelques secondes qui parurent à Mathieu une éternité, nulle nymphette ne lui avait accordé la moindre attention. Au sommet, quelque part, un battement d'ailes résonna. Inclinant la tête par prudence, Mathieu comprit alors qu'aucune fée ne lui transmettrait d'informations de la part de Louis Serra : sur le sol blanc du pigeonnier, quelqu'un avait écrit sur la neige. Les lettres étaient fraîchement tracées. Il n'y avait pourtant aucune empreinte de pas alentour. C'était peut-être une nymphette qui avait inscrit les quelques mots dans l'épaisseur neigeuse. Mathieu les déchiffra péniblement. Il était indiqué :

Ce soir
Minuit
Si le sortilège de Ronces n'est pas rompu
Les frères Estaffes triompheront

Mathieu fut parcouru d'un long frisson. Le message était difficilement déchiffrable ; et il avait deviné le nom des frères Estaffes plutôt qu'il ne l'avait lu. Il croyait comprendre parfaitement l'instruction de Louis Serra. Le capitaine voulait que Roméo prononce le Serment noir à minuit précis. Mais le plus important ne lui avait pas encore été révélé. Il ignorait les paroles à formuler pour que le Serment fasse effet. Louis Serra lui enverrait-il une nouvelle nymphette ? Ou bien Peter de Nemours connaissait-il le serment ? On prétendait pourtant que seuls les Élitiens en savaient le secret... Peut-être suffisait-il de murmurer : « Je fais le Serment noir » ?

Inquiet, Mathieu commençait à effacer l'inscription inscrite dans la neige lorsqu'une faible lueur éclaira le pigeonnier. Levant les yeux, il vit que toutes les nymphettes commençaient à déployer leurs ailes. Il plaqua immédiatement ses deux mains sur ses paupières et plongea contre le sol. La lumière ne cessait de s'accroître autour de lui.

Comme la pénombre revenait, Mathieu découvrit prudemment son visage. La chaleur produite par les nymphettes avait fait fondre la neige, emportant le message de Louis Serra dans un sillon boueux. Mais ce n'était pas tout : quatre lignes, gravées sous la couche de neige, attirèrent l'attention de Mathieu. Lorsqu'il passa le doigt sur les premiers mots, son arbre doré crépita. C'était la preuve que l'inscription était maléfique. Peut-être était-elle gravée là de toute éternité, sans que la direction de l'école eût pu l'effacer. Mathieu lut à voix basse les deux premiers vers :

*Sur mon arbre doré
Je poserai la paume*

Dès les premiers mots, l'arbre cousu sur son cœur noircit étrangement. Mathieu retint son souffle. Il ne prononça pas les deux autres vers à voix haute :

*Pour renier son éclat
Et la Foudre fantôme*

Ces quatre vers insignifiants étaient les plus terribles que puisse prononcer un Élitien. Et le Serment noir, tellement secret, se trouvait en fait gravé dans l'école. Au-dessus de lui, Mathieu vit alors quelques nymphettes s'agiter. Elles semblaient avoir entendu quelque chose dans le lointain. Soudain, une sorte de sifflement aigu retentit. Il fut accompagné presque aussitôt d'un hurlement puis d'un grand « boum ».

Octave Jurençon, chaussé de ses bottes de sept lieues pour parcourir l'école le plus rapidement possible, venait de mettre la main sur Mathieu. Hélas ! le neveu du roi glissa sur la neige fondue du pigeonnier et heurta l'un de ses murs de plein fouet. La tour s'ébranla tandis qu'une nuée de nymphettes paniquées s'envolait dans un ouragan de lumière. Mathieu eut tout juste le temps de revêtir son capuchon et de se plaquer au sol.

Autour de lui, des milliers de battements d'ailes produisaient un bruissement infernal. Lorsque ce vacarme lumineux prit fin, il murmura :

– Jurençon, tu es mort ?

– Ze ne crois pas, répondit le neveu du roi. En revanze, z'ai perdu zertaines de mes dents…

*

Alors qu'une dernière nymphette, paniquée, s'enfuyait par une fenêtre, les pas redoutables de la comtesse Armance Dacourt résonnèrent à l'entrée du pigeonnier.

– Zut, fit Jurençon.

– Tu veux dire « chut » ? rectifia Mathieu.

– Non, ze veux dire « zut ». Zi la comtesse découvre que z'ai porté les bottes, ze zuis perdu à tout zamais… Zouviens-toi ! Elle nous a interdit de les utiliser. Ze ne dois zurtout pas parler !

Mathieu haussa le sourcil droit tandis que Jurençon se déchaussait et jetait, par une fenêtre, les deux bottes de sept lieues, afin de pouvoir les récupérer plus tard. Pénétrant dans le pigeonnier, la comtesse Dacourt n'eut pas même besoin de s'assurer du nom du coupable pour annoncer :

– Mathieu Hidalf, dans mon bureau.

Elle fut à peine plus surprise en découvrant Jurençon, légèrement rouge, qui avait déjà semblé plus malin qu'à cette heure : pieds nus, à moitié assommé, décoiffé par sa course folle, le neveu du roi semblait tout droit sorti d'une tempête. Mathieu s'empressa d'obéir. La comtesse n'avait, heureusement, prêté aucune attention au Serment noir gravé dans le sol du pigeonnier. Dehors le vent redoubla, comme s'il avait voulu dissimuler cette preuve, et la neige ne tarda pas à recouvrir la mystérieuse inscription.

*

– Puis-je savoir pourquoi deux Prétendants se sont rendus ce matin dans le pigeonnier à nymphettes, alors qu'un enfant de trois ans a déjà la présence d'esprit suffisante pour éviter ce genre d'endroit ? interrogea la comtesse Dacourt avec fermeté.

Jurençon et Mathieu inclinèrent tous les deux la tête d'un air coupable.

– Nous sommes allés dans le pigeonnier pour capturer un chat doré qui voulait y semer le trouble, madame, prétendit Mathieu.

– Avez-vous été aveuglés ? soupira la comtesse.

– Nous allons bien, affirma Mathieu. Nous avions nos capuchons pour nous protéger de la lueur des nymphettes…

La comtesse considéra alors Jurençon, de plus en plus soupçonneuse.

– Octave, dit-elle, je dois dire que votre conduite se dégrade.

– C'est parce que j'ai une mauvaise influence sur lui, madame la comtesse, s'accusa Mathieu, une main sur le cœur pour bien appuyer ses regrets.

Il comprit son erreur une seconde trop tard : son aveu était venu bien trop vite.

– Et puis-je savoir ce que vous faisiez, monsieur Jurençon, questionna la comtesse d'une voix glaciale, pieds nus, en plein hiver, à plusieurs minutes de marche de votre lit, dans ce pigeonnier ?

Mathieu s'apprêtait à inventer un nouveau mensonge, mais la comtesse ajouta :

– Taisez-vous, Mathieu Hidalf. Octave, rassurez-moi… Vous n'avez pas donné votre langue *au chat* ?

Jurençon pâlissait à vue d'œil. Mathieu crut une seconde qu'il réfléchissait à une phrase ne contenant aucun « s » pour ne pas trahir son zozotement. Au lieu de cela, le neveu du roi répondit :

– Z'est-à-dire que non, pas précizément. En revanche, ze crois que z'ai perdu des dents, madame. Pourrais-ze voir le Dr Zoupont, ze vous prie ?

Jurençon semblait sur le point de perdre connaissance. La comtesse tira immédiatement une longue corde qui pendait le long d'un mur. Un son de cloche retentit dans les profondeurs de la tour Directrice. L'instant suivant, un Cœur noir frappait à la porte du bureau et y pénétrait.

– Madame la comtesse ?

— Conduisez M. Octave Jurençon auprès du Dr Soupont, ordonna-t-elle.

Mathieu n'en crut pas ses oreilles. Jurençon allait pénétrer dans le lieu qui attirait les convoitises de toute l'école depuis l'attaque de la clairière des Apprentis.

— Vous savez que nul n'est autorisé à pénétrer chez le Dr Soupont sans passer devant le miroir des Élitiens, madame, objecta le Cœur noir. Mais l'usage du miroir est interdit sur les Prétendants. J'ai besoin d'une autorisation écrite de votre part pour faire usage du miroir sur Octave Jurençon.

— Et si je refuse ? riposta sèchement Armance Dacourt.

— Dans ce cas, M. Octave Jurençon n'aura pas accès à la tour du Dr Soupont.

— Zut, fit Jurençon.

— Il veut dire « chut », expliqua Mathieu.

— Non, ze veux dire « zut ».

— Allez chercher le miroir, conclut la comtesse Dacourt. Nous vous attendons ici même.

Tandis que Jurençon patientait, tête basse, Mathieu observait la porte du bureau avec impatience ; ce n'était pas la première fois qu'il entendait parler d'un étrange miroir. C'était sans doute le même que celui qu'il avait aperçu dans sa vision, à la main de l'Élitien noir qui avait assassiné la nymphette de Louis Serra. C'était sans doute également celui que les Cœurs noirs avaient voulu utiliser sur Pierre, Jurençon et lui-même, lorsqu'ils avaient tenté de pénétrer chez le Dr Soupont, le lendemain de l'attaque. Enfin, une petite nymphette avait dit qu'elle serait tuée, si elle ne passait pas devant un mystérieux miroir. Et Mathieu allait enfin découvrir ses effets, sur Octave Jurençon.

L'effet fut nettement moins impressionnant que ce qu'il avait imaginé. Le Cœur noir revint avec un magnifique miroir à main, argenté et représentant des Élitiens agenouillés. Il le plaça devant le neveu du roi. Aussitôt, un éclat argenté envahit le bureau de la comtesse, et Jurençon, comme si de rien n'était, prit la direction de la tour du Dr Soupont, soutenu par le Cœur noir.

— Je crois que je vais l'accompagner ! s'exclama Mathieu en se levant.

— Et moi, répliqua la comtesse, je crois que vous allez vous taire et vous rasseoir.

Les épaules de Mathieu retombèrent. Il s'assit en face d'Armance Dacourt. La directrice effectua alors un signe à l'intention des nymphettes rangées à son service. Chacune des fées quitta le bureau sans prononcer un mot, tandis que la directrice allumait un chandelier. Mathieu comprit que l'heure des explications était venue.

— Ce miroir, commença la comtesse, est un miroir enchanté extrêmement dangereux. J'en ai interdit l'usage sur les Prétendants… Octave Jurençon, lorsqu'il sortira du cabinet du docteur, observera à nouveau son reflet dans cet objet magique. Et il oubliera *tout*, absolument tout ce qu'il s'est produit entre ses deux regards… Vous comprenez ?

Mathieu ne manifesta aucune réaction. Pourtant, il se disait qu'un tel miroir pouvait être une arme terrifiante aux mains du traître. Si Julius Maxima s'en servait pour donner des missions à des élèves de l'école, non seulement ces derniers seraient obligés de lui obéir, mais en plus aucun ne pourrait témoigner contre l'Élitien.

— Ce miroir est généralement réservé aux Cœurs noirs, poursuivit la comtesse. Les Cœurs noirs sont les yeux et les épées des Élitiens… Mais avant et après chaque mission, ils passent devant le miroir d'oubli. La plupart d'entre eux n'ont pas le moindre souvenir des dangers qu'ils ont affrontés et des ordres auxquels ils ont obéi dans leur carrière… Hélas ! depuis quelques jours, le miroir a servi plus largement. Il sert à ce que *personne* ne puisse savoir qui est enfermé dans la tour du Dr Soupont. Les Cœurs noirs eux-mêmes l'ignorent… et je vais vous apprendre quelque chose que je ne devrais pas vous dire, Mathieu : la grande majorité des Élitiens eux-mêmes ne sait pas ce qu'il se trame dans la tour de Soupont.

Malgré lui, Mathieu resserra ses mains sur les

accoudoirs de son fauteuil. Jamais il n'aurait imaginé que les Élitiens puissent ignorer ce qu'il s'était produit la nuit de l'attaque. Il comprit brusquement que la comtesse Dacourt ne savait rien, elle non plus. Il comprit qu'elle devait secrètement nourrir une colère noire. Il comprit que tout échappait à son contrôle depuis plusieurs jours et qu'elle espérait, pour la première fois, que Mathieu en saurait plus qu'elle.

– Mon neveu, Tristan Boidoré, est désormais un jeune homme, dit-elle. En tant que pré-Élitien, il a déjà plus de pouvoirs que je n'en aurai jamais dans ce royaume... mais Tristan a seulement dix-sept ans. À bien des égards, il est encore un enfant. Et il a disparu voilà quatre jours...

Le cœur de Mathieu battait à tout rompre. Il avait le sentiment de conclure une trêve avec un vieil ennemi. Baissant les yeux, il annonça :

– Votre neveu est en vie, madame... Je crois même pouvoir dire qu'il n'est pas blessé. Mais je n'ai rien pu découvrir d'autre. La tour est trop bien gardée, le fil d'or est impossible à tromper, les Cœurs noirs sont partout...

Armance Dacourt parut immensément soulagée.

– Merci, dit-elle.

Mathieu se leva et quitta son bureau. Il ne croyait pas se souvenir que la comtesse l'ait déjà remercié par le passé.

Chapitre 17
La dernière heure de gloire de Mathieu Hidalf

Avant de regagner la bibliothèque, Mathieu courut à nouveau jusqu'au pigeonnier. Il pensait avoir retenu le Serment noir, mais il souhaitait le relire une seconde fois. Puis il prendrait ses responsabilités et dévoilerait tout à Roméo Pompous.

Il atteignait le pigeonnier lorsqu'il remarqua des empreintes de pas dans la neige. Les nymphettes n'avaient pas encore regagné leurs perchoirs. Et quelqu'un venait tout juste de racler la neige qui couvrait le sol. Le Serment noir étincela même, une courte seconde, à la lueur d'un rayon de soleil. On avait pénétré dans la tour depuis le passage de Mathieu. Il approcha alors de la fenêtre par laquelle Jurençon avait jeté les bottes de sept lieues. Soudain, une main noire le plaqua contre le mur effrité du pigeonnier. Mathieu reconnut avec soulagement Peter de Nemours.

– Ne prenez plus aucun risque de cette sorte, Mathieu, ordonna le jeune homme. Julius Maxima a découvert le serment. Il sait désormais ce que nous projetons. Ne quittez plus la bibliothèque… Et parlez à Roméo. Il est notre seule chance. D'ailleurs, il recevra les plus grands honneurs. Son nom sera immortalisé par le capitaine Louis Serra…

– Mais il devra quitter à tout jamais l'école ! répondit Mathieu d'une voix lugubre.

– Ne restez pas ici, répondit Peter de Nemours. Courez vous mettre à l'abri ! Ne parlez à personne… À aucun Apprenti, à aucun Élitien. Retrouvez-moi ce soir, après avoir dîné dans la galerie des Chandelles, devant le vitrail de la tour Disparue. D'ici là, il faudra que vous ayez dit la vérité à Roméo Pompous.

– Peter… Un instant !

Peter de Nemours dévisagea Mathieu d'un air à la fois pressant et inquiet.

– Je ne peux pas demander un tel sacrifice à Roméo Pompous sans qu'il sache au moins pour qui il se sacrifie… Est-ce que vous savez qui a été attaqué dans la clairière ?

– Vous n'avez pas deviné ?

Mathieu fit un signe négatif de la tête.

– Nous avons cru, un temps, qu'il s'agissait de Tristan… mais…

— Ce soir-là, dans la clairière des Apprentis, ce n'est pas un membre de l'Élite qui était visé…

Peter se rapprocha de Mathieu et chuchota à son oreille ces mots qu'il n'oublierait jamais :

— La Foudre fantôme a été transpercée en plein cœur. On dit qu'elle ne brille plus. Qu'elle ne se nourrit plus. Qu'elle n'a plus ouvert les yeux depuis l'attaque. La Foudre va périr. À moins d'un miracle. Et ce miracle est peut-être le capitaine Louis Serra.

*

En quittant Peter de Nemours, Mathieu courut jusqu'à la bibliothèque. Il lui semblait entendre le galop de la Foudre fantôme derrière lui. Il avait encore un espoir. Un espoir infime de sauver Roméo et de faire revenir Louis Serra avant même que minuit eût sonné. En arrivant à la bibliothèque, il se tourna vers les dizaines de nymphettes qui s'y trouvaient habituellement. À voir l'expression inquiète de leur protégé, les fées vinrent se poser autour de lui. Mathieu s'assura qu'ils étaient bien seuls. Les nymphettes étaient sa dernière chance. Il allait les envoyer, grâce au passage secret de la tour Disparue, dans tout le château du roi et dans tout le royaume, avec une seule mission, un seul objectif : trouver Louis Serra avant la fin du jour, lui permettre de revenir dans l'école par ce même passage de la tour Disparue. Non seulement il ne serait pas nécessaire que Roméo prononce le Serment noir, mais en plus le traître ne se douterait pas du retour du capitaine.

Mathieu expliqua le projet aux nymphettes. Pas une ne frémit. Pas une n'hésita. La froussarde Adélaïde elle-même semblait prête à tout pour retrouver la trace de Louis Serra.

Un instant plus tard, quelques Apprentis se retournèrent sur Mathieu Hidalf en apercevant une centaine de nymphettes silencieuses voler dans son dos et éclairer ses pas. Une fois réunies dans le dortoir des Élitiens, les dizaines de fées montèrent à bord d'un lit, que Mathieu envoya en moins d'une seconde dans la tour Disparue. Adélaïde prit la tête de la nuée et conduisit la troupe dans l'escalier secret du premier Élitien.

Dans les jardins enneigés du roi, un garde sursauta lorsqu'un ouragan de nymphettes jaillit des profondeurs d'un puits. La multitude de fées se dispersa aussitôt et se jeta dans le château comme une armée furieuse.

*

Dix fois, Mathieu s'enferma à l'abri de son lit vert. Dix fois, il en ressortit pour prendre la direction de la table sur laquelle Roméo Pompous, qui avait vu trois Apprentis changer la couleur de leur luide en blanc pour se camoufler dans la neige, tâchait de réussir à son tour cette prouesse. Mais quelque chose retenait toujours Mathieu. Malgré l'ordre du capitaine Louis Serra, il ne pouvait se résoudre à révéler la vérité à Roméo. Peut-être était-ce parce qu'il espérait que la recherche des nymphettes porterait ses fruits.

Lorsque Jurençon fit son retour dans la bibliothèque, le pauvre attira bien involontairement une foule d'Apprentis. La nouvelle avait fait le tour de l'école : le neveu du roi avait pénétré dans la tour de Soupont. Mais, à chaque question, Jurençon donnait la même réponse : « Je ne me souviens de rien. De rien du tout... » Il ne savait même pas combien de temps il avait passé chez le docteur. Et, évidemment, il ignorait surtout qui y était réfugié.

Peu à peu, les Apprentis cessèrent d'affluer dans la bibliothèque, et Jurençon s'allongea sur son lit, l'air sombre. Mais curieusement, la réponse à la question que les élèves se posaient inlassablement depuis l'attaque de la clairière des Apprentis se répandit dans l'école. La rumeur enflait, répétée de bouche en bouche, de nymphette à nymphette : chacun entendit bientôt parler de la Foudre fantôme, qu'on disait mourante dans la tour du Dr Soupont.

Mathieu ignorait comment la nouvelle s'était ébruitée ; était-ce une nymphette qui avait surpris sa conversation avec Peter de Nemours ? Ou bien le jeune homme avait-il volontairement diffusé cette rumeur ? Dans la bibliothèque, Roméo, Jurençon et Juliette n'avaient que ce sujet à la bouche.

Lorsque le soleil déclina, que les allées de l'école noircirent, Mathieu se leva mécaniquement. Il avait ordonné aux nymphettes de revenir à la tombée du jour. Il se rendit au dortoir des Élitiens et y rappela le lit qu'il avait envoyé dans la tour Disparue, espérant de tout son cœur que Louis Serra se trouverait à son bord. Mais le lit ne contenait qu'une centaine de nymphettes, muettes, les ailes basses.

– Aucune trace du capitaine, avoua Adélaïde. Nous avons parcouru tout le château, une partie des jardins et des ruelles du royaume. Nous avons interrogé les nymphettes du service royal... Personne n'a vu Louis Serra dans le château !

De retour dans la bibliothèque, Mathieu trouva Roméo, debout sur son matelas, essayant à nouveau de blanchir sa luide par la seule force de sa pensée. Hélas ! cette dernière était aussi noire que d'habitude.

– Nous allons dîner ? proposa Roméo que tout ce travail inutile avait affamé. J'ai une faim de loup !

– Oui, répondit Mathieu. Mais j'aimerais que nous soyons seuls... Je dois te parler...

Roméo prit un air grave, bomba le torse et s'exclama :

– À table !

Pierre, qui s'était endormi sur son livre à force d'avoir résisté au sommeil cette nuit-là, se réveilla dans une bibliothèque silencieuse. L'obscurité avait recouvert l'école. Il se leva en hâte et se précipita dans les couloirs.

*

La galerie des Chandelles était aussi lugubre que d'ordinaire, mais elle était presque déserte ce jour-là. Roméo grelottait en pestant contre l'hiver, et se demandait si la rumeur qui courait au sujet de la Foudre fantôme était fondée ou non. Selon lui, c'était une idiotie : comment quelqu'un aurait-il pu atteindre la créature légendaire avec une simple épée ?

Mathieu ne répondait pas. Ses mains tremblaient légèrement. Mais le froid n'y était pour rien. Il ne savait ni quoi dire ni quoi faire, et, au fond de lui, il récitait les paroles du Serment noir, comme s'il avait craint de les oublier. Elles agissaient comme une sorte de poison. Un poison qui ne le quitterait plus : *Sur mon arbre doré*, se répétait-il, *je poserai la paume*. Ses yeux étaient plongés dans son assiette, qu'il n'avait pas touchée. *Pour renier son éclat… Et la Foudre fantôme.*

Le regard de Mathieu s'assombrit de seconde en seconde. Il ressembla bientôt à celui qui avait fait trembler le roi et son père pendant des années.

– Eh bien ? lança Roméo d'une voix enjouée. Tu as souhaité que nous dînions seuls pour me parler de Juliette d'Or, n'est-ce pas ? Est-ce que tu crois que je l'ai impressionnée ?

– Oui…, balbutia Mathieu. Ou plutôt… non, je veux dire non. Je dois te parler de quelque chose de grave, Roméo. De quelque chose au sujet des quatre ordres, qui ont lancé le sortilège de Ronces…

Le visage de Roméo se métamorphosa.

– Tu as deviné, n'est-ce pas ? chuchota-t-il.

– Oui…

– Tu peux compter sur moi. Je garderai le secret.

Mathieu releva lentement la tête. Il comprit immédiatement qu'il avait fait fausse route, sans mesurer encore l'ampleur de son erreur.

– Le secret ? Quel secret ? bredouilla-t-il.

Roméo sembla embarrassé. Il s'assura qu'aucune oreille indiscrète ne profitait de leur conversation.

– Je sais que j'ai vu quelque chose de confidentiel, dit-il. Quelque chose que je n'aurais pas dû voir…

Un nouveau frisson parcourut Mathieu.

– Qu'as-tu vu exactement ?

– Ce soir-là, reprit Roméo, le soir de l'*attaque* de la clairière des Apprentis, je ne dormais pas… Qui aurait pu dormir ? Je les ai entendus entrer. Ils ont fait sortir toutes les nymphettes de la bibliothèque. Ils cherchaient un Prétendant de toute urgence. Julius Maxima, Peter de Nemours et un Apprenti aux cheveux roux... Je ne connais pas son nom. Il était couvert de sang... Ils venaient tous les trois de la forêt, ils sont entrés dans la bibliothèque avec un miroir argenté... Je me suis glissé sous mon lit, et je les ai vus chercher celui de Pierre... Peter de Nemours voulait le choisir, mais son lit avait disparu. Ils ont commencé à fouiller les autres lits, les uns après les autres. Et c'est alors qu'ils ont découvert le tien... grâce à Juliette, qui dormait à ton chevet.

Le souffle de Mathieu était de plus en plus court.

– Ils ont tous scruté le miroir..., expliqua Roméo.

– Le... Le miroir d'oubli ?

– Oui... Au début, je ne savais pas à quoi il servait. Ils l'ont tous regardé, tous, hormis Julius Maxima, bien sûr. Alors, il a tendu le miroir vers toi et t'a légèrement secoué le bras... Dès que tu t'es réveillé, le miroir a projeté un puissant éclat de lumière dans la bibliothèque. Juliette dormait paisiblement. J'ai été le seul témoin de ce qu'il s'est passé.

Mathieu se souvenait à présent que, cette nuit-là, quelque chose l'avait réveillé dans son sommeil.

Quelque chose dont il n'avait gardé aucun souvenir.

— Et… que s'est-il passé, ensuite ? demanda-t-il, les yeux brillants malgré ses efforts.

— Julius Maxima ne voulait pas que quiconque puisse connaître l'identité des représentants des quatre ordres. Il ignorait que j'étais présent dans l'école. Vous avez tous prêté le serment de Ronces, Mathieu… J'ai pensé que tu avais tout compris lorsque tu m'as demandé si j'étais présent dans la bibliothèque ce soir-là.

Mathieu laissa tomber le verre qu'il venait de remplir. Une pluie de cristal se répandit à ses pieds. Il s'était cherché lui-même depuis quatre jours. C'était lui, lui le Prétendant qui avait déployé le sortilège de Ronces !

— Tu garderas le secret, n'est-ce pas ? murmura-t-il d'une voix étrange.

Roméo hocha la tête avec orgueil.

— Je ne serai pas plus bavard qu'une tombe, dit-il.

La galerie s'était remplie à mesure que les deux Prétendants discutaient.

— Peter de Nemours ignore qu'il a aussi déployé le sortilège de Ronces ? interrogea Mathieu.

— Bien sûr qu'il l'ignore… Il est passé devant le miroir d'oubli et n'a rien deviné ; Peter de Nemours est un idiot ! Je parie qu'il restera pré-Élitien toute sa vie !

Mathieu n'ajouta pas un mot; il se leva de table et s'enfonça dans la pénombre. Il croisa en chemin Juliette d'Or. Sa sœur portait à nouveau l'anneau de Foudre, glissé à son doigt. Mathieu l'évita et se rendit tout droit au vitrail de la tour Disparue, où il avait rendez-vous. Au pied du vitrail, une ombre l'attendait déjà. Celle du pré-Élitien Peter de Nemours.

– Est-ce que le Serment noir fait souffrir ? se renseigna Mathieu, le regard posé sur le vitrail lumineux.

– On prétend qu'il fait l'effet d'un glaçon posé sur le cœur, répondit Peter de Nemours. Roméo ne subira aucune douleur.

Mathieu serra les mâchoires.

– Il devra quitter l'école à tout jamais, n'est-ce pas ? poursuivit-il d'un ton plus bas encore.

– Je veillerai sur vous jusqu'à la rupture du sortilège de Ronces, indiqua seulement Peter de Nemours, comme s'il voulait éviter d'entrer dans les détails. Êtes-vous parvenu à dire toute la vérité à Roméo ?

– Il sait toute la vérité, oui…

Peter de Nemours marqua un instant de silence respectueux, en passant une main sur son arbre doré comme s'il avait été menacé.

– Il a donc accepté ? questionna-t-il enfin.

Les lèvres de Mathieu tremblaient. Il fut incapable

de formuler une réponse et se contenta de hocher la tête en signe d'assentiment.

— Est-ce que vous savez ce qu'est vraiment le Serment noir ? dit-il d'une voix soudain plus forte.

— On dit que c'est un serment maléfique, expliqua Peter. Mais, curieusement, il s'agit à la base d'un serment de protection, négocié autrefois avec les frères Estaffes en personne. Les Estaffes ont juré qu'ils laisseraient la vie sauve à quiconque prononcerait le Serment noir et se bannirait de lui-même de l'école.

— Je ne comprends pas, avoua Mathieu. Pourquoi l'avoir interdit, dans ce cas ?

— Parce que le Serment noir fait souffrir l'Arbre doré... Il fut une époque où, dans un moment de panique, cent élèves qui se croyaient menacés par les frères Estaffes prononcèrent *en même temps* le serment. Ils ont failli détruire l'Arbre.

Mathieu se représenta soudain des dizaines d'élèves, reniant l'Élite dans un seul élan. Un frisson le parcourut. Les frères Estaffes connaissaient l'école mieux que personne. Et ils s'apprêtaient à attaquer la tour du Dr Soupont par le biais du traître, pour frapper la Foudre fantôme.

— À minuit, chuchota Peter, le capitaine Louis Serra fera son retour... Il ne vous reste qu'une heure à patienter. Enfermez-vous avec Roméo.

N'adressez la parole à personne. Vous ne me verrez pas. Mais je serai toujours là. Bonne chance, Mathieu. Et bon courage... pour accompagner Roméo.

L'ombre du jeune homme disparut dans la noirceur de l'école. Pendant plusieurs minutes, Mathieu fixa le vitrail de la tour Disparue, puis le visage de verre du premier Élitien. Il ne deviendrait jamais Élitien à son tour.

*

Pendant une heure, Mathieu Hidalf arpenta les couloirs de l'école. Pour la première fois, il s'arrêta même devant les statues et les tableaux qu'il n'avait jamais cru utile d'observer. Il avait toujours eu le sentiment que cette école était faite pour lui. Toujours eu le sentiment que ces galeries effrayantes lui livreraient un jour jusqu'à leurs moindres secrets. Jamais Mathieu ne s'était senti aussi libre au manoir Hidalf. C'était pourtant la vie qui l'attendait... Une vie d'enfant de la haute noblesse. Une vie d'enfant marié contre son gré à une jeune fille blonde aux iris noirs.

Lorsqu'il pénétra dans la bibliothèque, sa décision était prise. Sur son lit, Mathieu déposa délicatement sa plume verte. Puis il erra quelques secondes devant les fenêtres, admirant les statues des Élitiens d'un œil distrait. Dans les vitres noires, il voyait son arbre étinceler pour la dernière fois. Au loin, Jurençon, entouré d'Apprentis, répétait pour la centième fois :

— Je ne peux rien vous dire ! Je ne me souviens de rien !

— Et moi, ze que ze peux te dire, se moqua Roméo Pompous en éclatant de rire à la vue d'une dent manquante du neveu du roi, z'est que le Dr Zoupont t'a rafistolé un peu trop vite !

Un vague sourire se dessina sur le visage de Mathieu. Un sourire qui disparut sous un masque d'inquiétude lorsqu'il vit Juliette d'Or, debout face à la tour du docteur, qui serrait l'anneau de Foudre dans sa main. Le lit de Pierre, pour sa part, était vide. Mathieu inclina la tête, s'empara de son album de l'école de l'Élite et le déposa sur le lit de son ami. Il ne continuerait pas sa collection. Pas en ayant prononcé le pire serment de l'histoire de l'école. Pas après avoir éteint l'arbre doré pendant quelques secondes.

Mathieu s'allongea à bord de l'un des lits de la bibliothèque. L'heure avait tourné étrangement vite, pour une fois. Dans moins de dix minutes, minuit sonnerait. Le sol tremblerait. Les ronces disparaîtraient dans les profondeurs. La Grille épineuse s'ouvrirait. Mathieu pouvait prononcer le Serment noir n'importe où. Sous ses yeux, la rose enchantée tournoyait. Ses deux pétales indiquaient à Mathieu qu'il n'avait plus guère de temps avant d'épouser Marie-Marie du Château Boisé. Il ne grimaça même pas à cette idée. Soudain, dans la bibliothèque, Pierre s'écria :

– Mathieu, où es-tu ?

Il entendit plusieurs rideaux s'ouvrir autour de lui.

– Mathieu ! Je sais que tu es là… Je sais que… que tu recherches des informations sur le Serment noir !

Mathieu ne répondit pas. Il ferma les yeux, se souvint de la course gracieuse de la Foudre fantôme, de son pelage ruisselant de lumière, de son œil bleu. Levant lentement la main droite, il la posa sur son arbre doré, précisément à l'emplacement du cœur. L'arbre réchauffa légèrement ses doigts gelés.

– *Sur mon arbre doré…*, chuchota-t-il.

À mesure qu'il parlait, il sentit son arbre refroidir sous sa main et son cœur battre de plus en plus fort.

– *Je poserai la paume…*

Mathieu se tut, tremblant de tous ses membres, incapable de continuer. Pendant quelques secondes, son arbre resta noir et glacial. Puis, miraculeusement, Mathieu sentit la chaleur revenir sous sa paume. Un nouveau cri de Pierre retentit, encore plus près de lui. Alors, il ajouta à toute vitesse :

– Pour renier son éclat et la Foudre fantôme.

Mathieu ne sut même pas s'il avait prononcé le serment jusqu'au bout. Une silhouette noire venait de le heurter de plein fouet, l'enserrant dans ses deux bras. Elle portait aux pieds les légendaires bottes de sept lieues de Griffrigor.

Le choc fut terrible. Mathieu et son mystérieux agresseur traversèrent dix lits sans ralentir. Par-dessus l'épaule de celui qui l'avait empoigné, Mathieu aperçut alors les fenêtres de la bibliothèque se rapprocher. Il voulut pousser un hurlement mais les bottes allaient si vite qu'aucun son ne quitta ses lèvres.

Sur son cœur, Mathieu sentit une déflagration violente. Une lumière éblouissante jaillit de son arbre, illuminant toute la bibliothèque, puis se résorba violemment. Il revit son premier jour à l'école de l'Élite, quand il avait disputé l'épreuve du Prétendant. Il revit Louis Serra, désarmé lors du banquet. Il revit l'éclat de la Foudre fantôme, arpentant les bois telle une flèche d'argent. Puis il entendit un vacarme incroyable ; la fenêtre qu'ils avaient percutée, entraînés par les bottes, vola en éclats. Le verre dessina une pluie de diamants, le bois se fendit et rompit. De l'air glacial souffla sur Mathieu. Une chute de trois étages l'attendait. Il sentit l'étreinte se resserrer autour de lui. Lorsqu'il heurta le sol, Mathieu perdit connaissance. Celui qui l'avait bousculé une seconde plus tôt réussit à se relever. Il s'agissait d'Octave Jurençon, qui avait tenté l'impossible pour empêcher Mathieu de prononcer le Serment noir. Des larmes coulèrent sur ses joues. Autour de lui, des Apprentis accouraient déjà. Tous s'arrêtèrent, formant un cercle autour de Mathieu Hidalf étendu dans la neige. La comtesse Dacourt elle-même, lorsqu'elle arriva, en resta interdite. Jurençon recula de quelques pas. Mathieu était évanoui. Mais, surtout, son cœur était noir. Son arbre avait brûlé jusqu'à la dernière racine. Et, pour la comtesse comme pour tous les Apprentis, un arbre brûlé annonçait la mort de son porteur. Adélaïde, qui avait accompagné la chute de Mathieu, faillit tomber en plein vol, tandis qu'un hurlement déchirant de Juliette retentissait à une fenêtre du troisième étage.

Alors, le sol même de l'école commença à trembler. Les Apprentis se regardèrent avec stupeur. Plusieurs éclats lumineux zébrèrent la nuit noire : les ronces qui couvraient la façade de l'école étincelèrent un instant, puis, lentement, se rétractèrent de la même manière qu'elles avaient jailli des ténèbres.

– Le sortilège de Ronces ! cria un Apprenti. Le sortilège de Ronces est rompu !

Dans le vestibule silencieux de l'école, de nombreux élèves s'étaient réunis. La redoutable forêt de ronces, qui aurait pu arrêter une armée, gronda comme si un monstre était réfugié en son cœur. Puis chaque ronce s'enfonça dans le sol brisé, libérant peu à peu la gigantesque Grille épineuse.

L'excitation avait atteint son comble dans le vestibule. Elle cessa lorsqu'une branche de l'Arbre doré, une branche qui comptait parmi les plus fines, cassa dans un bruit sec. La branche dégringola du sommet de l'arbre. Quand elle toucha le sol, elle était aussi noire que les barreaux de la grille.

– Quelqu'un… Quelqu'un est mort ? balbutia un Apprenti.

– C'est Mathieu Hidalf! cria une voix, qui provenait de l'escalier.

Un murmure d'effroi accueillit cette annonce. Les élèves s'observèrent en silence, sans oser croire à cette nouvelle.

Chapitre 18
Le retour de Louis Serra

Dans l'obscurité et le froid, de plus en plus d'élèves s'étaient assemblés auprès du corps de Mathieu Hidalf. Lorsque Pierre Chapelier arriva, ses yeux brillaient de larmes. Pourtant, il annonça fortement :

– Mathieu est vivant ! Il a seulement prononcé le Serment noir…

– Que dites-vous ? balbutia la comtesse Dacourt.

– Mathieu Hidalf est vivant, répéta Pierre. Jurençon a voulu l'empêcher de prononcer le serment…

– Pourquoi et comment Mathieu aurait-il prononcé un tel serment ? questionna la comtesse Dacourt d'un ton étonnamment vif, en avançant à grands pas vers Pierre.

– Je l'ignore, madame. Mais je crois avoir deviné… Mathieu voulait faire rentrer Louis Serra dans l'école… C'est la seule solution qu'il a dû trouver pour rompre le sortilège de Ronces.

Un frisson parcourut l'ensemble des élèves présents autour de Mathieu quand ils virent la comtesse se tourner vers les tours de l'école, pâle, terrifiante, attendant quelque chose. Soudain, les yeux d'Armance Dacourt distinguèrent avec effroi une lueur en train de se répandre dans les tours. La lueur devint une ligne de feu. Le fil d'or composé des nymphettes élitiennes s'embrasa. Pierre, Roméo et Jurençon ne l'avaient jamais vu étinceler de l'extérieur ; il se déployait à travers les couloirs, tournoyait dans la tour des Escaliers et terminait sa course devant la grille des Élitiens.

— Octave Jurençon, si vous êtes encore capable de faire usage de ces bottes de sept lieues que je vous confisquerai dès ce soir, courez à la Grille épineuse, ordonna la comtesse. Que personne ne l'ouvre, vous m'entendez ? Que personne ne l'ouvre !

Quelques Apprentis, qui n'osaient pas croire que la comtesse puisse confier une tâche si dangereuse au Prétendant le plus maladroit de l'école, échangèrent un regard inquiet. Jurençon, déterminé, rabattit le capuchon noir de sa luide et disparut dans un éclair de lumière.

Pierre fut le premier à reporter son attention sur la comtesse. Blême, Armance Dacourt ne quittait plus le fil d'or des yeux. Elle annonça alors d'une voix tremblante :

– Le capitaine Louis Serra n'a jamais quitté l'école…

Allongé dans la neige, Mathieu Hidalf, les paupières closes, était tourné vers le ciel sombre. Une pluie de flocons légers commença de tomber. Une pluie de flocons rassurants, de ces flocons qui donnent envie de commencer une bataille de boules de neige. Une autre bataille s'annonçait pourtant dans l'école de l'Élite.

*

Dans le vestibule, un Apprenti avait devancé tous les autres. La plume des Élitiens à la main, il attendait, le souffle court, le moment où il pourrait ouvrir la Grille épineuse. Le seul nom qui avait été inscrit depuis quelques jours était toujours le même : celui de Mathieu Hidalf. L'Apprenti posait déjà la pointe sur le registre lorsqu'un hurlement résonna dans la tour des Escaliers. Octave Jurençon, masqué par sa capuche, s'empara de la plume à la vitesse de l'éclair. Il réussit par miracle à s'arrêter avant de heurter la Grille épineuse de plein fouet.

– Que personne n'ouvre ! s'écria-t-il.

De l'autre côté de la grille, hors de l'école, une silhouette, qui portait elle-même un capuchon, se dessina alors dans les ténèbres. Une lame d'épée étincelante battait sa cuisse.

– Capitaine Louis Serra ? murmura Jurençon.

Aucune réponse ne vint de l'obscurité, mais une deuxième silhouette apparut dans le vestibule, bientôt suivie d'une troisième, comme si le premier Élitien s'était multiplié. Une seconde plus tard, cinq ombres, portant chacune un capuchon, faisaient face à la Grille épineuse.

L'Arbre doré commença alors à clignoter. Un silence de mort régnait parmi les Apprentis. Le premier des cinq Élitiens noirs approcha lentement et s'arrêta devant le registre extérieur de l'école. Il sortit la plume de son encrier sans un mot et écrivit son nom. À chaque lettre tracée, les barreaux de la Grille épineuse frémissaient, tandis que les ronces du sortilège continuaient de rentrer dans le sol.

Jurençon ne bougeait pas. Mais, de la place où il se trouvait, aucun mouvement de la plume ne lui échappait. Son cœur fit un bond. Le nom écrit sur le registre était celui d'un certain Tybalt *Estaffes*. Derrière le neveu du roi, les Apprentis posèrent une main sur le pommeau de leur épée. Mais chacun d'eux savait qu'il n'avait aucune chance contre cinq Helios. Contre cinq Helios qui avaient juré d'anéantir l'Arbre doré. Lorsque le nom de l'Estaffes fut entièrement écrit, la feuille du registre se craquela, frémit, et disparut dans un nuage de cendres. Les arbres des Apprentis et de Jurençon flamboyèrent. Mais ce n'était rien, rien du tout à côté de l'Arbre doré. Jamais il n'avait été si brillant, si étincelant, si puissant. Ses branches semblèrent s'allonger au-dessus des élèves.

– Nous ne vous laisserons pas entrer, dit un Apprenti derrière Jurençon. Nous ne vous laisserons jamais atteindre la Foudre fantôme. Nous ne vous laisserons jamais atteindre Louis Serra.

L'Estaffes se tourna dans sa direction. Aussitôt, l'arbre de l'Apprenti noircit. Le jeune homme allait s'effondrer lorsqu'un Élitien surgit derrière lui : Julius Maxima, dont le visage si souvent impassible laissait entrevoir une inquiétude presque rassurante.

– Nul n'a jamais fait céder la Grille épineuse, dit-il à l'intention des frères Estaffes. L'Arbre est invulnérable. Et vous n'entrerez pas ce soir dans l'école.

Les cinq Estaffes étaient désormais côte à côte. Pour la première fois, Jurençon et les Apprentis présents entendirent la voix de l'un d'eux, une voix qui semblait jaillir de partout à la fois, si bien qu'il était impossible de savoir lequel des cinq frères avait pris la parole. « L'Arbre est aussi vulnérable que les Élitiens », disait-elle.

Octave Jurençon se tourna vers le registre. En une seconde, il comprit tout. L'Estaffes n'avait jamais pensé que son nom suffirait à le faire entrer dans l'école. Il n'avait fait que prévenir le traître, dans le seul autre endroit depuis lequel la Grille épineuse pouvait être commandée : le bureau d'Armance Dacourt. Julius Maxima semblait avoir deviné, lui aussi.

– Apprentis ! ordonna-t-il. Fuyez !

Les élèves échangèrent un regard. Ils désobéirent et tirèrent l'un après l'autre leur épée. Un nom s'écrivit tout seul sur le registre : celui de la nymphette qui avait plusieurs fois transmis des messages à Mathieu. Les Apprentis reculèrent d'un pas. L'immense Grille épineuse, qui était restée close pendant cinq jours, sembla lutter contre elle-même ; mais rien ne pouvait désormais l'empêcher de s'ouvrir.

La puissante grille tourna sur ses gonds, arrachant les dernières ronces du sortilège comme de vulgaires roseaux. Les cinq frères Estaffes, des années après leur dernière entrée dans l'école, en franchirent l'enceinte en même temps. Il n'y eut que trois coups d'épée échangés avec Julius Maxima. L'Élitien allait être transpercé de part en part lorsque Jurençon, qui portait les bottes de sept lieues, le percuta volontairement, lui sauvant la vie. Les frères Estaffes se détournèrent de l'Élitien et des Apprentis qui avaient reculé, puis ils s'engagèrent dans l'escalier des Capitaines. Alors Julius Maxima s'écria :

– La Foudre fantôme !

Les nymphettes du fil d'or s'éteignirent une par une sur le chemin des Estaffes. Lorsque le premier d'entre eux passa devant la statue du capitaine Louis Serra, il donna un coup d'épée si violent que le marbre de la statue se fendit et s'effondra lourdement sur les marches.

*

Étendu sur un vaste lit, Mathieu se redressa en sursaut.

— Où suis-je ? bredouilla-t-il.

À côté de lui, une personne était assise dans un fauteuil, tournée vers un second lit. Mathieu posa alors la main sur son cœur. Il sentit à peine le relief de son arbre sous ses doigts. Sa main trembla. Où était-il ? Et pourquoi la comtesse Dacourt était-elle assise, seule, à son côté ?

En clignant les yeux, Mathieu reconnut la pièce où il était alité ; il s'agissait de l'appartement personnel de la comtesse, dans lequel il n'avait pénétré qu'une seule fois. Il lui sembla entendre des cris, poussés au-delà des murs de l'appartement, quelque part dans les profondeurs de l'école.

— Est-ce que le sortilège de Ronces est rompu ? demanda-t-il d'une voix lugubre.

La comtesse Armance Dacourt remarqua alors qu'il était éveillé. Elle tourna dans sa direction un regard désolé.

– Oui. Le sortilège est rompu.

– Alors… Alors… Louis Serra est de retour ? Il a combattu Julius Maxima ?

Armance Dacourt se redressa avec une lenteur inquiétante. Elle s'assit au chevet de Mathieu et déposa une main sur la sienne, comme l'aurait fait sa mère.

– Je suis confuse, Mathieu Hidalf. Je n'ai pas su vous protéger. Je n'ai pas su deviner ce qu'il se tramait.

– Où est Louis Serra ? bafouilla Mathieu en dégageant sa main.

Armance Dacourt tendit le doigt vers l'obscurité. Alors Mathieu distingua un lit. Un lit dans lequel un homme gisait, étendu. Louis Serra était allongé sur le dos, les deux bras paisiblement repliés sur sa poitrine. Sous sa main droite, l'arbre doré du capitaine luisait faiblement.

– Que fait-il ici ? dit Mathieu, horrifié.

– Louis Serra est endormi depuis l'attaque de la clairière des Apprentis, répondit Armance Dacourt. Je l'ai caché chez moi pour le protéger. Il n'a jamais quitté l'école. Et c'est lui qui a ordonné à Julius Maxima de déployer le sortilège de Ronces.

Mathieu resta silencieux, incapable de prononcer un mot. Son cœur battait à peine sous son arbre noir.

– Louis Serra n'a jamais quitté l'école ? Alors…

Alors qui m'a écrit ? Qui m'a ordonné de rompre le sortilège ? Qui… Qui… Qui… m'a fait prononcer le Serment noir ?

La comtesse Dacourt ne détourna pas son regard de celui de Mathieu. Il n'eut besoin d'aucune réponse. Il venait seulement de comprendre l'ampleur de son erreur : depuis l'attaque des Apprentis, il n'avait pas obéi à Louis Serra. Il avait suivi les instructions du traître.

— C'est le capitaine Louis Serra qui a cédé le commandement aux Cœurs noirs et à Julius Maxima, déclara la comtesse. C'est le capitaine Louis Serra qui a fait former le fil d'or et qui a ordonné le déploiement du sortilège de Ronces…

— Que lui est-il arrivé ? bredouilla Mathieu. A-t-il été attaqué ?

— Attaqué ? Non… Il a choisi de s'affaiblir volontairement. Louis Serra a abattu toutes les cartes possibles. Vous souvenez-vous du banquet des Trois Helios ? Lorsque Louis a été… Lorsque Louis Serra a été attaqué par Julius Maxima, rectifia la comtesse, son arbre a puisé des ressources dans celui de son adversaire et des élèves présents.

Mathieu se rappelait parfaitement l'impression de fatigue qu'il avait éprouvée ce soir-là.

— Louis Serra a fait l'inverse il y a cinq jours, expliqua la comtesse. La Foudre fantôme a été transpercée en plein cœur. Le capitaine dispose de l'arbre le plus puissant de l'école. Dès qu'il a compris que la Foudre fantôme avait été blessée, il lui a cédé presque toute la puissance de son arbre. La Foudre est atteinte. Et si elle vit encore, ce n'est plus grâce à ses propres ressources… mais grâce à celles de Louis Serra. C'est ce que j'ai compris aujourd'hui, lorsque la rumeur s'est ébruitée que la Foudre était atteinte.

Mathieu observa l'arbre presque noir du capitaine.

– Ne risque-t-il pas… ? murmura-t-il sans oser finir sa phrase.

– Il prend tous les risques, reconnut la comtesse tristement. Mais ce choix lui appartient. Pour Louis Serra, la survie de la Foudre fantôme est la seule chose qui vaille. Il espérait pouvoir lui donner l'énergie suffisante pour que le Dr Soupont la guérisse. Mais la Foudre fantôme n'est pas une créature ordinaire. Sa blessure n'est pas ordinaire, elle non plus. Et la médecine qui peut la soigner l'est encore moins. Personne n'est…

Une grimace de douleur empêcha la comtesse de finir sa phrase. Alors, Mathieu se leva brusquement de son lit. C'était l'arbre de la comtesse qui la faisait souffrir depuis plusieurs minutes. Il prit conscience que le sien, brûlé, ne l'avertirait plus jamais du moindre danger.

— Pourquoi le traître voulait-il que je rompe le sortilège ? s'écria-t-il.

La comtesse ne répondit pas. Mathieu se jeta sur la porte de son appartement, mais il la trouva fermée à clef.

— Vous n'êtes pas responsable, Mathieu, affirma la directrice avec une fermeté terrifiante. Vous avez obéi à un Élitien. Vous avez obéi à un traître. Vous ne pouviez pas savoir. Ce traître ne pouvait pas venir seul à bout du dispositif de sécurité de la tour du docteur. Il a fait entrer les frères Estaffes dans l'école. À présent, ni vous ni moi ne pouvons rien faire. Les Élitiens défendent la Foudre.

À cet instant, Louis Serra eut un soubresaut. Son arbre s'illumina plus fortement, avant de s'assombrir à nouveau. Mathieu avait le regard noir des grandes heures. Une étincelle y brilla. Une étincelle d'espoir et d'orgueil.

— Il existe un lieu où la Foudre fantôme sera en sécurité, dit-il. Les frères Estaffes veulent l'achever… Nous devons les en empêcher.

— Je ne vous ouvrirai pas, Mathieu Hidalf, répliqua la comtesse.

— J'ai prononcé le Serment noir ! Les frères Estaffes ne s'attaqueront pas à moi !

La comtesse parut prendre conscience de cette évidence en même temps que Mathieu : les frères Estaffes avaient juré de ne jamais combattre un membre de l'école ayant prononcé le serment. Pendant que la directrice hésitait, Mathieu sortit une petite clef dorée de sa luide. Il ouvrit la porte de l'appartement, la claqua et disparut dans les ténèbres.

Chapitre 19
Un éclat dans les ténèbres

L'école de l'Élite ressemblait à un champ de bataille ; des dizaines et des dizaines d'Apprentis, l'épée hors du fourreau, s'étaient accumulés dans l'aile ouest, qui était le dernier bastion avant la tour du Dr Soupont. Devant eux, vingt-neuf arbres dorés illuminaient les murs de la galerie ; les Élitiens attendaient les cinq frères Estaffes. En l'absence de Louis Serra, Julius Maxima avait pris leur tête. Le fil d'or continuait de clignoter, plus faiblement, déjà amputé d'un grand nombre des nymphettes qui le peuplaient.

Jurençon, pour sa part, avait profité des bottes de sept lieues pour foncer jusqu'au pigeonnier de l'école. Sur son chemin, il avait plusieurs fois heurté un Apprenti par mégarde, l'envoyant s'écraser contre un mur. Lorsqu'il arriva sous les centaines de nymphettes, le neveu du roi s'écria à leur intention :

— Les Élitiens ont besoin de vous !

Un ouragan de lumière se diffusa dans l'école ; Jurençon le devança à travers les couloirs obscurs. Lorsque les fées atteignirent les Élitiens, Julius Maxima, qui avait pris le commandement des opérations, ordonna d'une voix glaciale :

– Que la moitié d'entre vous alerte la garde royale ! Nous avons besoin de renforts. Expliquez à la garde que les Estaffes ont franchi la Grille épineuse.

La moitié des nymphettes fonça dans la galerie.

– Que l'autre moitié parcoure toute l'école ! Toutes les allées ! Tous les toits ! Vous ne clignoterez que lorsque vous aurez repéré l'un des frères Estaffes. Merci à celles d'entre vous qui succomberont pendant l'affrontement…

Les fées n'hésitèrent pas un seul instant ; elles se dispersèrent et fondirent dans la nuit noire, portant chacune leur lumière dans un recoin d'ombre.

Les premières à s'éteindre furent celles qui avaient pénétré dans la tour des Escaliers. Trois silhouettes en jaillirent, encapuchonnées. Un rang d'arbres dorés leur faisait face. Mais les trois frères Estaffes n'eurent pas même besoin de lever leur épée pour exprimer l'étendue de leurs pouvoirs. Les Apprentis furent les premiers à ressentir un trouble étrange. Une centaine d'épées tombèrent en même temps sur le sol, dans un tintement assourdissant. Les plus jeunes élèves sentirent leurs muscles se raidir, leur respiration diminuer, leur vue se troubler. Sur leur cœur, l'emblème de l'école s'assombrissait.

Alors, Julius Maxima en tête, les Élitiens avancèrent en direction des trois frères. Une nuée de nymphettes se jeta dans le combat pour éblouir les Estaffes. Un vacarme effroyable remplit l'aile ouest. Il était presque impossible de discerner quoi que ce fût de la bataille. Les lames d'épées volaient entre les nymphettes, des cris retentissaient régulièrement, et déjà plusieurs Élitiens étaient touchés.

En retrait, Octave Jurençon observait l'affrontement, figé. Jamais il n'avait vu une telle chose. Les Élitiens survivaient. Ils survivaient parce qu'ils étaient vingt-neuf contre trois. Les trois Helios qui leur faisaient face étaient d'une rapidité déconcertante ; chacun d'eux semblait porter des bottes de sept lieues. Une lueur bleue illumina soudain l'escalier des Capitaines. Les Élitiens en profitèrent pour reculer, tandis que les frères Estaffes accueillaient un nouvel adversaire.

Un vieil homme venait de surgir de l'escalier, qu'il avait monté lentement. Sa barbe et ses yeux étaient bleus et inquiétants. Octave Jurençon reconnut Stadir Origan, qui était l'un des plus illustres sorciers du royaume. Le mage était accompagné d'un régiment de la garde royale. À sa vue, les trois Estaffes se rapprochèrent, dos à dos. L'un après l'autre, ils abaissèrent leur capuchon noir. Un grand silence tomba sur la galerie. Les trois Helios ne dissimulaient que le mystère d'une beauté effrayante, à vrai dire plus effrayante que toutes les laideurs imaginables.

— Stadir Origan, dit l'un d'eux. Nous n'avons plus eu la chance de vous croiser depuis la mort de votre petite fille.

— Vous n'auriez jamais dû pénétrer à l'intérieur de l'école, répliqua le mage d'une voix calme.

Chacun des trois frères leva son épée ; leurs trois lames se rejoignirent, et un souffle glacial se répandit. Un fil de lumière jaillit de la pointe des épées, recouvrant peu à peu les Estaffes d'un dôme éclatant. Les Élitiens baissèrent leurs armes et formèrent un cercle noir autour des Estaffes. À mesure qu'ils se rapprochaient, leur arbre s'illuminait davantage.

*

Les Apprentis les plus jeunes de l'école avaient été enfermés dans la bibliothèque, avec Pierre et Roméo. Ils se dressaient les uns à côté des autres, en face des deux portes closes, lorsqu'une clef tourna dans la serrure. Pierre Chapelier, à leur tête, essaya de se concentrer pour rendre son arbre le plus fort possible. Une silhouette apparut alors entre les deux battants.

— Mathieu ! s'écria-t-il.

— Pierre ! répondit celui-ci. Où est Juliette ?

Pierre désigna le fond de la bibliothèque, où Mathieu aperçut sa sœur, postée à une fenêtre.

— Ton… Ton arbre ? bredouilla Roméo Pompous, livide, en désignant le cœur brûlé de Mathieu. Qu'est-il arrivé à ton arbre ?

Octave Jurençon pénétra à son tour dans la bibliothèque, tandis que Mathieu se précipitait vers Juliette. La jeune fille regardait la tour du Dr Soupont, qui se détachait sur le ciel noir. Mathieu en observa lui aussi les fenêtres qui clignotaient. La tour était le seul lieu de toute l'école où le fil d'or fonctionnait encore : ce qui signifiait que les frères Estaffes ne l'avaient pas atteinte.

— Il est là-haut, dit alors Juliette en pointant la tour du doigt.

— Je sais…

— Tristan est là-haut…

Mathieu ferma les yeux. Il réfléchit à toutes les possibilités qu'il avait vaguement imaginées pour prendre d'assaut la tour du docteur. Soudain, il sortit la clef qui ne quittait jamais sa luide, provoquant des murmures étonnés parmi les élèves.

— Cette clef est capable de nous ouvrir absolument toutes les grilles qui nous séparent de la Foudre fantôme ! expliqua Mathieu.

— La clef fée ! s'exclama Jurençon. La clef du roi ! Incroyable !

– Jurençon, tu maîtrises les bottes de sept lieues mieux que Louis Serra, j'en suis sûr… Tu vas m'accompagner dans la tour Disparue.

– D'accord.

– Roméo ! reprit Mathieu. Cours tout droit au dortoir des Élitiens !

– Entendu, fit Roméo. Mais pour quoi faire ?

– Avec Jurençon, nous allons rejoindre la Foudre fantôme. Nous retrouverons Tristan Boidoré là-bas. Nous placerons la Foudre fantôme à l'intérieur du lit de Tristan, qui se trouve certainement dans le cabinet du docteur. Jurençon, tu prendras sa plume magique. Et grâce aux bottes de sept lieues, tu la porteras à Roméo, qui déplacera aussitôt le lit dans la tour Disparue, avec la Foudre fantôme à son bord. Afin de l'envoyer à l'abri des frères Estaffes…

– Nous vous accompagnons, Mathieu Hidalf ! déclarèrent les Apprentis qui les entouraient.

Avant de quitter la bibliothèque, Mathieu adressa un dernier regard à sa sœur. L'anneau de Foudre flamboyait à son doigt. La jeune fille semblait sans vie.

– En route ! tonna Roméo.

*

Une pluie d'Apprentis courut jusqu'à la tour du Dr Soupont, à la rencontre des Cœurs noirs qui la surveillaient. Mathieu, Pierre et Jurençon étaient à la tête des élèves. Le neveu du roi avait retiré ses bottes, qu'il portait à bout de bras. À la vue de cette troupe, les Cœurs noirs posèrent immédiatement une main sur le pommeau de leur épée. Les Apprentis tirèrent courageusement la leur, prêts à tout pour permettre à Mathieu Hidalf de pénétrer dans la tour du docteur.

– Les frères Estaffes sont à quelques mètres, lança Pierre aux Cœurs noirs. Nous avons une seule chance de sauver la Foudre fantôme... Une seule. Laissez-nous la saisir.

Les Cœurs noirs dégainèrent à leur tour leur épée. Puis, un par un, ils en placèrent le pommeau devant leur cœur, et se rangèrent sur le côté de la grille qui empêchait d'accéder au cabinet du docteur.

– Nous vous défendrons jusqu'au bout, annonça l'un d'eux. Faites vite.

Seuls Mathieu, Pierre et Jurençon s'engagèrent dans l'escalier, escalier à la voûte si basse que le neveu du roi, le plus grand de la troupe, était obligé d'incliner la tête pour ne pas toucher les nymphettes du fil d'or qui continuaient de clignoter de toutes leurs forces. Trois fois, la clef fée ouvrit une grille robuste et hérissée de piques. Trois fois, Mathieu la laissa ouverte derrière lui, pour permettre à Jurençon de repartir dans l'autre sens, une fois la plume de Tristan Boidoré en main. Lorsqu'ils atteignirent le sommet de la tour, les Prétendants ralentirent leur allure sans s'en rendre compte, conscients qu'ils pénétraient dans un sanctuaire.

Une ombre encapuchonnée les attendait au centre du cabinet. Une ombre qui avait tiré son épée. Pendant une seconde, Mathieu crut qu'il s'agissait du traître. Mais quand le capuchon tomba, il reconnut Tristan Boidoré, qui les dévisageait avec effroi. Derrière lui, les yeux clos, une créature famélique, blessée au cœur, était allongée sur un tapis. Octave Jurençon en laissa tomber les bottes de sept lieues sur le plancher.

La Foudre fantôme, qui avait été la créature la plus gracieuse de tous les temps, était méconnaissable. Son pelage d'argent était grisâtre. On aurait pu compter ses côtes, tant elle était amaigrie.

— Elle ne survivra pas, dit une voix derrière le bureau. Elle sent les Estaffes approcher... Elle est de plus en plus faible !

Un homme à la tête chenue et aux sourcils broussailleux se redressa : le Dr Soupont semblait lui aussi s'être vidé de ses dernières forces. En bas, des cris retentirent dans l'escalier de la tour.

— Tristan ! s'écria Mathieu. Il nous faut votre plume ! Jurençon va la porter jusqu'à Roméo, qui transportera la Foudre fantôme dans la tour Disparue, grâce à votre lit !

Une mince lueur d'espoir aviva le regard de Tristan Boidoré, alors que de longues flammes commençaient à lécher, au loin, les galeries de l'école. Le jeune homme sortit une plume noire de sa luide, tandis que Jurençon enfilait gravement les bottes de sept lieues. Le neveu du roi dégagea sa vue des longs cheveux blonds qui la masquaient. Il s'empara de la plume et respira profondément.

— Rendez-vous dans la tour Disparue, déclara-t-il.

— Bonne chance, répondit Mathieu.

Le neveu du roi fila comme une flèche, produisant une petite tornade qui secoua les nymphettes du fil d'or dans l'escalier. Pierre et Mathieu approchèrent alors de la Foudre fantôme. Lorsque Mathieu posa la main sur son front, la Foudre ouvrit ses yeux bleus. Toute sa grâce, toute sa légèreté était encore dans ce regard. Pierre ne put en soutenir la vue. Mathieu la scruta pendant quelques secondes qui durèrent une éternité. Puis, avec l'aide de Tristan, de Pierre et du Dr Soupont, il déplaça la Foudre sur un grand lit noir. La créature ferma les yeux. Mathieu pensait au capitaine Louis Serra, allongé dans l'appartement de la comtesse Dacourt. Le capitaine qui ne prenait pas part au combat, mais sans lequel la Foudre aurait perdu la vie. La biche légendaire était à peine placée à bord du lit, lorsque Pierre s'exclama :

— Le fil d'or commence à s'éteindre dans l'escalier ! Les Estaffes approchent !

Tristan, le Dr Soupont et Pierre avaient porté la main à leur arbre brûlant.

— Tristan, dit Mathieu, allez retrouver Juliette... Réunissez les deux anneaux de Foudre, passez par les toits. Docteur Soupont, Pierre, fuyez par les toits vous aussi... Je resterai auprès de la Foudre fantôme jusqu'au départ du lit.

— Vous avez perdu la raison ? protesta Tristan avec un ricanement nerveux. C'est vous qui allez fuir, Mathieu ! Je resterai auprès de la Foudre jusqu'au bout. C'est la mission qui m'a été confiée... Que ferez-vous si les frères Estaffes arrivent avant que Jurençon ait envoyé le lit dans la tour Disparue ?

Mathieu répliqua sombrement :

— Les frères Estaffes ne peuvent plus rien contre moi.

La bouche de Tristan resta entrouverte. Son regard était tombé avec épouvante sur le cœur noir de Mathieu. Alors il tira le verrou de l'une des fenêtres de la tour, emmena Pierre et le Dr Soupont avec lui, et tous trois descendirent sur une corniche enneigée qui surplombait un vide abyssal. Mathieu referma calmement la fenêtre derrière eux, puis s'étendit sur le lit noir, au côté de la Foudre fantôme.

– Si, après tout ce que je fais pour toi, Marie-Marie est encore amoureuse de moi demain, bredouilla-t-il, tu m'entendras me plaindre.

Une lueur qui ressemblait presque à de la malice brilla dans l'œil bleu de la Foudre fantôme. Une lueur qui s'éteignit en même temps que la dernière nymphette du fil d'or. Mathieu ferma les yeux. Il pouvait sentir le cœur blessé de la biche battre contre son flanc. Il entendit la dernière grille, que Jurençon avait pris soin de claquer, se tordre puis se fracasser contre le mur de l'escalier.

– Disparais, disparais, disparais, chuchota-t-il plusieurs fois en priant pour que le lit les emporte dans la tour Disparue.

Lorsqu'il ouvrit les yeux, l'un des cinq frères Estaffes se dressait face à lui, stupéfiant de froideur et de beauté. Son épée pendait le long de sa cuisse. Et le lit n'avait malheureusement pas bougé.

– Ne la touchez pas ! s'écria Mathieu en enserrant le cou de la Foudre fantôme.

– Tout ce qui est helios appartient aux Helios, répondit l'Estaffes de sa voix mystérieuse.

Mathieu comprit que Jurençon n'atteindrait pas le dortoir ; quelqu'un, le traître peut-être, ou quelque chose, l'en avait empêché. Il allait renoncer lorsque, brusquement, l'œil de la biche s'ouvrit. L'espace d'un instant, son pelage s'anima d'étincelles argentées. Mathieu reprit espoir. Si la Foudre était rétablie, une seule seconde lui suffirait pour fondre dans la nuit et s'échapper.

*

Quand il repéra Juliette, à une fenêtre de la bibliothèque, Tristan Boidoré abandonna Pierre et le Dr Soupont. L'anneau de Foudre le brûlait si fort qu'il avait la conviction que cette bague était la seule chance de contrecarrer les plans des frères Estaffes. Il courut le long d'un toit glissant. La tour du docteur était l'une des plus hautes de l'école et la moindre chute serait fatale.

Juliette enjamba, quant à elle, la fenêtre de la bibliothèque et courut à son tour jusqu'à un petit balcon. Tristan bondit de toit en toit et rejoignit enfin la jeune fille. Les deux anneaux se touchèrent, et Juliette et Tristan échangèrent un baiser devant la moitié des Apprentis de l'école, réunis dans la bibliothèque.

Le bruit d'une vitre qui vole en éclats détourna leur attention. La Foudre fantôme venait de puiser dans ses dernières forces ; elle avait passé au travers d'une fenêtre du Dr Soupont. Une forme humaine se dessinait sur son dos étincelant.

– Mathieu ! s'écria Pierre.

La Foudre fantôme courait sur l'arête d'un toit enneigé à la vitesse de l'éclair. Les flocons tourbillonnaient derrière elle. Mathieu se serrait de toutes ses forces au cou de la biche. Il avait redressé la tête. Il souriait. Il souriait encore lorsque la silhouette de deux Estaffes surgit à l'autre extrémité du toit. La Foudre fantôme n'avait peut-être rien vu, car elle continua sa course folle.

Pierre fut le premier à se précipiter en direction des Estaffes, suivi immédiatement de Tristan. Soudain, alors que la Foudre fantôme bondissait désespérément pour rejoindre un second toit, l'un des frères Estaffes tendit la main vers elle. Un cri de stupeur monta dans l'école. La Foudre perdit immédiatement son éclat. Juliette poussa un hurlement. L'anneau qui étincelait à son doigt cessa de briller. Et la jeune fille vit la Foudre fantôme glisser sur le toit enneigé et presque vertical, au-dessus d'un vide terrifiant.

La Foudre ne put se rattraper. Elle tomba sur le toit lourdement. Ses pattes plièrent. La biche entraîna Mathieu avec elle vers le précipice; Mathieu qui n'avait vu, dans la noirceur du ciel, qu'une épée fendre l'air glacial. L'épée de l'un des frères Estaffes. La plaque de neige dans laquelle il était tombé le retint juste avant la fin du toit et le gouffre mortel qui l'attendait. Mathieu n'en crut pas ses yeux. La Foudre fantôme était inanimée. Sa lueur d'argent bascula dans les ténèbres, de plus en plus pâle et lointaine.

Mathieu tourna la tête vers les frères Estaffes.

Ces derniers suivaient également l'éclat de plus en plus distant de la Foudre fantôme. Une seconde s'écoula. Puis un coup de tonnerre frappa l'école. Chaque Élitien tomba à la renverse. Chaque arbre doré cousu sur le cœur des élèves s'éteignit. Et, chose plus effroyable encore, dans le vestibule, l'Arbre doré se fendit dans un craquement sonore avant de s'éteindre. Le vestibule de l'Élite, éclairé depuis quatre siècles par les branches dorées, fut aussitôt plongé dans les ténèbres.

La Foudre fantôme avait péri.

*

Mathieu resta immobile, horrifié. Il ne se rendit même pas compte que le moindre mouvement risquait de détacher la couche de neige du toit, dans une sorte de minuscule avalanche, et de le précipiter dans le vide. Au-dessus de lui, Pierre Chapelier courait sur l'arête du toit, suivi de près par Tristan. Leur arbre n'avait pas encore retrouvé sa teinte lumineuse lorsqu'ils atteignirent les frères Estaffes. Tristan doubla Pierre, l'épée à la main. Sa lame choqua contre celle d'un Estaffes. L'Helios fut si rapide qu'il porta un second coup d'épée avant même que Tristan ait pu parer. Le pré-Élitien tomba en arrière, aux pieds de Pierre Chapelier qui était désormais seul face à l'assassin de la Foudre fantôme.

Mathieu tendait la main vers eux, comme pour leur venir en aide, lorsqu'un Élitien masqué, incroyablement rapide, surgit du néant. Il glissa sur un toit abrupt, fit un saut surhumain et se réceptionna sur l'arête au moment précis où l'Estaffes allait frapper Pierre. L'Élitien masqué tira son épée à la vitesse de l'éclair et para le coup avec une aisance stupéfiante.

Mathieu ne sut jamais quel sentiment le traversa lorsqu'il lut, sur le pommeau de l'arme, les initiales LS entrelacées. Cet Élitien si incroyable était le capitaine. Mathieu avait espéré que, malgré sa chute, la Foudre fantôme vivait encore. Mais si Louis Serra avait quitté son lit, si le capitaine avait un arbre si flamboyant, c'est qu'il ne protégeait plus la Foudre. Et qu'elle s'était éteinte à tout jamais.

Aux fenêtres de l'école, les Apprentis poussèrent une exclamation quand une rafale renversa le capuchon de Louis Serra, révélant son visage à la foule. Une nuée de nymphettes se forma derrière le capitaine. Celui-ci fit alors ce qu'aucun Élitien avant lui n'avait osé faire : il attaqua de front l'un des frères Estaffes. Son épée zébra le ciel noir d'un éclat argenté. Son arbre était plus lumineux de seconde en seconde. Si lumineux qu'il rendait l'Élitien aussi puissant, aussi rapide, aussi dangereux qu'un Helios. L'Estaffes qui lui faisait face para six attaques avant de voir son épée glisser le long d'un toit. Ses frères s'interposèrent aussitôt. Nul n'entendit les paroles qu'ils échangèrent avec le capitaine, hormis Mathieu, perché au-dessus du vide, et Pierre et Tristan, accrochés à l'arête derrière Louis Serra.

— Quittez cette école, ordonna gravement l'Élitien.

— L'Élite a commencé sa chute ce soir, répondit l'Estaffes désarmé avec un calme effrayant. Et l'heure approche, Louis Serra, où vous rejoindrez la Foudre fantôme dans les abysses.

— Je vais trouver celui qui vous a servi d'yeux et de bras dans l'école, gronda Louis Serra. Je vais le trouver très vite. Et lorsque ce sera fait, l'Élite sera à nouveau une enceinte impénétrable pour vous.

Mathieu avait parfaitement compris que Louis Serra parlait du traître. Les Estaffes également.

— Vous le trouverez certainement, admit l'un des frères. Le *traître* ne nous est plus d'aucune utilité. Et il est bien possible que nous le tuions avant vous. Mais vous savez parfaitement qu'à présent il existe quelqu'un d'autre que vous devriez rechercher... avant que nous mettions la main sur lui.

Mathieu fronça les sourcils, ne parvenant pas à percer le sens de ces mystérieuses paroles. Une rafale de vent fit se déplacer la nuée de nymphettes qui éclairait les Estaffes et Louis Serra. Lorsqu'elles reprirent leur place au-dessus de l'arête blanchie de neige, les trois frères avaient disparu. Le capitaine se dressait seul au sommet de l'école. Il descendit sur le toit où Mathieu était encore allongé, au bord du vide.

Tremblant de froid et de désespoir, Mathieu tendit une main gelée au capitaine. Louis Serra la saisit, lui adressant un regard ferme.

– J'ai… J'ai tué la Foudre fantôme, balbutia Mathieu d'une voix étranglée.

– C'est moi, répondit l'Élitien dont le visage n'était qu'à quelques centimètres de celui de Mathieu, qui suis responsable de tout. C'est moi, et moi seul, qui suis responsable de la disparition de la Foudre. Et de celle de ton arbre. Courage. Laisse-toi porter.

Aux fenêtres de l'école, les élèves restèrent debout, les yeux rivés sur la tour du Dr Soupont, longtemps après le départ de Mathieu Hidalf, de Pierre Chapelier, de Tristan Boidoré et de Louis Serra.

L'école semblait avoir été le lieu d'une véritable bataille. Elle n'avait pourtant affronté que cinq ennemis. Partout, des éclats de verre recouvraient le sol, entre des corps étendus, des lustres effondrés, des tableaux éventrés. Au loin, la chute de neige étouffait peu à peu l'incendie qui avait pris au cœur de l'école de l'Élite.

Chapitre 20
Le défi de Marie-Marie

Le lendemain matin, des dizaines de soldats de la garde royale avaient envahi le vestibule de l'école, pour retenir les curieux. Au-dessus des soldats aux uniformes rouges, un arbre gigantesque ouvrait ses branches noires vers la voûte.

Au milieu de la haute tour du Dr Soupont, un lit trônait, sur le sommier duquel resplendissait le nom de Tristan Boidoré. Un lit entouré de visages silencieux. Ce n'était pas le jeune pré-Élitien qui y était allongé, mais Mathieu Hidalf, qui dormait paisiblement, le cœur battant sous un arbre brûlé.

Devant le lit, Pierre Chapelier, Octave Jurençon et Roméo Pompous étaient si proches qu'aucun d'eux ne pouvait trembler à l'insu de son voisin. À quelques pas, Juliette d'Or, épuisée, tenait la main de Juliette d'Argent, qui serrait celle de la petite Juliette d'Airain. Derrière elles, M. Rigor Hidalf en personne était debout depuis des heures. Il n'avait pas bougé, plus rigide et plus malheureux qu'une statue. Pas une seule fois, il n'avait pu détourner son regard brillant d'émotion de son fils. Le sous-consul avait les deux mains posées sur les épaules de Juliette d'Airain et Juliette d'Or. Tout contre le lit, Mme Hidalf veillait sur Mathieu, assise dans un fauteuil.

– Quand va-t-il se réveiller ? demanda la petite Juliette d'Airain.

Personne ne répondit. À vrai dire, Roméo commençait à trouver le temps long lui aussi : Mathieu était vivant et il ne voyait pas pourquoi il devait attendre son réveil comme celui d'un prince. Mais, à cause de Juliette d'Or, il n'osait pas quitter la tour. Pierre, pour sa part, observait la fenêtre brisée par laquelle la Foudre fantôme avait bondi la veille, livrant son dernier combat. Quant à Octave Jurençon, il était inexpressif et n'avait pas prononcé le moindre mot depuis la mort de la biche. Le neveu du roi serrait dans sa main gauche la plume noire de Tristan Boidoré. Cette plume qui aurait dû sauver la biche légendaire. Mais lorsqu'il avait retrouvé Roméo, le dortoir des Élitiens était la proie d'un incendie, qui lui avait barré le passage. Quelques flammes avaient décidé du sort de la Foudre fantôme.

*

Dans le vestibule de l'école, la garde royale s'écarta soudain pour former deux haies silencieuses. Une jeune fille aux cheveux blonds et aux yeux noirs venait de pénétrer dans l'enceinte de l'école : Marie-Marie du Château Boisé traversait les rangées de soldats, pâle et soucieuse.

Bientôt, la jeune fille atteignit la tour du Dr Soupont. Elle respira profondément et gravit une à une les marches poussiéreuses de l'escalier étroit. Tout en haut, elle découvrit un lit d'ébène, baigné dans les rayons du soleil naissant. Mathieu Hidalf y était allongé, toujours endormi. Sa mère observa Marie-Marie avec curiosité, avant de se lever et de s'éloigner de quelques pas. Pierre, Roméo et Jurençon firent également un pas en arrière. Seules les trois Juliette, les sourcils froncés, restèrent immobiles. Marie-Marie demeura quelques secondes immobile et muette, à contempler la famille Hidalf. Puis elle prit son courage à deux mains et s'approcha du lit.

Un rayon de soleil se posa sur le visage de Mathieu, qui fit une grimace. Peut-être faisait-il un nouveau cauchemar. Marie-Marie se pencha alors au-dessus de lui. Roméo Pompous écarquilla les yeux ; il ne regrettait plus d'avoir patienté si longtemps. La jeune fille déposa un baiser minuscule au coin des lèvres de Mathieu, qui s'éveilla en sursaut.

— Encore ce rêve ! s'écria-t-il. Mais combien de temps va-t-il encore se répéter ? Faites venir mon psychologue de toute urgence !

Mathieu se tut. Quelqu'un se détachait dans la lumière du jour.

— Marie-Marie !
— Mathieu Hidalf !

Mathieu vit Jurençon et Pierre incliner la tête. Seul Roméo le regardait fixement, en ricanant. Alors, Mathieu eut la certitude qu'il n'avait pas rêvé. De l'autre côté de son lit, les Juliette, ainsi que M. et Mme Hidalf, étaient aussi pâles que les toits enneigés.

— Vous avez osé m'embrasser *à l'insu de mon plein gré* ! s'écria Mathieu. Quel outrage ! Père, faites quelque chose, je vous prie ! L'honneur de la famille est en jeu !

Les larmes qui brouillaient la vue de M. Rigor Hidalf séchèrent immédiatement. Il n'en fallait pas plus à cet homme pour redevenir lui-même. Il écarta ses trois filles comme on perce un rempart et annonça d'un ton sévère, à l'intention de Marie-Marie :

— Mademoiselle, mon fils a raison. Vous ne devriez pas vous laisser entraîner à de tels élans de passion… La coutume veut que vous attendiez la cérémonie pour embrasser votre fiancé.

Mathieu et son père cessèrent alors de respirer.

– Moi vivant, décréta Mathieu en détachant bien chaque mot, jamais je n'épouserai Marie-Marie du Château Boisé !

– Vivant ou mort, tu l'épouseras ! répliqua M. Hidalf. Et pas plus tard que ce soir !

Mathieu retomba sur son oreiller, livide.

– Nous avons conclu un accord, Mathieu, dit alors Marie-Marie en tournant le dos à M. Hidalf.

– Un accord ? balbutia le sous-consul. Quelle sorte d'accord ?

– Je vous propose un déjeuner, Mathieu, suggéra Marie-Marie. Nous pourrons négocier à votre guise.

– Négocier ? répéta M. Hidalf, de plus en plus inquiet.

– J'accepte, déclara froidement Mathieu.

– Marie-Marie, j'exige que vous soyez protégée par un garde du corps ! intervint M. Hidalf.

– Nous aurons le droit à un garde du corps chacun, annonça Mathieu d'une voix terrible.

– Je vous l'accorde, répondit la jeune fille. Je vous enverrai un carrosse sur le coup de midi.

Après une révérence destinée aux trois Juliette et à Mme Hidalf, Marie-Marie quitta la tour. Un instant plus tard, le Dr Soupont fit sortir Mathieu et son père par la force. Lorsque la porte du cabinet claqua, on entendit encore une voix hurler :

– Je frôle la mort, je ressuscite, et mon propre

père veut *m'épouser avec* Marie-Marie du Château Boisé contre mon gré ! Quel scandale ! Le mariage est une chose où vous ne me réduirez pas, père !

– C'est une chose où je te réduirai !

Dans le cabinet, Pierre, Roméo et Jurençon échangèrent un regard avec les trois Juliette. Mme Hidalf se laissa tomber dans son fauteuil et soupira :

– Si Marie-Marie savait dans quelle famille elle va atterrir, elle renoncerait immédiatement à ce mariage.

Dans l'école silencieuse, la rumeur d'une terrible dispute continua à se propager jusqu'à ce que Mathieu et son père atteignent le vestibule. À la vue de l'Arbre doré, éteint comme s'il avait affronté un incendie, tous les deux se turent. La gorge de Mathieu se noua. Il détourna la tête du registre de la Grille épineuse. Ce registre grâce auquel un traître avait précipité la chute de la Foudre fantôme. Ce registre sur lequel Mathieu Hidalf ne pourrait plus jamais écrire son nom. Pendant une seconde, il chercha Louis Serra parmi la foule. Le capitaine avait-il découvert le traître ?

– À ce sujet, dit M. Hidalf sans savoir lui-même à quel sujet il faisait allusion, le roi m'a confié une lettre à ton attention…

Mathieu ouvrit sans la moindre émotion une petite enveloppe cachetée par le sceau royal, que son père lui-même n'avait pas osé ouvrir. Il avait presque oublié le message que maître Magimel avait fait porter au roi, quelques jours plus tôt, à propos de la clef fée. La réponse du roi annonçait simplement :

Vous avez triomphé. J'annulerai votre mariage juste avant qu'il soit célébré. Mais si je ne reçois pas la clef fée en retour, vous serez emprisonné à tout jamais pour haute trahison.

— De quoi s'agit-il ? interrogea M. Hidalf d'une voix soupçonneuse.
— De trois fois rien, père, répondit Mathieu.

*

À midi, le même jour, deux carrosses quittèrent en même temps le château du roi, l'un derrière l'autre. Après une dizaine de minutes de chevauchée, les deux voitures atteignirent un célèbre restaurant : *Le Solélin décapité*.

À cette heure, le restaurant était comble. Une table avait été réquisitionnée par la garde royale pour « deux grands personnages venant déjeuner ce jour ». Le majordome en charge d'ouvrir les portières des carrosses vit pourtant deux enfants en sortir, phénomène peu courant dans cette illustre maison. Mathieu Hidalf et Marie-Marie du Château Boisé n'échangèrent pas un regard. Un second majordome les accueillit.

– Avez-vous perdu vos parents ? se renseigna-t-il.

– Nous avons une réservation, répondirent-ils en même temps.

Le majordome comprit aussitôt qu'il n'avait pas affaire à n'importe qui.

– À quel nom, je vous prie ?

« Du Château Boisé », « Hidalf », annoncèrent Marie-Marie et Mathieu. Le majordome demeura figé un bref instant, terrifié comme s'il avait eu le roi en face de lui et qu'il ne l'eût pas reconnu. Il effectua une petite révérence et conduisit les deux enfants jusqu'à une petite table ronde entourée de dizaines de tables semblables.

Lorsque Mathieu Hidalf, déterminé, et Marie-Marie, souriante, s'installèrent dans deux fauteuils rouges, le silence se fit dans la salle. Assis à proximité, le capitaine de la garde royale, bien qu'il eût troqué son uniforme contre une tenue de civil, avait une main constamment posée sur le pommeau de son épée. Désigné par Marie-Marie comme garde du corps, il cherchait du regard qui pouvait être le mystérieux protecteur choisi par Mathieu Hidalf.

Les services secrets de la garde royale avaient estimé qu'il s'agirait sans doute d'un Élitien en personne. Pourtant, le soldat du roi ne reconnut aucun membre de l'école. Il aperçut seulement une petite nymphette, Adélaïde, dissimulée sous la chaise de Mathieu Hidalf. Cette absence manifeste de garde du corps, loin de le rassurer, ne fit qu'accroître sa vigilance.

*

Mathieu considérait Marie-Marie comme il n'avait jamais considéré personne. Les autres clients s'étaient effacés de son champ de vision. Il analysait la moindre expression de la jeune fille, le moindre cliquetis de ses doigts sur la table, le moindre battement de ses cils. Marie-Marie était plus grande que lui, plus fine et gracieuse, plus belle encore que dans son dernier rêve ; ses cheveux, ses dents, ses lèvres rouges étincelaient.

Un sourire de triomphe éclaira alors le visage de Mathieu Hidalf. Un sourire qui n'enlevait rien à la lueur noire qui brillait au fond de ses yeux depuis la chute de la Foudre fantôme. C'était le sourire d'un génie bafoué qui tient sa revanche. La soirée de l'opéra lui semblait appartenir à une autre vie. Ils étaient désormais seuls l'un en face de l'autre. Mathieu allait prendre la parole, lorsqu'un majordome demanda d'une voix tremblante :

– Mademoiselle du Château Boisé, monsieur Hidalf, souhaitez-vous consulter la carte ?

— Je prendrai ce que vous avez de plus cher, fit savoir Mathieu.

— Un verre d'eau suffira, merci, répondit simplement Marie-Marie.

— Nous avons tout l'après-midi pour négocier, avança Mathieu avec sang-froid. Si vous le souhaitez, nous pouvons déjeuner en toute amitié et n'aborder le triste sujet qui nous a réunis qu'au moment du dessert.

Marie-Marie passa sa serviette blanche sur ses lèvres incarnates et rectifia avec douceur :

— *Vous* avez tout votre après-midi, Mathieu Hidalf. Quant à moi, je ne pourrai vous accorder que dix minutes. Je vous prie donc de faire vite ; nous aurons bientôt une vie entière pour déjeuner et dîner ensemble.

Le cœur de Mathieu fit un bond. Marie-Marie ne souriait plus.

— Tout d'abord, je veux que vous sachiez, Mathieu Hidalf, que je suis désolée... désolée pour ce qui est arrivé à cette biche légendaire et pour votre arbre doré. Je sais que vous n'avez pas disposé du temps que vous souhaitiez pour m'affronter. Et je suis prête, si vous le voulez, à repousser notre mariage d'une semaine...

— Puisque vous avez peu de temps, Marie-Marie, répliqua froidement Mathieu, je serai bref à mon tour. Vous m'avez laissé sept jours pour empêcher ce mariage ; c'était très digne de votre part et c'est l'unique raison pour laquelle je vous laisse une chance. Une chance d'éviter une humiliation cruelle dont vous ne vous remettriez jamais. Il est encore temps pour vous d'annoncer à la presse que vous renoncez à m'épouser. Si vous y consentez, je vous épargnerai.

Marie-Marie porta à ses lèvres le verre d'eau que venait de déposer le majordome devant elle.

– Vous savez que la partie est finie, continua Mathieu en haussant le ton, provoquant un nouveau silence autour de leur table.

Le capitaine de la garde royale hésitait à prier Mathieu Hidalf de conserver son calme, lorsqu'une personne à la voix éraillée s'adressa à lui dans un rire grinçant :

– Si j'étais vous, capitaine, je resterais à ma place.

Le soldat cligna des yeux en identifiant une vieille femme, assise seule à une table, devant une assiette de soupe. Son visage était enfoui sous un capuchon. Mais ses mains ridées témoignaient de son grand âge.

Le soldat du roi s'enfonça dans son fauteuil, le souffle court. Il avait reconnu la redoutable grand-mère édentée, cette sorcière capable d'endormir un royaume le temps d'un soupir. Il comprit qu'elle n'hésiterait pas, à la première échauffourée, à endormir tout le restaurant : cette vieille sorcière était sans aucun doute le garde du corps choisi par Mathieu Hidalf pour assurer sa protection.

Dans les yeux de Marie-Marie, Mathieu vit briller le même amour du défi qui brillait si souvent dans les siens. La jeune fille avoua, d'une voix à peine plus élevée qu'un murmure :

– Depuis toujours, je vous observe. Depuis toujours, votre imagination m'intrigue, Mathieu Hidalf. Depuis toujours, j'ai décidé que j'épouserais celui qui serait capable de me tenir tête. Vous avez été un adversaire *intéressant*.

Mathieu comprit que Marie-Marie avait une dernière corde à son arc ; mais il savait que rien ni personne ne pouvait contraindre le roi à maintenir le mariage. La clef fée était d'ailleurs en sécurité, entre les mains d'Octave Jurençon.

– Je n'ai jamais voulu d'un simple mariage, Mathieu Hidalf, poursuivit la jeune fille, dont la pâleur devenait effrayante. Ce que je voulais, c'est que nous confrontions nos génies. C'est pourquoi j'ai pris un risque : le risque de vous laisser le temps de trouver une parade.

Mathieu considéra Marie-Marie avec une sorte de respect mêlé d'admiration. Laisser à son adversaire le temps de riposter, voilà une idée qu'il aurait aimé avoir lui-même.

– Je savais que la comtesse Armance Dacourt,

qui vous aime beaucoup plus qu'elle ne le prétend, trouverait le moyen de vous accueillir dans l'école, dévoila Marie-Marie. Je ne vous ai jamais craint, Mathieu. Je n'ai jamais craint vos alliés. Hormis, je dois le reconnaître, maître Barjaut Magimel. L'homme le plus corruptible du monde s'est révélé incorruptible lorsque j'ai voulu le rallier à ma cause. Vous pouvez avoir toute confiance en lui.

— J'ai toute confiance en lui, siffla Mathieu dont les lèvres s'étirèrent en un sourire effrayant.

— Mais maître Magimel, continua Marie-Marie comme si elle n'avait pas été interrompue, est un génie qui vieillit et que chaque année rend plus convaincu de son génie. Il ne représentait qu'un faible danger. Non… Le seul ennemi que j'ai jamais craint est insaisissable et pluriel, redoutable et imprévisible : l'Élite astrienne.

Mathieu écoutait attentivement. À la place de Marie-Marie, il se serait également méfié de la force obscure de l'Élite.

— Rapidement, précisa-t-elle, j'ai su que mon adversaire le plus dangereux serait le capitaine Louis Serra. Vous n'imaginez pas les efforts auxquels j'ai consenti pour échapper à sa vigilance… Il me fait surveiller par les sinistres Cœurs noirs depuis des années… Je pensais que la bataille serait rude entre lui et moi. Car j'étais persuadée qu'il vous placerait sous sa protection. Mais, hélas !

cette bataille n'a jamais eu lieu… Le sortilège de Ronces a bouleversé tous mes plans… Je reconnais que j'ai été inquiète pendant ces quelques jours. Je n'avais aucun moyen de savoir où vous étiez, aucun moyen de savoir si vous aviez survécu. Et Louis Serra n'a rien pu faire pour empêcher ce qui devait arriver d'arriver.

— À mon tour, dit Mathieu d'une voix douce. Je vais tout vous révéler, Marie-Marie. Et je vous laisserai annoncer au royaume que vous renoncez à notre mariage.

Mathieu ne souriait plus. Il déposa la lettre royale, qui confirmait sa victoire, au centre de la table. Marie-Marie n'accorda pas même un regard à l'enveloppe décachetée.

— J'ai été banni de l'école, dit fortement Mathieu. La Foudre fantôme a péri à cause de moi. Je n'ai plus rien à espérer de l'Élite… Croyez-moi, ma vie est suffisamment effrayante et ennuyeuse désormais sans que je vous épouse. Je tiens le roi dans ma main. Car je possède ce qu'il a de plus précieux : la clef fée. Sa Majesté proclamera ce soir, juste avant la cérémonie, qu'elle s'oppose à l'union de nos deux familles.

Marie-Marie en personne ne pouvait contrer la Constitution du royaume : si le roi s'opposait au mariage, tous les efforts de la jeune fille seraient anéantis.

Le sourire de Mathieu diminua, ses lèvres frémirent d'impatience, il déclara d'un ton triomphal :

— Par ailleurs, j'ai chargé maître Barjaut Magimel de se pencher sur votre fortune... Il a découvert quelques... fraudes intéressantes... qui devraient vous priver de vos biens dès que les aurai révélées au roi. Toutefois, Marie-Marie, je vous laisserai une rente confortable, afin que vous puissiez faire l'achat d'un troupeau de moutons et d'une chaumière au fond d'une forêt. Dans la plupart des contes de fées, les bergères deviennent des princesses. Il était temps qu'une princesse devînt une bergère.

C'était Juliette d'Or qui avait préparé cette réplique pour son frère, et qui avait insisté plusieurs fois pour qu'il la prononce au moment propice.

Dans le restaurant, les majordomes avaient cessé leur activité, pour la première fois en quatre siècles d'un service irréprochable. Mathieu allait se lever pour partir, mais Marie-Marie fut plus prompte que lui.

— C'est ce que j'espérais, dit-elle sans que personne puisse comprendre ce que signifiait, au juste, cette phrase.

— Vous espériez devenir une bergère ? murmura Mathieu.

Comme lors de la conférence de presse, il sentit

alors que quelque chose échappait à son contrôle. Un sentiment qu'il connaissait mal, mais qu'il découvrait de plus en plus à mesure qu'il grandissait, parcourut ses veines : la peur. Marie-Marie se pencha vers lui. Pendant une seconde, Mathieu crut qu'elle lui volerait un baiser, mais la jeune fille se contenta de pointer son cœur du doigt.

– Nous avons conclu un accord, il y a une semaine, dans l'escalier de l'opéra. Vous avez juré que vous m'épouseriez… si vous m'aimiez.

Mathieu serra les accoudoirs de son fauteuil. Il perdit à la fois son sourire et son air triomphal.

– Je ne vous aime pas, dit-il d'un ton glacial. Je n'aime personne.

– Vous êtes brillant, Mathieu, mais vous êtes surtout vaniteux. Il n'y a pas eu le moindre combat. Tout était conclu avant même que vous fuyiez dans l'école de l'Élite. Ce soir, Mathieu Hidalf, aux douze coups de minuit, vous m'aimerez.

Le majordome en charge de la table « du Château Boisé/Hidalf » n'avait jamais renversé le moindre plat au cours de sa carrière. Pourtant, la rose des Serments qu'il apportait sur un plateau menaçait de basculer à tout moment. Il la déposa finalement devant Mathieu Hidalf, puis s'empressa de disparaître. Famélique, la rose n'était plus pourvue que d'un seul pétale, un pétale qui tomberait à minuit.

— Nous nous sommes piqué le doigt tous les deux à cette fleur, vous vous en souvenez, n'est-ce pas ? commença Marie-Marie. Cette rose est une sorte de philtre d'amour extrêmement puissant qui vous lie à moi. Ce sont d'abord les rêves qui sont victimes de son pouvoir. De jour en jour, son maléfice est plus vif. Lorsque le dernier pétale sera tombé, vous m'aimerez, Mathieu. Vous m'aimerez à tout jamais. Rien ni personne ne peut rompre ce sortilège. Rien ni personne... hormis moi. Tant que je vous aimerai, vous m'aimerez en retour.

Mathieu Hidalf se leva brusquement, en même temps que le capitaine de la garde royale. Ce dernier retomba immédiatement dans son fauteuil, profondément endormi par la grand-mère édentée.

— C'est odieux, dit Mathieu d'une voix pourtant tremblante d'admiration. C'est une traîtrise absolument scandaleuse !

Marie-Marie lui adressa un dernier sourire, puis elle traversa le grand salon. Lorsque Mathieu leva la tête, les convives plongèrent précipitamment le nez dans leur assiette. Il sut alors qu'il épouserait Marie-Marie. Lorsque le dernier pétale se détacherait, il deviendrait son propre ennemi. Il rendrait la clef au roi. Il ferait tout pour que le mariage ait bien lieu.

Mathieu ne put s'empêcher de sourire. Après tout... il n'aurait été vaincu que par lui-même. Il se présenta à l'accueil du restaurant, la tête haute malgré sa défaite écrasante, tandis qu'Adélaïde s'enfuyait dans le ciel lumineux.

– J'aimerais régler le déjeuner que nous avons commandé, dit-il d'une voix faible.

Le majordome répondit avec douceur :

– Mlle Marie-Marie du Château Boisé vous a devancé. Vous êtes son invité.

*

Le restaurant ne fit jamais un tel chiffre d'affaires que ce jour-là. Toute la journée, les curieux l'assiégèrent. La rumeur s'ébruita dans tout le royaume. Malgré la mort de la Foudre fantôme, malgré l'attaque des frères Estaffes, malgré les morts et l'arbre doré éteint, la cour n'avait qu'un seul sujet de préoccupation : le mariage tant attendu de Marie-Marie du Château Boisé et Mathieu Hidalf.

Ce ne fut qu'à la nuit tombante que le capitaine de la garde royale, toujours assis dans son fauteuil, s'éveilla en sursaut.

– Je vous prie de conserver votre calme, Mathieu Hidalf ! dit-il gravement.

Mais, lorsqu'il cligna des yeux, la table occupée par sa protégée était vide depuis des heures et le restaurant avait fermé ses portes.

Chapitre 21
Cœur noir et cœur brisé

La plupart des portes du château royal étaient entrouvertes et laissaient entrevoir des enfilades de salons déserts. Partout, l'aiguille des minutes, sur les pendules, approchait de minuit, clic-clac après clic-clac : minuit, l'heure étrange à laquelle le mariage le plus attendu du siècle serait célébré.

Pour la première fois, Mathieu Hidalf avait retiré sa luide au cœur noirci. Lorsqu'il avait passé la main sur son arbre, il avait à peine senti la trace de ses anciennes racines. Puis, gravement, humilié et vaincu, il avait enfilé l'horrible costume rouge confectionné par la couturière de son père.

Le visage décomposé par la colère, Mathieu Hidalf tournoyait. Un amas de nymphettes silencieuses, vêtues de rouge pour l'occasion, battait faiblement des ailes au-dessus de lui. Mathieu tournoyait dans la salle Cérémonie du château. Cette salle dans laquelle, ironie du sort, il était né. Cette salle dans laquelle sa légende s'était bâtie, année après année. Du bout des doigts, il effleurait le bout des doigts de Marie-Marie du Château Boisé. Les deux enfants valsaient au cœur de la salle. Mathieu ne savait pas valser. Il se contentait de tourner sur lui-même.

Jamais ses yeux n'avaient été si noirs. Jamais son teint n'avait été si blême. Jamais il n'avait semblé si près de commettre un massacre. Une douceur nouvelle, au contraire, métamorphosait Marie-Marie. Tous les deux avaient ouvert le grand bal de la cérémonie de mariage.

Dans l'ombre, tout le royaume retenait son souffle, observant les deux enfants avec émotion. Tout le royaume, hormis les Élitiens. Mathieu avait désespérément cherché des yeux Louis Serra dans la foule, puis Pierre ou Jurençon, et enfin Roméo Pompous, qui serait venu pour se moquer et ricaner derrière lui. Mais Mathieu savait qu'il ne faisait désormais plus partie de l'Élite, et que rien ni personne ne pourrait faire renaître son arbre. Tandis qu'il tournoyait, il lui semblait revoir la Foudre fantôme succomber dans les ténèbres. Il chassa cette vision de son esprit et chuchota à l'oreille de Marie-Marie, comme on prononce un mot d'amour :

– Je vous déteste. Je sais que, dans trois minutes,

à minuit précis, je vous aimerai. Mais je veux que vous sachiez qu'à cet instant, je vous déteste de tout mon cœur.

Marie-Marie écoutait, ses grands yeux noirs fixés sur Mathieu.

Les mains du garçon resserrèrent avec fureur leur étreinte sur celles de la jeune fille. Chaque fois que le mouvement de la valse faisait tourner Mathieu, il révélait son visage déchaîné à une partie différente des convives.

— Je dois également vous préciser que je ne veux pas avoir d'enfants, ajouta-t-il. Ce n'est pas une question de maturité ; je suis bien assez intelligent pour élever des enfants. Mais je ne suis pas assez bête pour en avoir, justement.

Entourée de soldats royaux, Juliette d'Or tenait la main de Juliette d'Argent, agrippée à la main de Juliette d'Airain. Auprès du roi, M. Hidalf rougissait, pâlissait, cherchait un fauteuil où s'asseoir, ne voulait plus s'asseoir, marchait de côté, restait immobile, à quelques pas d'Emma Hidalf, son épouse, dont la poitrine se soulevait et s'affaissait en silence.

*

Dans une tour lointaine, qui abritait la chambre de Jurençon lorsqu'il ne logeait pas à l'école de l'Élite, Pierre Chapelier n'osait plus respirer, l'attention fixée sur une petite pendule. Jurençon était assis sur son lit, muet. Il n'avait aucune pensée pour le mariage. Dans la prunelle de ses yeux, une tache d'argent semblait diminuer puis s'accroître. Le neveu du roi ne pouvait songer à autre chose qu'à l'attaque de la veille. Roméo Pompous, pour sa part, avait l'œil collé à une longue-vue. L'entrée de la salle Cérémonie leur avait été refusée par la garde royale, qui craignait une tentative désespérée de la part des alliés de Mathieu.

– Je le vois ! s'exclama soudain Roméo. Il danse ! Il danse même très mal, si vous voulez mon avis ! Dans le ballet de Juliette, il aurait obtenu le rôle d'un roseau... peut-être même d'un arbre ou d'un rocher !

Jurençon resta plongé dans ses pensées, et Pierre murmura :

– Plus qu'une minute...

*

Tremblant comme à l'heure de monter sur l'échafaud, Mathieu ferma les paupières, puis les rouvrit. L'aiguille des minutes de l'horloge était désormais si proche de minuit qu'il ne pouvait plus la distinguer de l'aiguille des heures.

– Je suis un génie, lança-t-il en scrutant Marie-Marie. D'une manière générale, je comprends presque tout ce que je veux. Mais il y a une chose que je ne comprends pas malgré tous mes efforts. Je n'ai pas les yeux bleus. Je ne suis pas grand. Pas attentionné. Je ne connais même pas de poésie. Comment pouvez-vous m'aimer ?

La seule réponse de Marie-Marie fut le premier coup de minuit.

À cet instant, la rose des Serments, abandonnée sur la table du restaurant où Mathieu et Marie-Marie avaient déjeuné, étincela de mille feux, attirant quelques nymphettes par son éclat singulier. Le dernier pétale de la fleur se détacha lentement et tomba sur le sol.

Dans la salle Cérémonie, au douzième coup de minuit, les convives qui faisaient face à Mathieu Hidalf portèrent une main à leur cœur : le regard de Mathieu était aussi lumineux qu'il avait été sombre lors de l'ouverture du bal. Ce n'était pas un sourire effroyable qui illuminait ses lèvres ; mais un sourire que peu de témoins avaient déjà surpris sur sa figure d'enfant.

– Que se passe-t-il ? chuchota Mme Hidalf, qui ne reconnaissait pas son propre fils.

L'œil noir de Mathieu, si souvent saturé de colère, de calculs, de défis, était devenu incroyablement doux et heureux. Juliette d'Or elle-même fit un pas de recul : personne n'avait jamais vu un jeune couple danser avec tant de beauté, tant de grâce, tant de légèreté.

— Il l'aime…, dit Mme Hidalf, béate, sans qu'elle ait voulu prononcer ce mot.

— Il la déteste, protesta Juliette d'Or.

— Je ne peux pas le croire, renchérit Juliette d'Argent.

— Ils sont amoureux ! s'exclama Juliette d'Airain, ravie.

Malgré elle, Mme Hidalf approcha de son époux. M. Rigor Hidalf observait son fils comme s'il le voyait pour la première fois.

Les yeux de Mathieu s'étaient agrandis. Il lui semblait que les mains de Marie-Marie étaient plus douces. Il lui semblait que son regard était plus étincelant. Mathieu avait oublié la semaine de lutte consacrée à la combattre. Il avait oublié son arbre noir. Le souvenir de la Foudre fantôme surgit à nouveau dans son esprit. Mais ce n'était plus la Foudre fantôme famélique et blessée qu'il se rappelait. C'était la Foudre légère, indomptable et impétueuse qui avait régné jusqu'à sa disparition sur la forêt des Élitiens.

Alors, les nymphettes s'éparpillèrent dans la salle Cérémonie, l'illuminant de part en part. Deux immenses rangées se constituèrent. La première était composée des proches de la famille Hidalf, et comptait cent soldats royaux dans ses rangs, chargés de surveiller les trouble-fête. La seconde regroupait les familles alliées de la maison du Château Boisé. Ces deux rangées formaient une allée, conduisant droit au trône royal.

Aussitôt, Sa Majesté le Grand Busier se leva. Le roi avait pensé fêter cette nuit-là son triomphe sur son jeune ennemi de toujours. Mais, à la vérité, il avait l'air soulagé, et c'était presque de bon cœur qu'il s'apprêtait, conformément à son engagement, à prononcer l'annulation de la cérémonie. Respirant profondément, le souverain songea qu'il lui faudrait attendre quelques années de plus avant d'assister au mariage de Mathieu Hidalf. Il ouvrit la bouche.

– Non ! hurla alors Mathieu au cœur de la salle.

La foule chuchota, scandalisée. Le roi considéra avec étonnement le garçon méconnaissable qui venait de l'interrompre.

– Je vous en conjure, Votre Majesté, supplia Mathieu. Ne dites rien. Oubliez ce que je vous ai demandé. Je vous remettrai la *clef* dès que possible. Dès que le mariage aura été célébré.

Un trouble incroyable s'empara de la salle. Chacun avait deviné, même si nul ne comprenait pourquoi, que Mathieu Hidalf venait d'empêcher le roi de rompre son propre mariage. Le bonheur qui avait illuminé les yeux de Mathieu s'effaça complètement. Le sortilège de la rose était si puissant qu'il n'avait désormais plus qu'une seule peur : que le mariage n'ait pas lieu.

– Faites sortir mes trois sœurs de la salle ! s'écria-t-il.

Les Juliette, stupéfaites, reculèrent dans la foule. Mathieu scrutait l'assemblée froidement, à la recherche de Pierre, Roméo et Jurençon, craignant une tentative de leur part. M. Hidalf, qui voyait bien que quelque chose ne tournait pas rond, s'approcha des deux fiancés pour les conduire au plus vite jusqu'au trône, afin d'en finir avec cette cérémonie.

– Le mariage, annonça-t-il, sera célébré par maître Barjaut Magimel.

Une porte s'ouvrit au loin, et le vieux Magimel fit son entrée. Il avançait à grands pas en direction du trône. Sa démarche était aussi furieuse que le jour où Mathieu avait laissé entendre qu'il ne connaissait rien à l'amour. Une petite femme rondelette courait derrière lui : Mathieu reconnut la couturière du royaume, qui traînait un grand costume rouge à la main. Le vieux juriste la repoussa de son bras squelettique. Il portait fièrement sa fidèle robe de chambre bleue à boutons d'or.

Pour la première fois, Mathieu ne fut pas heureux de le voir. Au contraire, il le considérait brusquement comme un ennemi, et peut-être même comme l'ennemi le plus redoutable qu'il ait connu. Dès que le vieil homme se présenta devant le roi, grand, voûté et inquiétant, Mathieu dit sèchement :

— Si vous faites quoi que ce soit, maître, si vous entreprenez la moindre folie pour empêcher *mon* mariage, vous serez mon ennemi n° 1. Je consacrerai mon génie à vous nuire. Je...

— Vous croyez m'effrayer, demi-portion ? répliqua le vieux Magimel à voix basse. Vous êtes sous l'emprise d'un sortilège, Mathieu Hidalf.

— Sortilège ou pas, je *veux* épouser Marie-Marie.

— Ainsi soit-il, bougonna Magimel.

— Au plus vite, au plus vite, ordonna M. Hidalf entre ses dents serrées.

Maître Magimel commença d'un ton peu courtois :

— Nous sommes réunis aujourd'hui pour célébrer le mariage des deux enfants ici présents. Mariage qui sera définitivement conclu lorsque, conformément à la tradition, les deux fiancés auront échangé un baiser, baiser qui surviendra après l'échange des alliances, symbole de l'amour éternel de leurs porteurs.

— Au plus vite, répéta M. Hidalf, furieux.

Magimel passa la main dans sa barbe pendant quelques secondes : sans doute ce génie des temps passés cherchait-il à se rappeler le prénom des fiancés.

— Mademoiselle Marie-Marie du Château Boisé, dit-il enfin, acceptez-vous de prendre pour époux M. Mathieu Hidalf, ici présent, de le supporter, de supporter ses sœurs, de supporter son père, de supporter son chien à quatre têtes, de le défendre et de le chérir, quels que soient ses conflits probables, pour ne pas dire certains, avec la justice, avec la royauté et avec l'ordre des Élitiens ?

Marie-Marie était soudain semblable à la jeune fille que Mathieu avait croisée dans l'escalier de l'opéra de Darnar.

– Je l'accepte, dit-elle.

Le silence parut plus pesant que jamais lorsque maître Magimel se tourna vers Mathieu. Le juriste et le garçon s'affrontèrent à nouveau au cours d'un long regard.

– Monsieur Mathieu Hidalf, dit enfin maître Magimel comme s'il n'osait croire à ses propres paroles, acceptez-vous d'épouser, sous la contrainte et contre votre gré, conformément au vœu de votre père, Mlle Marie-Marie du Château Boisé, ici présente ?

Dans la foule, Juliette d'Airain, dont les doigts étaient écrasés par ceux de Juliette d'Or, laissa échapper une légère plainte. Mathieu répondit avec impatience :

– Oui, je l'accepte.

Un soupir traversa la salle Cérémonie. Nul n'aurait pu dire s'il s'agissait d'un soupir de déception ou de soulagement. Le roi lui-même observait Mathieu avec une sorte d'épouvante ; peut-être que le souverain n'avait pas cru un seul instant que Marie-Marie puisse triompher de l'enfant qui l'avait piégé année après année. Les convives se dressèrent alors sur la pointe des pieds dans l'attente du baiser qui scellerait la cérémonie. Le capitaine de la garde royale remit à Marie-Marie une bague étincelante, tandis que M. Hidalf remettait à Mathieu le second anneau.

– Que les fiancés procèdent à l'échange des alliances ! décréta maître Magimel.

À cet instant précis, Mathieu haussa légèrement le sourcil droit. L'anneau que lui avait remis son père, glacial et qui pesait une tonne dans sa main, était le célèbre anneau taillé dans les bois de la Foudre fantôme. Mathieu n'avait aucun doute à ce sujet : il l'aurait reconnu entre mille. Ses poings se crispèrent. Les deux anneaux appartenaient à Juliette d'Or et à Tristan. Mais, après tout, qui méritait de les porter ? Qui s'était sacrifié pour la Foudre fantôme ? Mathieu, la tête droite, le torse bombé, attrapa la main blanche de Marie-Marie et y glissa le légendaire anneau de Foudre.

Aussitôt, un éclair argenté émana du bijou ; un souffle d'air traversa la salle, emportant nombre de perruques poudrées parmi les convives. Mathieu sentit brusquement son cœur libéré du maléfice qui l'avait emprisonné. Son regard se posa d'abord sur maître Magimel, puis sur son père, puis sur

Marie-Marie : Mathieu Hidalf était exactement semblable à celui qu'il avait toujours été, sombre et terrifiant.

— Moi vivant, s'écria-t-il, jamais je n'épouserai Marie-Marie !

M. Hidalf faillit s'évanouir, tandis que la foule chuchotait nerveusement.

— Quel scandale ! rugit Mathieu en reculant de plus belle. Je vais faire un grand procès ! J'ai été odieusement manipulé ! Moi ! Moi, *amoureux* ? Qui a pu y croire ! Votre Majesté, annulez immédiatement ce mariage ou bien… ou bien…

— Il n'est pas nécessaire d'annuler ce mariage, car j'y renonce, dit une voix glaciale que Mathieu n'avait jamais entendue, et qui avait pourtant jailli des lèvres de Marie-Marie.

— Vous vous y opposez ? bredouilla M. Hidalf, stupéfait.

Un désordre assourdissant s'abattit sur la salle Cérémonie.

— Mademoiselle du Château Boisé, répéta le roi, vous vous opposez à votre mariage avec Mathieu Hidalf ?

— Ce n'est pas elle qui s'y oppose ! s'indigna Mathieu. C'est moi ! Prenez-en note !

— Je m'y oppose doublement, renchérit Marie-Marie, car j'en aime un autre. J'exige d'épouser Roméo Pompous !

Cette fois-ci, M. Hidalf tomba réellement évanoui au pied du trône, tandis que la foule produisait un terrifiant vacarme.

– Roméo Pompous ? s'étrangla Mathieu, rouge à moitié de colère et à moitié de jalousie. Mais Roméo est un imbécile !

Soudain, le cœur de Mathieu battit à tout rompre dans sa poitrine. Au loin, les portes de la salle venaient de s'ouvrir et Roméo Pompous avançait à grands pas. Mathieu comprit. Il comprit et ses soupçons furent confirmés lorsque Roméo tempêta :

– Je m'oppose au mariage ! Je veux épouser Marie-Marie ! Je le veux au nom de la Foudre fantôme !

Et Roméo Pompous brandit le poing vers le ciel, révélant un anneau étincelant. Mathieu se tourna vers la foule agitée. Il repéra, au cœur du tumulte, ses trois sœurs et, juste derrière elles, un jeune homme masqué par un capuchon : Tristan Boidoré, sur l'épaule duquel Adélaïde se dressait fièrement. La nymphette avait assisté au déjeuner avec Marie-Marie. Elle avait averti les trois Juliette, qui avaient découvert le seul moyen de rompre le charme de la rose des Serments. Marie-Marie avait dit elle-même qu'une seule chose pouvait annuler le maléfice de la rose : qu'elle cesse d'aimer Mathieu.

Juliette d'Or avait sans doute confié un anneau de Foudre à Roméo, avant de remplacer l'alliance prévue par M. Hidalf par le second anneau, taillé dans les bois de la légendaire créature. Dès que Mathieu avait glissé la bague au doigt de Marie-Marie, le pouvoir irrésistible de la Foudre fantôme l'avait fait succomber à Roméo… rompant le charme qui avait terrassé Mathieu. Celui-ci adressa un long regard à ses trois sœurs, et répéta :

– J'exige un grand procès ! J'ai été manipulé *à l'insu de mon plein gré* !

Au centre de la salle, Roméo et Marie-Marie avançaient l'un vers l'autre, lorsqu'une ombre noire jaillit de la foule et les sépara. Le silence revint aussitôt. Le capitaine Louis Serra en personne se dressait parmi les convives, son épée étincelante battant sa cuisse. Il s'arrêta entre Roméo et Marie-Marie, et s'adressa d'un ton sévère au Prétendant :

– Roméo Pompous, vous êtes en possession d'un objet qui ne vous appartient pas. Veuillez me le remettre immédiatement.

Roméo tremblait de peur ; mais le pouvoir des anneaux était tel qu'il aurait refusé de se soumettre si une nymphette, portant un arbre doré, n'avait plongé sur sa main pour en retirer l'anneau de force. Au même instant, une seconde nymphette subtilisa celui de Marie-Marie. Les deux fées, qui étaient celles du capitaine des Élitiens, lui remirent gravement les bijoux lumineux. Alors, Louis Serra tourna le dos au trône. La cour s'écarta à son passage, dessinant une longue allée jusqu'aux portes de la salle Cérémonie. Lorsqu'il les franchit, Roméo protesta :

— J'ai été manipulé moi aussi !

Les convives se tournèrent alors vers Marie-Marie. Sa voix, dont une oreille attentive aurait percé la fêlure, annonça gravement :

— Je ne sais comment vous avez triomphé, Mathieu Hidalf, mais je n'ai qu'une parole. Vous n'entendrez plus jamais parler de moi.

— Eh bien, je peux vous dire que *vous*, vous entendrez parler de moi ! la menaça Mathieu. Je vais faire un grand procès !

Et Marie-Marie quitta dignement la salle Cérémonie, d'un pas légèrement trop rapide pour dissimuler sa peine. Juliette d'Or, qui s'était approchée de son frère, posa une main sur son épaule et chuchota :

— Entre nous, je serais très surprise que tu n'entendes plus jamais parler de Marie-Marie du Château Boisé…

Épilogue

Une pâle clarté illuminait l'enceinte de l'école de l'Élite, ce matin-là. La Grille épineuse avait été ouverte pour l'occasion. Toutes les allées conduisant à l'école, d'ordinaire désertes et lugubres, étaient remplies de courtisans, d'habitants du royaume et de curieux.

Au-delà de la Grille épineuse, les Élitiens, les pré-Élitiens, les Apprentis et les Prétendants s'étaient agenouillés autour du tronc noir de l'Arbre doré, éclairé par les premières lueurs du jour.

Au-dehors, dans les jardins du château royal, sous une averse de neige et une pluie de nymphettes, une foule innombrable s'était également réunie pour rendre hommage à la Foudre fantôme et aux combattants qui avaient péri pendant l'attaque des frères Estaffes.

Une fosse avait été creusée au pied de l'arbre éteint des Élitiens. Une fosse rectangulaire qui accueillerait bientôt le cercueil de pierre de la Foudre fantôme. Pierre, Roméo et Jurençon étaient les trois élèves les plus proches du tronc. Ils n'osaient pas prononcer un mot. Un seul Prétendant manquait à l'appel. Certains racontaient que Mathieu Hidalf n'avait pas été invité à la cérémonie ; d'autres qu'il avait refusé d'y assister.

Un Élitien se releva alors. Un murmure parcourut l'assemblée. Cet Élitien n'était pas le capitaine Louis Serra, mais son bras droit, Julius Maxima, dont le visage, d'ordinaire impassible, était figé dans une expression de tristesse et de courage. Il avança dignement sous l'arbre fendu. Sur son cœur, l'emblème de l'école resplendissait de mille feux.

— La Foudre fantôme a péri, dit-il d'une voix douce. Les légendes prétendaient que, le jour où la Foudre périrait, l'Arbre doré succomberait avec elle, emportant les Élitiens dans l'oubli.

Julius Maxima se tut et observa la couronne de branches noires qui coiffait le vestibule.

— Les rumeurs ont eu tort, affirma-t-il puissamment. Un jour, un jeune pré-Élitien m'a dit que l'Arbre doré ne tomberait jamais tant qu'un seul d'entre nous serait debout, tant qu'une seule nymphette élitienne volerait. Ce pré-Élitien est devenu notre capitaine. L'arbre a déjà noirci par le passé. Il renaîtra de ses cendres. La Foudre fantôme était une légende. Elle en restera une.

Julius Maxima adressa un coup d'œil à Tristan Boidoré, dont la poitrine se soulevait puis s'affaissait avec émotion. L'anneau de Foudre étincelait à son doigt, le brûlant presque. Le soir de l'attaque de la clairière des Apprentis, Tristan avait été le premier à découvrir la blessure de la biche. Les deux anneaux étaient enfoncés dans la neige, à côté d'elle. Le traître s'en était servi pour l'attirer dans un piège.

– Mais la Foudre fantôme n'est pas la seule qui ait quitté le royaume, reprit Julius Maxima. Elle n'est pas la seule à avoir succombé à la violence des frères Estaffes. Quarante-deux nymphettes se sont éteintes à jamais. Treize soldats royaux ont trouvé la mort dans l'école, pour nous défendre. Trois Élitiens ont succombé à leurs blessures. Deux pré-Élitiens ont été tués par les frères Estaffes.

Julius Maxima redressa la tête vers le sommet de l'arbre.

– Et un Prétendant, ajouta-t-il, un Prétendant s'est sacrifié pour offrir une chance à la Foudre fantôme de survivre.

Pierre, Jurençon et Roméo se rapprochèrent imperceptiblement les uns des autres. Ce fut

Roméo qui osa prendre la parole. Ses yeux étincelaient. Il demanda d'une voix étranglée :

— Est-ce qu'il pourra revenir ?

Derrière lui, la main ferme du pré-Élitien Peter de Nemours se posa sur son épaule.

— Ce Prétendant, continua Julius Maxima en ignorant Roméo, a été victime de nos négligences. J'étais moi-même chargé d'assurer sa sécurité. Je n'y suis pas parvenu. Un Élitien l'a trompé comme il a trompé des dizaines de nymphettes et comme il a trompé la Foudre fantôme elle-même. Je n'en dirai pas plus au sujet de cet Élitien. Il sera banni en temps et en heure. En attendant ce jour, la direction va se réunir. Je crois qu'elle sera favorable au renvoi de tous les élèves mineurs chez eux.

Pierre, Jurençon et des centaines de Prétendants et d'Apprentis relevèrent la tête, indignés.

— Cependant, annonça Julius Maxima, le capitaine Louis Serra devrait s'élever contre cette décision, si elle venait à être confirmée.

Le nom de Louis Serra se répéta longuement. Et les motifs les plus invraisemblables furent invoqués pour expliquer son absence. Alors, Julius Maxima répondit en partie aux interrogations de la foule :

— Le capitaine Louis Serra m'a chargé de rendre hommage à tous les disparus. Il aurait souhaité être parmi nous. Mais le capitaine a commencé le long combat qui nous opposera désormais de front aux frères Estaffes. Il était appelé à se rendre dans un lieu où sa présence était indispensable.

Plusieurs élèves lurent sur les lèvres de la comtesse Dacourt, qui se tenait debout en bas de la tour des Escaliers, une célèbre phrase attribuée à Louis Serra : « Le royaume avant tout. »

*

Au manoir Hidalf, malgré l'heure matinale, toute la famille était réunie au grand salon. M. Rigor Hidalf était soigneusement dissimulé derrière le dernier exemplaire de *L'Astre du jour*. Assise à côté de son père, Juliette d'Or souriait tristement, en sentant son anneau de Foudre se réchauffer à son doigt. Toute la famille était réunie, ou presque. Car personne n'avait osé réveiller Mathieu Hidalf. D'ailleurs, celui-ci ne dormait pas.

Au sommet de la plus haute tour du manoir, Mathieu observait le jour se lever peu à peu sur le parc blanc. Il avait revêtu sa luide noire, se disait-il, pour la dernière fois. Déjà les brûlures de son arbre s'étaient parfaitement estompées. Il n'y avait tout simplement plus aucune trace de sa présence. Et Mathieu songeait que, pour tous, hormis peut-être Pierre, il serait bientôt comme cet arbre : un souvenir aux contours imprécis. Les yeux rivés sur une nymphette qui traversait le ciel nuageux, Mathieu se demandait qui, finalement, l'avait emporté de la comtesse Dacourt ou de lui au cours de leurs affrontements à l'école. Il était sur le point de considérer que la victoire lui revenait, lorsque la porte de sa chambre s'ouvrit.

— Je ne souhaite pas déjeuner, dit Mathieu sans se retourner. C'est bien simple, je n'ai plus aucun appétit.

— Un Élitien mange y compris quand il n'a pas d'appétit, répondit une voix grave derrière lui.

Mathieu se retourna en tremblant. Louis Serra lui sembla plus immense et impressionnant que jamais.

— Capitaine ! dit-il. Est-ce que vous l'avez découvert ? Est-ce que vous avez découvert le traître ?

Louis Serra parcourut du regard la pièce en désordre.

— C'est bien ainsi que j'imaginais la chambre de Mathieu Hidalf.

— L'avez-vous découvert ? répéta Mathieu plus fermement.

Le capitaine attendit quelques instants avant de répondre.

— Tu as compris qu'il ne s'agissait pas de Julius Maxima…, dit-il enfin. Le traître est un ennemi brillant. Il a utilisé le miroir d'oubli chaque fois qu'il a ordonné quelque chose à une nymphette ou à un membre de l'école. Le démasquer sera long. D'autant plus long que j'ai fait une erreur grossière : le jour où je t'ai dit que le traître était un Élitien, je me fiais à une vision que tu as eue il y a longtemps, t'en souviens-tu ?

Comment Mathieu aurait-il pu oublier cette vision ? Il avait vu la Grille inviolable, qui fermait les quartiers des trente Élitiens, se dissoudre dans un écran de fumée… phénomène qui ne pouvait survenir que si un Élitien en personne trahissait ses confrères.

— J'ai mal interprété cette étrange prophétie, répéta Louis Serra. Le traître sera Élitien le jour où elle se réalisera, c'est une certitude. Mais peut-être qu'à cette heure il n'est encore qu'un pré-Élitien. Tu comprends que cette découverte élargit nettement la liste des suspects… Toutefois, j'ai bon espoir. Le traître a forcément commis des erreurs. Et nous les découvrirons bientôt.

Louis Serra se tut. D'une main distraite, il ramassa l'album de l'école de l'Élite que Mathieu avait finalement rapporté chez lui.

— Lorsque la Foudre a été blessée, dans la clairière des Apprentis, j'ai donné plusieurs ordres afin de la protéger du traître, expliqua-t-il. J'ai prié Julius Maxima de déployer le sortilège de Ronces, pour que le traître ne puisse pas alerter les frères Estaffes. Et j'ai confié le commandement de l'école aux Cœurs noirs. Ils avaient pour instruction d'empêcher les Élitiens eux-mêmes d'accéder à la tour du docteur. Mais cela n'a pas suffi. Je tiens à te présenter mes excuses, Mathieu. Et mes remerciements. Je ne t'ai écrit qu'une seule fois sur le registre de l'école. La première. Et, de toute évidence, je n'ai pas pris suffisamment de précautions ce soir-là. Le traître, une nymphette, ou quelqu'un d'autre m'a surpris. J'ai voulu te protéger. J'ai voulu affronter le traître seul. Et je t'ai exposé à sa vengeance.

Mathieu aurait voulu répondre que ce n'était rien. Qu'il se remettrait. Mais il en fut incapable. Louis Serra déposa l'album de l'école à la place qu'il occupait un instant plus tôt.

– Je dois quitter le manoir, annonça-t-il.

Il n'ajouta pas un mot. Sans un bruit, comme il était venu, le capitaine des Élitiens sortit de la chambre de Mathieu Hidalf.

Ce dernier, songeur, retourna à la fenêtre et contempla l'horizon blanc. Soudain, il lui sembla qu'une nymphette approchait de la vitre. Il y colla le nez. Un éclat doré se dessinait peu à peu dans le carreau. Alors, tremblant de tous ses membres, Mathieu Hidalf sentit un picotement sur son cœur. Se reflétant dans la vitre, des filaments d'or parurent jaillir des ténèbres.

Au même instant, dans le vestibule de l'école, la Foudre fantôme venait d'être inhumée. Tous les Élitiens relevèrent les yeux avec stupéfaction. L'Arbre doré frémit. Pendant quelques secondes, des étincelles crépitèrent le long de son robuste tronc.

Brusquement, dans le silence, l'arbre fendu étincela de mille feux.

Table

Prologue, 7
La fin du génie de Mathieu Hidalf, 13
La disparition de Mathieu Hidalf, 29
L'ordre du capitaine Louis Serra, 41
Mathieu Hidalf et la belle endormie, 61
L'idée de génie de Roméo Pompous, 79
Le secret des frères Estaffes, 91
La folie de Juliette d'Or, 108
L'attaque de l'Élitien noir, 125
Le sortilège de Ronces, 142
Un journal sur un lit, 167
Le message de Louis Serra, 183
Un agneau parmi les loups, 204
Un baiser sous un capuchon, 224
Les aveux de Roméo Pompous, 243
L'avertissement de l'Élitien noir, 252
À la lueur des nymphettes, 268
La dernière heure de gloire de Mathieu Hidalf, 283
Le retour de Louis Serra, 301
Un éclat dans les ténèbres, 313
Le défi de Marie-Marie, 330
Cœur noir et cœur brisé, 348
Épilogue, 363

Christophe Mauri
L'auteur

À l'âge de treize ans, **Christophe Mauri** adresse son premier roman au comité de lecture des éditions Gallimard Jeunesse. C'est le début d'une relation forte, jalonnée d'envois et d'encouragements, qui se conclut le jour des vingt-deux ans du jeune auteur, lorsque le comité lui propose la publication du *Premier Défi de Mathieu Hidalf*.

« Tout est parti du contrat Bougetou, établi entre Mathieu et son père. Avec ce contrat, j'ai senti que je quittais les sentiers battus dont je ne parvenais pas à m'éloigner jusque-là. J'ai pris du recul vis-à-vis de mon héros. J'ai pu l'aimer sans être lui, ce dont j'étais incapable à quinze ou à seize ans. Et j'ai voulu créer un univers autour de cette idée de contrat : l'univers d'un enfant pénétré du monde des adultes, extrêmement revendicatif et intelligent. Un enfant qui, cependant, est encore loin d'être mûr affectivement, bien qu'il soit lui-même persuadé du contraire ! »

Christophe Mauri se consacre désormais à l'écriture.

Du même auteur chez Gallimard Jeunesse

FOLIO JUNIOR
1. *Le premier défi de Mathieu Hidalf*, n° 1676
2. *Mathieu Hidalf et la Foudre fantôme*, n° 1683

GRAND FORMAT LITTÉRATURE
1. *Le premier défi de Mathieu Hidalf*
2. *Mathieu Hidalf et la Foudre fantôme*
3. *Mathieu Hidalf et le sortilège de Ronces*
4. *Mathieu Hidalf et la bataille de l'aube*
5. *La dernière épreuve de Mathieu Hidalf*

Retrouve les premières aventures
de **Mathieu Hidalf**

───────────

dans la collection

1. LE PREMIER DÉFI DE MATHIEU HIDALF

n° 1676

Mathieu Hidalf, dix ans seulement, est déjà un trouble-fête de légende. Chaque année, il s'ingénie à gâcher la plus grande célébration du royaume : l'anniversaire du roi. Mais cette fois, la plaisanterie risque de tourner au drame. Les redoutables frères Estaffes ont rompu un serment magique et menacent de tuer le souverain. C'en est trop pour Mathieu : il ne laissera personne prendre sa place d'expert en sabotage !

2. MATHIEU HIDALF ET LA FOUDRE FANTÔME

n° 1683

Mathieu a 11 ans, enfin ! C'est décidé, cette année, il va réaliser son rêve : intégrer l'école de l'Élite et rencontrer son héros de toujours, le capitaine Serra. Pour être admis, pas question de réviser, tricher est tellement plus drôle ! Mais l'inflexible directrice ne l'entend pas de cette oreille et lui réserve une épreuve de son cru : capturer la Foudre fantôme. À l'impossible, il est tenu… Attention au retour de Mathieu Hidalf !

Le papier de cet ouvrage est composé de fibres naturelles,
renouvelables, recyclables et fabriquées à partir de bois
provenant de forêts gérées durablement.

Mise en pages : Maryline Gatepaille

Loi n° 49-956 du 16 juillet 1949
sur les publications destinées à la jeunesse
ISBN : 978-2-07-066192-3
Numéro d'édition : 268782
Dépôt légal : septembre 2014

Imprimé en Espagne par Novoprint (Barcelone)